休日はコーヒーショップで謎解きを

ロバート・ロプレスティ

JN151218

拳銃を持って押し入ってきた男は、なぜ人質に“憎みあう三人の男”の物語を聞かせるのか？　意外な真相が光る「二人の男、一挺《ちよう》の銃」をはじめ、腕利きの殺し屋に次々と降りかかる予測不可能な出来事を描く「残酷」、殺人事件が起きたコーヒーハウスで、ツケをチャラにするため犯人探しを引き受けた詩人が探偵として謎解きを繰り広げる黒い蘭中編賞受賞作の「赤い封筒」など９編。正統派推理短編、私立探偵小説、ヒストリカル等、『日曜の午後はミステリ作家とお茶を』で人気を博した短編の名手が贈るとっておき！　ごゆっくりお楽しみください。

休日はコーヒーショップで謎解きを

ロバート・ロプレスティ
高山真由美 編訳

創元推理文庫

“THE RED ENVELOPE” AND OTHER STORIES

by

Robert Lopresti

This edition is published by TOKYO SOGENSHA Co., Ltd.
Japanese translation published by arrangement with
Robert Lopresti through The English Agency (Japan) Ltd.

“Train Tracks” included in Alfred Hitchcock's Mystery Magazine
(January/February 2018, cover story)
“Shooting at Firemen” included in Alfred Hitchcock's
Mystery Magazine (July/August 2015)
“The Roseville Way” included in The Anthology of Cozy-Noir, 2014
“The Accessory” included in Ellery Queen's Mystery Magazine (June 2014)
“Crow's Lesson” included in The Malfeasance Occasional: Girl Trouble, 2013
“Two Men, One Gun” included in Alfred Hitchcock's
Mystery Magazine (October 2013)
“The Red Envelope” included in Alfred Hitchcock's
Mystery Magazine (July/August 2013)
“Brutal” included in Alfred Hitchcock's Mystery Magazine (September 2012)
“The Center of the Universe” included in Seattle Noir, 2009

目次

休日はコーヒーショップで謎解きを

まえがき

人は二つの場所に同時にいることはできない、とはよくいわれることだ。そんなことはないのに。

それが初めて自分の身に起こったときのことははっきりと覚えている。ある晴れた夏の日の午後だった。わたしは九歳で、家族と暮らすニュージャージー州プレインフィールドの家のポーチに座っていた。そしてまさにそのおなじ瞬間に、十九世紀の寒い朝のロンドンにもいた。両方の場所で、わたしは次の言葉に遭遇していた――「ホームズさん、それは巨大な犬の足跡だったのです」（『バスカヴィル家の犬』アーサー・コナン・ドイル著、深町眞理子訳）

卓越したフィクションには、わたしたちをここではないどこかへ運び、現実とまったく異なる存在へと変化させ、ふだんとはちがう行動をさせる、そんな力がある。

アーサー・コナン・ドイルの『バスカヴィル家の犬』は、わたしが最初に出会った大人向けのミステリだった。生涯を通じてミステリを読み、書くことになったのは、この作品のおかげである。

犬と出会ってから《アルフレッド・ヒッチコックス・ミステリ・マガジン（ＡＨＭＭ）》を見つけるまでに長くはかからなかった。この短編集に収録されたうちの五編を含め、わたしの小説の多くがＡＨＭＭに掲載されてきたのも驚くにはあたらない。この雑誌の助けがあったおかげでわたしの作風はかたちづくられてきた。そして今度はわたしの短編がＡＨＭＭに、その読者や寄稿者に影響を与えており、わたしはそれを誇りに思う。

本書に収められた短編は、あなたをどこへ連れていくことになるのか？　二編では、読者はわたしの故郷、ニュージャージーを訪れることになるだろう。べつの二編ではワシントン州を見ることになる（現在わたしが住んでいる場所だ）。さらに、三つの短編でアメリカの歴史に飛びこむことになる。

どの短編でも犯罪をまのあたりにすることになるだろう。それがアメリカの暮らしを表しているからなのか、人間の本質だからなのか、あるいは単にわたしの思考が偏《かたよ》っているせい（ミスター・コナン・ドイルとミスター・ヒッチコックの影響は小さくない）なのかは、よくわからないが。

最後にもう一つだけ――『日曜の午後はミステリ作家とお茶を』とおなじように、それぞれの短編に「著者よりひとこと」を付記した。あとがきにしたほうがいいと思ったのは、短編そのものとは先入観なく出会ってもらいたいから。そしてネタを割ってしまう心配をせずに論じられるからだ。

まえがきにおつきあいいただき、感謝します。それでは、安全な旅を！


二〇一八年十月二十五日、ロバート・ロプレスティ

ローズヴィルのピザショップ

The Roseville Way

その長身の男が初めて来店したとき、メアリーには観察する時間がたっぷりあった。火曜日の午後なかばで、その男が唯一の客だったからだ。

男は細身だがしっかり筋肉がついており、つやのある黒い髪に、よくオリーブ色と呼ばれるような肌の色をしていた。男はチーズ増量で二切れ注文し、それを食べようと奥の席に座った。一分後、男は目を大きく見ひらいて立ちあがった。そして足早にカウンターまで戻ってきたので、メアリーはピザに何か問題があったのかと心配になった。

男はクリフのほうへとカウンターに身を乗りだした。クリフは生地をこねている。「ご主人、どこから来たのかな?」

クリフは顔をあげたが、仕事から完全に注意を逸らしたわけではなかった。「どういう意味ですか? ここに住んでいますけど」

「いやいや。ニューヨーク市のどの区だい? ハドソン川のはるか西のここでピザのつくり方を覚えたわけじゃないだろう?」

クリフは大きな笑みを浮かべ、メアリーは肩の力を抜いた。「ねえ、メアリー」クリフはいった。「目利きが現れたよ」

「趣味のいい食通ね」メアリーは同意した。

「そのとおりですよ、お客さん。おじがはるか東のブルックリンでピザ屋を経営しています。そこで見習いをして、去年の秋に自分たちの店を持とうとこっちに移ったんです」

「いい仕事をしているね」長身の男は言葉を切り、一切れをまんなかで折ってひと口食べた。

「こういうものをこんな片田舎で食べられるとは思ってもみなかったよ」

「気をつけて」クリフはいった。「妻は——そこであなたを睨《にら》みつけているレディですよ——生まれも育ちもここですからね」

初めての客はメアリーのほうを向いてうなずいた。「悪気はなかった。あなたたちの店を褒めようとしたんだ」

メアリーは思わず笑みを浮かべた。「ご旅行ですか?」

「いや。しばらくここにいることになりそうだ」男の細い顔が明るくなった。「思ったより長い滞在になるかもしれない。こんなに食べ物がおいしいんだから」

男が帰ったあと、うれしい驚きだったわね、とメアリーはいった。

「そうだな」クリフは答えながらスツールの上で身じろぎをして、悪いほうの脚から体重を移した。「だけどぼくたちの問題がはっきりしただけかもしれない」

「どういう意味?」

「もしかしたらぼくたちは、好意的な顧客がいる場所から千五、六百キロ離れているのかもしれない。中西部じゃみんなメガピザで満足みたいだからね」メガピザというのは、クリフのNYスタイルのピザショップがメイン・ストリート沿いにできてまもなくハイウェイ沿いに大型店舗を二軒建てたチェーンレストランの名前だった。

メアリーはクリフを見つめた。美術学校に挑戦するために東部に行ったとき出会って以来、ずっと愛してきた夫だ。美術のほうはうまくいかなかったが、結婚生活はそのときも、例の事故も乗り越えてつづいていた。このちょっとした商売の不振も切り抜けられるといいのだけど、とメアリーは思った。

＊

先ほどの長身の男は夜にまたやってきて、ソーセージの特大ピザを注文した。「三十分で戻るから、一番端のボックス席を取っておいてもらえるかな？」

「もちろんです」メアリーはいった。店内は半分ほど埋まっているだけで、いずれにせよ、通りに面したせまい端の席に座りたがる客はほとんどいなかった。

男が戻ってきたのは、ちょうどクリフが注文のピザを取りだそうと窯《かま》に長い柄《え》の木べらをすべりこませたときだった。年配の男が一緒だった。レスラーみたい、とメアリーは思った。身長が低く筋肉質で、ふさふさのグレイの髪と、以前に折れたことのあるような鼻をしていた。

年配の男性客は目を輝かせて店内を見まわした。初めての客にしても、ふつうよりまわりに注意を払っているようだった。それから年配の男は相棒に向かってうなずき、メアリーのほうへ歩いてきた。「こんばんは、ミス。ワインはあるかな？」

「ワインとビールがあります」

「すばらしい。この店で一番いい赤ワインをボトルでもらおう」

メアリーは値段を告げた。ローズヴィルのたいていの人がピザに合わせて飲むのに払ってもいいと思う金額より高かったからだ。グレイの髪の男はまばたきもしなかった。「かまわない。持ってきて」そういって、もう何百回も来ているかのように、ぶらぶらと端のボックス席に向かった。

長身の男が支払いをして、メアリーと一緒にすべてをボックス席に運んだ。

メアリーがほかの何人かの客の相手をしていると、年配の男が顔に特大の笑みを浮かべてまた近づいてきた。「あんたたちについてはニックがいっていたとおりだった。ここのピザはクソうまいな」

ただし、長身の男のほうは〝クソ〟とはいわなかった。

メアリーは顔をしかめて年配の男にいった。「ここではそういう言葉は使わないでいただけるとありがたいんですけど」

長身の男は――ニックというらしい――ひどく驚いた顔でメアリーを見つめた。年配の男は当惑顔だった。何がメアリーを怒らせたのか、わかっていないようだった。

「ちょっといいか――」ニックがいいかけ、その口調を聞きつけたクリフがメアリーのそばへ寄った。

年配の男は手を振ってニックを黙らせた。「彼女のいうとおりだ、ニック。ローズヴィルではローズヴィリアンのように行動せよ、だ。ローズヴィル人はローズヴィリアンでいいのかな?」

「ローズヴィライトです」メアリーは即座に訂正した。

「そうか。失礼したね、ミス。口のきき方には気をつけるよ」年配の男は微笑んだ。「あんたたちに嫌われたくないからね」

「ピザを気に入っていただけてうれしいです、ミスター――」

「ヴィンスだ。ヴィンスと呼んでくれ」

ヴィンスとその長身の連れは、その後二時間ほど端のボックス席に座っておしゃべりをし、ときどき笑いながら、ワインのボトルを空けた。二人が席を立つと、テーブルに現金が置いてあることにメアリーは気がついた。

「お忘れものですよ」メアリーは声をかけた。

ヴィンスは、いいんだ、というように手を振った。「ひと晩じゅうボックス席を占領したからね。チップだと思ってくれ」

「いくら置いていったんだい、メアリー?」二人が出ていってドアがしまってからクリフが尋ねた。

「食事の代金より多い」

「ワオ。あの人たち、また来るといいね」

＊

二人はまた来た。毎晩ではないが、週に三回か四回は来た。ニックはもう、最初にクリフのピザショップを見つけて興奮したときのようにはしゃべらなかった。一方、ニックのボスはいつもよくしゃべった。本人の説明によれば、ヴィンスは東海岸のビジネスマンで、健康上の理由で引退したらしかった。

「マフィアじゃないかな」ある晩、クリフが自宅でいった。

「わからないでしょう」メアリーはいった。「それに、もし以前そうだったとしても、いまはちがう、でしょ？　ヴィンスはただの気のいいおじさんよ。しかもお店の景気をよくしてくれてる」

それはまちがいなかった。以前よりも客足が多くなったのだ。たぶん、店が空っぽだと人は入る気にならないのかもしれない。あるいは、イタリア人みたいな見かけの男二人が端の席にいることが、おいしさの証《あかし》と見なされたのかもしれない。トラック運転手で混みあうダイナーのように。

理由はなんであれ、いまやクリフとメアリーはクレジットカードを使ってやり繰りしなくても、請求書の支払いができるようになった。

＊

ひと月ほど経ったころ、ニックがひと足先に到着して注文をした。「特大を三つ、トッピングも全部載せて。それから、ワインも二種類」

「特別なお祝いか何か？」

「客人が来るんだ」

その客人たちはヴィンスと一緒にやってきた。三十代の男が三人、全員、ローズヴィルでは買えないようないいスーツを着ていた。メアリーは一団が端の席で話すのを見て、ヴィンスがすごく生き生きしてうれしそうだと思った。

その夜の終わりには、客人たちは大騒ぎで握手を交わして帰り、ヴィンスが支払いをしにレジへ足を運んだ。

「あの都会風を吹かしたやつらは誰なんだろう、と思っているだろうね」

「あなたのお友達ならどんな人でも歓迎です、ヴィンス」

「ありがとう、メアリー」ヴィンスは目をきらきらさせていった。「私はローズヴィル流のもてなしが大好きなんだ。私が引退したとき、甥っ子のジェスが仕事を引き継いでね。ときどき、私の様子を確認するために人を寄こすんだよ」

「やさしいんですね」メアリーはいった。

「理由はそれだけじゃない」ニックがいった。「難局に直面したときどこにアドバイスを求めればいいか、ジェスはちゃんとわかっているんだ」

ヴィンスはうれしそうな顔をした。「あれはいい子だよ」

＊

二日後、ドニー・カーペンターが店にやってきた。背の高いドニーが前屈みになり、かすかに体を揺らしている。また酔っているのだ。メアリーは息を呑んだ。

ドニーは軍隊をやめてからずっと厄介者だった。最初にピザショップに来たとき、クリフが足を引きずっていることに気づいてこう尋ねた。「戦争で負傷したのか？」

「ぼくの脚？　いや」

「だったら、何があった？」

メアリーはクリフの顔を見た。すると、どんなにそれを話すのをいやがっているかわかった。メアリーは会話に割って入ろうとしたが、ドニーが手を振って追い払った。

「この人に訊いてるんだよ。何があったんだい、ピザ屋さん？」

「階段から落ちた」

「へええ？　イラクのファルージャにいるおれの友達が、やっぱり踊り場までの一つづきを落ちてさ。まあ、銃撃されたからなんだが。あんたも誰かに撃たれたのか、ピザ屋？」

メアリーは、クリフが事情を話すものと思った。クリフを地下鉄の階段の踊り場まで突き落とした路上強盗は、銃ではなくナイフを持っていたのだと。けれどもクリフはドニーをじっと見るばかりだった。

その酔っぱらいが帰ったときには、クリフはすっかり不機嫌になっており、一週間ほど気分が晴れなかった。ドニーはめったに来店しないが、来れば必ずトラブルを起こした。

しかしその夜はたまたまヴィンスがやってきた。ついてきたニックはドアにぶつかりそうになっていた。じつはニックはボディガードなのではないか、と疑う気持ちがないではなかったが、この瞬間にメアリーの疑いはきれいさっぱりなくなった。

「きょうのスペシャルはなんだい、メアリー・メアリー?」ドニーが薄笑いを浮かべていった。カウンターのまえに立ち、一方の手をゆっくりとレジのてっぺんにすべらせながら。

隣でクリフが身を固くするのがメアリーにもわかった。メアリーは場を和《なご》ませようとして笑みを浮かべた。「トッピングを全部載せた特大サイズがレギュラーとおなじお値段よ」

「あの手のイタリアの食い物全部か」ドニーはいった。「アンチョビ! ありゃあいったいどういう食い物なんだ?」

「酔ってるな」クリフがいった。「帰ってくれ」

「おれを帰らせようってのか、クリフィ? あんたと、味方の軍隊で?」ドニーは声をたてて笑った。「おっと忘れてた。あんたは軍隊に入ったことがなかったんだったな。ここいらの人間はみんな、そんなことをするにはお利口すぎるってわけか、おれ以外は。みんな……」

「帰ってくれといっているぞ」ヴィンスがいった。ヴィンスは立ちあがり、ニックを脇へ押しのけた。

ドニーはしかめっ面《つら》をしていった。「口出しすんな、じいさん」

ヴィンスはにっこり笑い、まえへ進んだ。「もうしちまったからな、坊や」

「みんなおちついてくれ」クリフがいった。しかしそういうクリフ自身の声からしてぜんぜんおちついていなかった。

ドニーはヴィンスより十センチほど背が高く、すくなくとも三十歳は若かった。ヴィンスが三十センチのところまで近づくと、ドニーはぐっと身をそらして大振りの右のパンチを放った。

ヴィンスが頭を動かし、パンチはヴィンスの顔をかすめただけに終わった。ヴィンスは体を揺らしたが、うしろにさがりはしなかった。その気になれば完全によけられたんじゃないかとメアリーは思った。

ヴィンスの笑みが大きくなった。「一発めは無料《ただ》だよ、坊や。次はそれなりの支払いをしてもらう」

ドニーは悪態をついてまたパンチを繰りだした。今回は、ヴィンスは楽によけてドニーの懐《ふところ》に入りこみ、肋骨の下を殴った。

ドニーは体を二つ折りにした。息をヒュッと吐きだし、目に涙をいっぱいにためて。

ヴィンスは両手を組んで棍棒のように固め、まえに出た。そしてその両手をドニーの上にあげた。メアリーは喘《あえ》ぎを漏らした。

「ボス、駄目です」ニックがいった。声は静かで、ふつうに会話をしているようだった。

ヴィンスは姿勢を正し、夢から覚めたばかりのようにまばたきをした。

楽しい夢だったってわけね、とメアリーは思った。

ヴィンスは一方の手をドニーの肩に乗せた。「大丈夫か、坊や?」まるでドニーが自分で転んで頭を打ちでもしたかのような言い草だった。

ニックとヴィンスが二人がかりでドニーを隅のボックス席へ連れていった。メアリーは水を一杯持っていった。

「ありがとう」ヴィンスがいった。「これを片づけてもらってもいいかな?」ヴィンスはワインのボトルとグラスを顎で示した。メアリーは黙ってそれを片づけた。

「警察を呼ぶべき?」メアリーはクリフに小声で尋ねた。クリフは魅了されたように三人のいるほうを見つめている。

「いいや」

「だけどドニーが怒りだすんじゃない?」

「まあ様子を見よう」

二人が見ているうちにドニーは回復し、ヴィンスを凝視していった。「あのパンチをどうやってよけた?」

ヴィンスは肩をすくめた。「よくあるトリックだよ。こんど、素面《しらふ》のときに教えてあげよう。あんたは軍隊にいたんだって?」

「ああ。あんたも?」

「いや、そういう機会には恵まれなかった。どこで従軍したんだい?」

彼らはそうやって閉店まで話しこんだ。

*

一週間後、みんなの頭にあった疑問をぶつけてみた者がいた。ヴィンスはいつもの席に座って新聞を読んでいた。昔風の老眼鏡が鼻の上でずりさがり、実際よりも老けて見えた。もしかしたら、若者たちが思いきった行動に出た理由はそんなところにもあったのかもしれない。

六人の高校生が放課後のおやつを食べにきて、店の正面近くの席に座り、ヴィンスを見てはくすくす笑っていた。しまいにはリーダー格のボー・ジョンソンが、思いきったように店の奥へと歩きだした。

「こんにちは、ヴィンス」

「やあ、坊や。調子はどうだ?」

「まあまあかな」ボーは友達をふり返った。仲間はボーを見て笑っていた。「一つ質問してもいい?」

「ここは自由の国だ」

ボーは唇をなめた。「あなたはゴッドファーザーなの?」

ヴィンスは驚いたような顔をした。「じつはそうなんだよ」

「ほんとに?」

「ああ。きみとおなじ年ごろの男の子と、かわいいチビの女の子の名づけ親《ゴッドファーザー》なんだ」ヴィンスはスポーツコートを軽くたたいてみせた。「写真もあるよ」

「そうじゃなくて」ボーは助けを求めて仲間のほうをちらりと見た。「マフィアのボスなのかって意味で訊いたんだけど」

「こら」ニックがいった。「あんまりこの人の邪魔をするな」

「いいんだよ」ヴィンスはいった。そして眼鏡を上に押し戻した。「きみら若者はテレビの見すぎだ。イタリア系アメリカ人なら誰でもマフィアだと思うのか?」

「あなたはマフィアなの?」女の子の一人が声をかけた。

ヴィンスの肩がぐっとあがり、一瞬、メアリーはヴィンスが怒ったのかと思った。ヴィンスはすぐに体の力を抜いていった。「私はただの元ビジネスマンだよ」

「どういう仕事をしてたの？」ボーが尋ねた。

ヴィンスは考えこむような顔をして、太い指で新聞をぽんと弾いた。「きみたちは新聞を読むかね？」

若者たちは真面目な顔をして首を横に振った。

「読むべきだよ。きみたちもすぐに世のなかを切りまわすようになるだろうが、きちんと注意を払っていないと、われわれ馬鹿な年配者がやったのとおなじ程度の下手な仕事しかできないぞ。きょうの一面にはこんな記事がある。ご立派なビジネスマンが会社を倒産させて、千人分の年金をふいにしてしまったそうだ。弁護団は、この男が上訴するまえに刑務所に入れたほうがいいんじゃないかと議論している。男はいまも五百万ドルの家で暮らしているわけだからね」

ヴィンスはもっとよく若者たちの顔が見えるように立ちあがった。「それから、あしたひらかれる議会の公聴会の記事がある。またべつのご立派なビジネスマンが、なぜ自社が国防総省《ペンタゴン》に過剰な請求をしたか説明する予定らしい。金額はよくわからないが、五億ドルくらい余分に請求したんだったか」

ヴィンスはその話が浸透するのを待ち、それから肩をすくめていった。「で、きみたちの質問に答えると、私はそういうたぐいのビジネスマンではなかったよ。さて、クリフ、ここにいる私の友人たちに、ペパロニのピザを出してくれ」

「わたしはベジタリアンなんです」痩せっぽちの女の子がいった。

「いいことだ、お嬢さん。ほかのみんなより長生きするよ。ハーフ&ハーフだ、クリフ」

＊

でも一番の驚きはミセス・スウォボダが変わったことだわ、まわりじゅうの全員を毛嫌いしてるみたいだったのに、とメアリーは思った。ミセス・スウォボダはヴィンスを見あげなければならないほど背が低く、年のころは七十、灰色の髪をした飾りけのない老婦人で、一方の手に編み物の道具の詰まったバッグを、もう一方の手にコーヒーカップを持ち、誰にでも辛辣《しんらつ》な言葉で応じた。

ヴィンスは甥のジェスの自慢話をしていた。なんでも、フレッド・アステアが出演している映画のＤＶＤを送ってくれたらしい。ヴィンスはフレッド・アステアが大好きだった。

「家族に気にかけてもらえるなんて結構だこと」ミセス・スウォボダはいった。この老婦人は週に二回はミートボールサンドを食べにきて、毎回値段のことでぶつぶつ文句をいうのだ。

「うちの不出来な子供たちなんか電話さえかけてきやしない。ましてやプレゼントを送ってきたことなんかぜんぜんない」

「それはあなたと一緒に公園にいた人たちのことかな？　二週間くらいまえに見かけたんだが」ヴィンスは尋ねた。「あのすてきな夫婦と美人のお嬢さん？」

ミセス・スウォボダはすこし背筋を伸ばして答えた。「そう。あれは息子とその家族」

「なんだ、じゃあ顔を見に来てくれるんじゃないか」

ミセス・スウォボダは灰色の頭を横に振った。「めったに来ないよ。それに、いっておけば、あれはマシなほう。娘の子供たちはモンスターだからね。ライオネルなんか――だいたい、子供にこんな名前をつけるなんてどうなんだろうねえ――いやったらしいチビの嘘つきなんだから。嘘つき《ライイング》ライオネルにいい天気だよっていわれたら、傘を用意したほうがいい」

「だったら、あなたが若い人たちと関わることがより重要になるわけだ」ヴィンスはいった。「何が正しいことか、教えるために」

ミセス・スウォボダの背後でニックがため息をつき、あきれたようにぐるりと目をまわした。

「は！　あたしのいうことなんか聞きゃしないよ。あの子らはみんな、あたしみたいに退屈なばあさんは死ねばいいと思ってるんだから」

ミセス・スウォボダがいなくなると、ヴィンスは笑みを浮かべてかぶりを振りながらカウンターに近づいた。

「ミセス・スウォボダがあなたに迷惑をかけました？」メアリーは尋ねた。

「迷惑？　いや、ちっとも。すてきな人だよ」

「すてきな人？」クリフがくり返した。「あの人はみんなをイライラさせてますよ」

「まあ、私は好きだよ」ヴィンスは声をたてて笑った。「ローズヴィルの人はみんな好きだ。私はこの町に夢中なんだよ」

「どこがそんなにいいんですか？」メアリーが尋ねた。「ピザ以外に、という意味ですけど」

「なんていったらいいんだろう」ヴィンスはつかのま遠くを見つめた。「ここでは生活のペースがゆっくりなんだ。退屈という意味じゃないよ。のんびりしてる。人と人とが話をする時間がある。お互いを気遣う時間が」

「まさにそれがローズヴィルなんです」メアリーはいった。

ニックが鼻を鳴らした。

「あなたは賛成しないんですね」クリフはいった。

「ここの人たちはお行儀がよすぎる」ニックは手を振った。「怒らないでくださいよ、ボス。あなたにとってここがいい場所なのはうれしいけれど、これ以上すこしでものんびりしようものなら、おれは立ったまま寝てしまいそうだ」

ヴィンスはにっこり笑った。「ニックの仕事は人々の安全を守ることだからね。ニックはその仕事をほんとうにうまくこなすんだが、ここでは必要とされていないように感じてしまうんだな」

「まあ、メイン・ストリートとガーデン・ストリートの交差点には気をつけたほうがいいですよ」クリフはいった。「イカレた運転をする高校生がいるから」

長身のニックはため息をついた。

＊

その晩、家に帰ってから、メアリーは尋ねた。「あなたもニックとおなじ意見？」

クリフは前屈みになって脚の装具をはずしているところだった。「何について？」

「ローズヴィルがのんびりしすぎてるって」

クリフはすこし考えてから答えた。「婚約したあと初めてここに来たときはそう思った。だけどこのせいで――」クリフは自分の脚をぽんとたたいた。「ぼくのスピードが町に合うようにちょうどよく落ちたんだと思う。それに、ぼくにとってはこの町だって充分危険だったわけだし」

「あなたは強盗にあった。それは誰の身にも起こりうることだった」

クリフは顔をそむけ、ベルトを吊るした。「自分で自分の身も守れない男なんかいやじゃないのか？　ドニーと喧嘩することも、誰かほかの馬鹿と喧嘩することもできないなんて？」

「馬鹿っていうのは、拳で議論に決着をつけようとする人のことよ」メアリーはクリフのうしろに立って、クリフに腕をまわした。「わたしだって危険になれるんだけど」

クリフはメアリーの手にキスをした。「証明してみせてくれ」

＊

それから数週間後の月曜日、東海岸から二人の男がやってきた。夕食どきの混雑がおさまった直後だった――まあ、月曜日なので混雑などなきに等しかったのだが。

「ああ、くそ」ドニーがいった。ドニーはボックス席に座り、ルートビアをちびちび飲んでいた。

「毎晩あの人を独り占めするなんて無理よ」メアリーはドニーにいって聞かせた。

「ああ、わかってる。だけど甥っ子が人を寄こすと、おれたちなんていないも同然って感じになるからさ」

「あの人といるのがほんとうに楽しいのね」

「そうなんだ。ほら、助けにもなってくれてるし……」

メアリーはうなずいた。ドニーが禁酒をしくじったのは、ヴィンスがここに来てからは一回だけだった。ある日、ドニーがおぼつかない足どりでピザショップに入ってくるのを見ると、ヴィンスは言い訳をいっさい聞かなかった。「もっと気分がよくなってから出直してきたまえ」それだけいって、背を向けたのだ。ドニーは恥じ入ったような顔をして立ち去り、二日後にまたやってきた。素面で。

そしていまは、ニューヨーク仕立てのスーツを着た二人の男を睨みつけていた。

「ヴィンスがいつも座るのはどこだい?」背の高いほうの男が尋ねた。髪はニンジンのような色の赤毛で、顔に大きな笑みを浮かべていた。

「端のボックス席です」クリフがいった。「待っているあいだに、何かいかがですか?」

赤毛は相棒に目を向けた。相棒は赤毛より背が低く、頭は丸刈り、耳には怪我の痕があった。

「ああ、いいんじゃないか? ペパロニのLサイズと、ビール二杯」

クリフがちょうど二人のピザを窯に入れたとき、ミセス・スウォボダが来店してミートボールサンドを注文し、義理の娘が電話でひどく無礼だったと文句をいいだした。

新顔二人はボックス席に座らず、奥の壁のそばに立ってコロシアムの壁画を吟味《ぎんみ》していた。

メアリーが美術学校から得た数少ない成果のうちの一つだった。

ドアがひらき、ニックが入ってきた。「やあ、メアリー、もし誰か来たら――」ニックはそこで凍りつき、目を大きく見ひらいて奥の二人を見た。三人全員が、すばやくジャケットの内側に手を伸ばした。

銃だ、とメアリーは思った。ここで撃つつもりなんだわ。

それからメアリーはミセス・スウォボダに気がついた。まだカウンターのそばに立っており、銃には気づかずに顔をしかめている。ニックにとっては完璧な盾だった。メアリーは、ニックもおなじことに気がついたのを見て取った。

ほんの一瞬、ニックの顔に苦しげな迷いが浮かんだ。だが、ニックはすぐに大きく横に二歩動き、老婦人を弾丸の通り道からはずした。

ニックが最初の一発を撃つと同時に、クリフはメアリーを押し倒し、二人でカウンターのうしろの床に転がった。

メアリーの呼吸がもとに戻ったときには銃撃はやんでおり、ミセス・スウォボダが大きな悲鳴をあげていた。

「全員立て」赤毛がすばやく動きながら大声でいった。このとき聞こえたのは銃を蹴った音だったのだと、メアリーはあとで気がついた。「それから、そこのばあさん、叫ぶのをやめろ。あんたは怪我はしてないよ」

「大丈夫？」クリフが小声で尋ねた。メアリーはうなずいた。

凸凹《でこぼこ》コンビのボコのほうがカウンター越しに見ていた。「聞こえただろう。立て」

メアリーはクリフを助け起こした。クリフはメアリーを押しやろうとしたが、倒れこんだのが脚によくなかったのは明らかだった。

「おい、何をしてる？」赤毛がいった。

ドニーが携帯電話を出そうとしていた。「それをテーブルに置け」ボコがいった。ドニーがいわれたとおりにすると、ボコは携帯電話を銃床でたたき壊した。

赤毛がクリフとメアリーを見た。「そっちの二人はボックス席につくんだ。いや、べつべつの席に。もっと早く動けないのか？」

「この人は脚が痛むの」メアリーはついそう口走ったが、クリフが向けてきた目を見て、黙っていればよかったと思った。

「痛いの痛いの飛んでけ、か？」ボコがいった。「さっさと向こうへ行かないと、本物の痛みがどんなものか知ることになるぞ」

クリフは足を引きずりながらメアリーの隣のボックス席に向かった。ミセス・スウォボダがよろよろとべつのボックス席につき、最後にドニーが席について全員が揃った。

メアリーは驚いて店の正面を眺めた。銃弾で壊れた窓が一つもなかった。ニックがミセス・スウォボダから離れるようにして横に動いたからだとすぐに気づいた。ニックに当たらなかった弾丸《たま》はガラスではなく、壁に当たったのだ。

そしていま、カウンターからボックス席へ移るときに全員がまたいだ男が、いやでもメアリーの目についた。

ニックは仰向けに倒れていた。目をとじ、動かない。すくなくとも二つ胸に穴があいていたが、血の大半は体の下へ流れでているようだった。

赤毛はニックの銃を自分のベルトに差した。「オーケイ」赤毛はいった。「全員、おちついてくれ。誰も電話をかけないし、誰もどこへも行かない、いいな。おい、そこの兵隊」ドニーは軍服の上着をはおっていた。「ニックを奥の部屋へ引きずっていけ」

「地獄に落ちろ」ドニーはいった。

ボコがにやにや笑いながらまえに出た。そしてドニーの頭に向けて銃を持ちあげ――

「やめて」メアリーがいった。「行って、ドニー。ニックに何をしてあげられるか確認して」

ドニーはメアリーを見た。次いで肩をすくめ、立ちあがった。ドニーがニックの肩をつかんで奥の食品貯蔵室まで引きずるのを、ボコが監視した。ニックは一度だけうめいて、また静かになった。

「それでいい」赤毛がいった。

「まだ生きてる」ボコがドア越しにいった。「なんとかしたほうがよくないか？」

赤毛は首を横に振った。「ここにいるお友達を動揺させるのはやめておこう」

赤毛はにっこり笑った。中古車のセールスマンみたい、とメアリーは思った。「いいか、おれたちは、あんたがたのお友達のヴィンスとすこしばかり話をしなきゃならない。だからヴィンスがここに来るまで静かに待つんだ。そうすれば、善良なるあんたがたは無事なまま、おれたちはいなくなる」

赤毛は親しげなしぐさで両手をあげた。全員を説得できたと確信しているようだった。「わかったか?」

「もちろんだよ」ミセス・スウォボダがいった。そして赤毛から目を離さないまま、編み物を取りだした。「ちょっと坊や、あんたを見てると孫のライオネルを思いだすよ。似てると思わない、メアリー?」

「確かに」

ドニーが戻ってきた。上着を脱いで置いてきたようで、Tシャツしか着ていなかった。ボコが銃を持ったままうしろからついてきた。

「お帰り、兵隊くん」赤毛がいった。「座れ」

赤毛はボコに向かってうなずいた。「正面ドアのそばに行ってくれ、ヴィンスが現れたときのために。月曜の夜はそんなに混まないはずだが、念のためにすこし明かりを落とそう。真っ暗にはしないが、銃を見られないほうがいいからな」

「明かりのスイッチはどこだ、のろま?」ボコがクリフに尋ねた。

「くたばれ」

赤毛は首を横に振った。「馬鹿な真似はやめとけ、いいか? こっちのレディを脅してもらいたいのか?」赤毛はメアリーを指差していった。「タフに見られたいのか? どうせ降参するのに。あまりいい考えとは――」

「明かりのスイッチはピザ窯の左側だ」クリフはいった。メアリーとは目を合わせたくないようだった。分別のある行動を取ったことを、恥ずかしいと思っているのかしら?

赤毛はいくつかの明かりを消し、なかよりも外がよく見えるようにした。

「これでよし。うわ、ずいぶん汚れてるな」赤毛は床を見ていった。「掃除道具はあるか？」

「奥に」メアリーがいった。

「案内しろ」

赤毛は貯蔵室までメアリーについていった。キャスターのついた大きなバケツにモップと掃除用具が入っていた。メアリーはドアに向かってそれを押していったが、途中で喘いだ。ニックが床に横たわっていたからだ。胸がドニーの上着で覆われている。

メアリーはバケツを置いてニックのほうへ歩いた。

「行くぞ」赤毛がいった。

「一分くらい待てるでしょ」メアリーはそういってひざまずいた。

「なあ、聞けよ――」

メアリーは勢いよくふり向いて赤毛を正面から見据《みす》えた。「気づいてないかもしれないけど、あそこでみんなをおちつかせているのはわたしよ。もしわたしが悲鳴をあげはじめたら、あなたのお友達は全員を撃たなきゃならなくなる」思ったより早くね。

赤毛はちょっと考えてから、また笑みを浮かべた。「わかった。一分だぞ」

メアリーはうなずいた。ニックの頬に触れると熱かった。ニックが目をひらいた。「何があった？」

「あなたは撃たれたの」ドニーは上着を使って出血を止めようとしたのだ。どうやらそれが効いているようだった。

「あの道化たちに？」ニックは顔をしかめた。「信じられん」

「ミセス・スウォボダを弾道からはずすために時間を取ったから」

「おれが？」ニックはため息をついた。「この町に来てやわになったな」

「あなたはやさしいのよ。何か要る？」

ニックの目が大きく見ひらかれ、メアリーに焦点が合った。「ヴィンスを守ってくれ」

「がんばってみる」メアリーはぽんぽんとニックの腕をたたいた。「あなたもなんとか持ちこたえて」

メアリーは立ちあがり、赤毛に向かってうなずいた。それからモップをつかむと、バケツを押してメインルームへとドアを入った。クリフが息をつくのが見えたので、メアリーはクリフに向かって微笑んだ。

モップをかけはじめてからは、強《し》いて汚れの正体には目をつぶり、代わりに全員が生きてこれを切り抜ける方法を考えようとした。

ボコがドアのそばに立ち、窓から外を見ている。赤毛はカウンターにもたれ、メアリーが作業するのを見張っていた。

もういつ現れてもおかしくない、とメアリーは思った。ヴィンスはもういつ来てもおかしくなかった。

「終わったか？」赤毛がいった。まだ笑みを浮かべている。「よし。カートを奥のドアまで運べ。だがドアの向こうへは行くな。それが済んだら座れ」

「なぜヴィンスを狙うんだ?」クリフが尋ねた。

「黙れ」ボコがドアから目を離さずにいった。

「いや、いいさ」赤毛がいった。「ヴィンスは以前、東部でビジネスをしていた。で、ヴィンスのやり方が気に入らない人間が何人かいたから、辞めた。そのあとを引き継いだ男が――」

「ジェスだな」ドニーがいった。

赤毛は肯定しかけてから意外そうな顔でドニーを見た。「ふーん、ヴィンスはおしゃべりなんだな。そう、ジェスはおじとおなじくらい非協力的なんだ。物事の進展を妨《さまた》げている。だからもっと合理的に考えろと、ヴィンスに説得してもらいたいんだよ」

「これが合理的だっていうの?」ミセス・スウォボダがいった。「かわいそうなニックを撃つことが?」

「あいつが先に撃ったんだ」赤毛はいった。「騒ぐなよ、いいか? ヴィンスが来たらすぐに決着がつく」

ボコが小さく笑った。

ヴィンスが来たら殺すか、誘拐する気ね、とメアリーは思った。それで甥っ子にメッセージを送るつもり? いずれにせよ、目撃者を生かしておくとは思えない。

メアリーは目撃者仲間に目を向けた。

クリフは見つめ返してきた。顔は蒼白で汗まみれ、手は脚に当てている。きっとひどく痛むのだろう。

ミセス・スウォボダは外の世界を無視して、最新の編み物に取り組んでいた。紫色のウールでできた何やら見苦しい固まりだ。

ドニーは体をまえへ、うしろへと揺すっていた。向かいの壁を凝視しているようでいて、その目には何も見えていない。ああ、何があったかは知らないけれど、何か戦争中の出来事を思いだしているのね、とメアリーは思った。

ヴィンスが到着するまえに何かするとしたら、それはメアリーにかかっていた。

しかしヴィンスはいつここに着くだろう？　ニックと一緒に来ないときは、たいていピザが焼きあがるころに現れるのだが。

そう思ったときに、どうすべきかわかった。時計を確認するまでもなかった。

「ちょっと問題があるんだけど」

赤毛がメアリーに目を向けた。「なんだ？」

「あなたたちが注文したピザ」

赤毛は面白がっているような顔をした。「金を払えって？」

「もう窯から出すころあいなの」

「放っておけ。食べている暇はない」

「だけどもうすぐ焦げはじめる。あと五分もするとものすごく煙が出るだろうから、みんな店内にいられなくなる。あなたたちに何をされようと」

赤毛は大きな窯を見つめ、うなずいた。「わかった。取りだせ」

クリフが立ちあがりかけた。「あんたじゃない。そのレディだ」

メアリーは自分のボックス席を出て、カウンターをまわりこんだ。そばにはボコが立っている。メアリーは木べらを手に取り、窯をあけると、慣れた手つきでピザをすべらせて出し、カウンターにあった円いアルミのトレーに載せた。そして木べらをカウンターに置いたまま、ピザカッターでピザを切り分けはじめた。

「その必要はない」赤毛がいった。「座れ」

「一分もかからないから」メアリーはいった。「ほら。そんなにひどく焦げてない。誰か食べない？」

メアリーはトレーを持ちあげた。

「それを置いて、ボックス席へ戻れ」赤毛が銃を振っていった。

「いいじゃない」メアリーは陽気にいった。「きっとみんなおなかが空いてるはず。あなたはどう、ドニー？」

ドニーはポカンとしてメアリーを見つめ返した。

「さあ」メアリーはいった。「最初の一つは無料《ただ》よ！」

ヴィンスがいったのとおなじ言葉が、ドニーのなかの何かを呼び起こしたようだった。ドニーはまばたきをし、ゆっくりと立ちあがった。

「座ってろ、間抜け」赤毛がいった。

ミセス・スウォボダが編み物をテーブルに置いて、苦心しながら立ちあがろうとした。「その子をいじめないで！」ミセス・スウォボダは叫んだ。「ドニーをいじめないでちょうだい！」

赤毛はいっぺんにすべての方向を見ようとした。ボコが近くに寄った。

メアリーはするりとカウンターをまわると、爪先立ちになってボコの顔に思いきりトレーをたたきつけた。

ピザが顔に当たる向きで。

ボコはかん高い悲鳴をあげた。窯から出したばかりで湯気のたったチーズやトマトソースに突然顔を覆われたのだから。

ドニーがすばやく席を立ち、赤毛めがけて飛びかかった。赤毛がひょいとよけたので、ドニーはその勢いのまま、まっすぐボコにぶつかった。

二人が取っ組みあっているあいだ、赤毛はそばに立って大声をあげながら、どうしたらボコが振りまわしている銃の射程に入らずにドニーを撃てるか考えており、クリフがどうにかこうにか席を立ったのは目に入っていなかった。クリフは長い柄の木べらをつかむと、野球のバットのように振った。

へらの薄くなった先端が、ちょうど赤毛のうなじに当たった。メアリーは一瞬ひやりとした。頭がすっぱり切り落とされたらどうしよう。

しかしもちろん木べらはそこまで鋭くなかった。へらが当たると、赤毛の頭はうしろに跳ねた。次いで腕が投げだされ、赤毛は床にうつぶせに倒れた。赤毛の銃はタイルの上をすべっていき、奥の壁にぶつかった。

　クリフは足を引きずりながら銃を追った。メアリーは、カウンターのまえで転げまわって乱闘をつづける二人のそばへ急いだ。ボコがドニーの上に乗っていた。二人の手は四つとも銃にかかり、互いになんとか相手から銃をもぎ取ろうとしていた。

　メアリーがどうしようかと悩んでいるうちに、ミセス・スウォボダがおちついて近づいてきて、編み針をボコの肘に突きたてた。ボコは悲鳴をあげて銃を離し、必死に手を伸ばして編み針を抜こうとした。

　ミセス・スウォボダはボコのほうへ身を屈めていった。「そんなに痛むなら」老婦人は甘い声でいった。「あたしがもう一本をどこに刺すつもりか考えることだね！」

「ドニーから離れろ」クリフがいった。クリフは赤毛の銃を持っていた。

　ボコはしかめっ面になって床に降りた。ドニーはもう一つの拳銃をようやく独り占めすることができ、急いで身を起こしてクリフの横に立った。クリフはドニーにむかってうなずいた。

「緊急通報番号に電話して。壁の電話を使うんだ」

「ニックの銃は……」

「わかってる」クリフはまだ気を失ったままの赤毛のほうへ身を屈め、赤毛のベルトから拳銃を引き抜いた。「メアリー、ニックの様子を見てきて」

「そうね」メアリーはいった。「でも、まずは……」メアリーはクリフをすばやく捉え、激しくキスをした。

「あれまあ」ミセス・スウォボダがいった。

熱烈な抱擁が解かれると、驚いたクリフはメアリーをまじまじと見つめた。

「わたしのヒーローだから」メアリーはいった。

「そう?」クリフはにやりと笑った。

ニックは意識がなかったが、まだ息はしていた。メアリーは戻ってそう報告した。

「自分がどんな泥沼に足を突っこんだかわかってないようだな」ボコはまだ床に、赤毛からそう遠くない場所に座っていた。

「お黙り。うるさいとまた刺すよ」ミセス・スウォボダは仰々しく編み針を振った。「ふう! これが孫たちの耳に入るのが待ちきれないよ。誰が退屈なばあさんだって?」

「おまえらみんな死んだも同然だ」ボコはいった。「おれたちをここに送りこんだ人間が、必ずおまえらを殺す」

クリフは首を横に振った。「よけいなおしゃべりをしていないで、自分がどんなに恵まれてるか考えたほうがいいよ」

ボコはクリフを凝視した。「どうしてそんなことがいえるんだ?」

「最初に警察と話す人間が一番いい取引ができるってことくらい、誰だって知ってる」クリフは赤毛を指差しながらつづけた。「お友達が脳震盪《のうしんとう》から回復するまでに、あんたはすべての罪を彼にかぶせることができる。で、自分は証人保護プログラムに入ればいい」

「ああ?」ボコはじっくり考えてからつづけた。「おれはいろいろ知っているからな。かなりいい取引ができるだろうな」

「泥棒に信義なしだね」ミセス・スウォボダはいった。

「まさに言葉どおり」

「警察と救急車が向かってるって」ドニーがいった。「クリフ、あの木べらを振りまわすあたはバリー・ボンズみたいだったよ」

「学校で野球をやってたんだ。だけどまさか――」

ドアがひらいた。全員がふり返り、グレイの髪をしたタフな見かけの男を見つめた。彼は目を丸くして床の上の男二人と、銃を持った二人を見た。

「おいおい！　ここで何があったんだい？」

「入ってください、ヴィンス」メアリーがいった。「いまちょうど、ローズヴィル流のおもてなしでお客さまをお迎えしたところなんです」

著者よりひとこと

十年以上まえのことだが、仕事がらみの会議でワシントンDCを訪れた。ある晩、気がつくとデュポンサークルで凡庸《ぼんよう》なピザを食べていた。

人間の頭の働きとはおかしなもので、それが作家となればなおさらだ。世界有数の活力を誇る都市にいながら、わたしは無意識のうちに中西部の小さな田舎町を思い描いていた。移住したニューヨーカーがそこに家族経営のピザショップをひらき、一旗揚げようとするところが頭に浮かんだ。犯罪小説作家としてのわたしの仕事は、登場人物たちをできるかぎりみじめに描くことであり、わたしはその方法を見つけた。

その後まもなく、アンドルー・マクレイがダークハウス・ブックスという出版社をたちあげ、最初に出版するのは『コージー・ノワール・アンソロジー』だと発表した。

一見したところ、非常に奇妙な組み合わせである。コージーミステリとは、読者にはっきりと暴力を見せることなく、最後には謎の解決が提示される小説のことだ。ノワールとは、負け犬がなんとか這いあがろうとする暗い話で（たとえばガールフレンドの夫を殺して保険金をせしめるとか）、負け犬はたいていそのせいでさらに世界から踏みつけられる。そんな二つが、どうしたら両立するというのだろう。

アンドルーの発表に対するわたしの最初の反応はこうだった――「なんてイカレたアイディアだ！」次いでこう考えた――「待てよ、うってつけの話があるじゃないか」

わたしが小説を書くことで大金持ちになれないのは、こんなことばかりしているからだろう。

いずれにせよ、アンドルーの同意を得て、わたしの短編が二〇一四年に刊行されたこのアンソロジーのオープニングを飾ることになった。ダークハウス・ブックスはその後も多数の本を出版しているが、この一編のおかげでわたしは同社の最初の作家であることを堂々と主張できる。

わたしはふだん、テーマについて悩むことに時間をかけたりはしないのだが、〝贖罪《しょくざい》の可能性〟というテーマが自作に頻出することは自覚している。悪いことをしてきた人間が、それを埋めあわせることはできるのか？　ここに登場するマフィアについては、できるといってもいいのではないか。

最後にピザショップについてもう一つだけ。*Greenfellas* というわたしの小説は、環境保護を決意したマフィアの話で、舞台はおもにニュージャージーなのだが、一カ所だけワシントンＤＣが舞台になる場面があり、マフィアの主人公がわたしとおなじピザショップに入る。

質素な舞台が複数のちがう話に出てくるとは奇妙なものだ。しかしこの本を読み進めれば、べつの場所でもそれが起こっていることがわかるだろう……。

残
酷

Brutal

ドミシィがオフィスに入ろうとしたとき、コイルはドアのうしろから出てドミシィを棍棒で殴った。小柄なドミシィは顔から先に、安っぽい灰色のカーペットへと倒れた。

コイルはすばやく動いた。ダクトテープをロールからちぎってドミシィの両手に巻き、目と口に貼り、足にも巻いた。その後、引きずったり押したりして、ドミシィを壁際へ寄せた。

コイルはダクトテープをもう一切れちぎり、持ってきたプリントアウトのお知らせにつけた。〝病気により休業〟と書いてある。ドアを数センチあけ、一瞬動きを止めて廊下に誰もいないことを確認してから、お知らせの紙をドアに貼りつけた。

それからなかに戻ってケースをあけ、ライフルを組みたてはじめる。まだ三十分ほど余裕があった。

照準器を確認していると、ドミシィがうめき声をあげるのが聞こえた。コイルはライフルを机に置き、グレイの頭の会計士のそばに膝《ひざ》をついた。

「こんにちは、ミスター・ドミシィ」コイルは囁《ささや》いた。囁きから本来の声を聞きわけられることはまずない。「聞こえていたらうなずいてくれ。結構。まずは自己紹介をしておこう。おれは殺し屋だ。あんたも聞いたことがあるような、指一本で人を殺せるたぐいの人間だ。信じるか?」

ドミシィはまたうなずいた。

「たいへん結構。あんたは死にたいか?」

すこしの間《ま》。それからドミシィは切羽詰まったように激しく首を横に振った。

「大丈夫だよ。おれもあんたを殺したくない。おれたちが二人ともほしいものを手に入れる方法はこうだ。おれの顔を見ようとするな。音をたてるな。逃げようとするな。このきまりを守るかぎり、おれはあんたに手を出さなくて済む。わかったか?」

ドミシィはまたうなずいた。

「すばらしい。そこに寝転がって、くつろいでいてくれ。すこしのあいだあんたのオフィスを使わせてもらうだけだから。一時間以内に、まあ、長くても二時間で、あんたは自由の身だ。あしたにはテレビにでも出て、自分がどんなに勇敢だったか話すといい」

コイルはドミシィの肩をぽんぽんとたたいた。そして立ちあがり、ライフルのそばへ戻ると、ドミシィのデスクチェアを窓に向けた。ブラインドは一カ所を除いてすべておろしてあった。その一カ所からはここより三階下にある、向かいの〈ギャラティン・ホテル〉の入口が見えていた。ギャラティンは四つ星ホテルで、こんなに古くてみすぼらしいオフィスビルとおなじブロックに建っていることをすこしばかり恥じているようにも見えた。

二時五分まえ、ギャラティンの入口にリムジンが停まった。回転ドアがまわり、高価なスーツを着たボディガードが出てきた。周囲に対してしかるべき注意を払っていなかった。

そのうしろにターゲットがつづいた。黒のトレンチコートを着た長身で禿《は》げ頭の男。コートのまえをあけ、下に着た灰色のシルクのスーツを見せている。

コイルの最初の銃弾は上院議員の右眉の上に当たった。次の銃弾は、ターゲットが倒れかけたときに、青いネクタイの結びめのすぐ下に当たった。

上院議員の体がホテル入口のステップに転がったときには、世界中の誰もが入りたがるクラブに一つ空席ができていた。

ボディガードはすばやく動いた。だが、上着の内側から拳銃を引きだそうとしたときにはすでにコイルの次の銃弾が肩に当たっていた。ボディガードは体を回転させ、雇用主の隣にうつぶせに倒れた。

致命的な一撃ではなかった。殺そうと狙ったわけではなかった。死んでもいいほどの給料をもらってはいないだろう。コイルはただ、追跡を阻止したいだけだった。

おなじ理由から、コイルはもう一度撃った。今度はリムジンのボンネットに弾丸《たま》を当てた。運転手がヒーローになろうなどと思わないように。

コイルはうしろを向き、ライフルをドミシィの机の下に落とした。上院議員がホテルを出ようとした瞬間から、十秒も経っていなかった。

銃撃がはじまってから、ドミシィは泣き声をあげていた。コイルは無視して、一方のゴム手袋をはずし、明るい黄色のレインコートのポケットに突っこんだ。そしてもう一方の手でドアをあけ、オフィスの外に出てドアをしめた。それからそちらの手袋もレインコートのポケットに入れた。

エレベーターへ向かう途中、べつのオフィスのまえで立ち話をしている男女を見かけた。コイルは無視した。レインコートに赤い鳥打帽という服装は二人の記憶に残るだろう。だが、顔は残らない。

エレベーターが駐車場階に着いた。コイルはシルバーのトヨタを、どの防犯カメラからも可能なかぎり遠い場所に停めておいたのだ。車のトランクをあけ、アタッシェケースと、黒のオーバーコートと、フェドーラ帽と、革の手袋を取りだした。次いで黒い大きなごみ袋をひらいた。なかには医療廃棄物の入った明るいブルーの袋が三つ入っている。けさ早く、郊外の病院から持ちだしたものだった。やはりトランクに入れておいた大きなキッチンナイフを取りあげ、三つの青い袋を切り裂いた。黒いごみ袋のなかで三つの袋の中身が交ざりはじめると、身につけていたレインコートと鳥打帽をそこに加えた。

コイルは黒いごみ袋の口をとじ、階段へ向かった。袋は通りがかりにダンプスターに投げこんだ。もし警察にこれを発見する運があったとしても、ごみのなかから犯人のＤＮＡを拾うためには、鑑識の係官がみじめな時間を過ごすことになるだろう。

コイルは階段を使ってオフィスビルの裏の路地に出た。軽食堂の裏口に足を踏み入れたとき、サイレンが聞こえた。コイルは事務所とトイレを通りすぎて、食堂に入った。

「お好きな席へどうぞ」ウェイトレスがいった。客はほんの何人かしかおらず、みな遅めのランチを食べていた。

コイルは窓に面した――しかし窓から近くはない――席についた。サラダを注文し、このサイレンはなんだろう、とウェイトレスに尋ねた。

「たぶんテレビが知ってるんじゃないかしら」ウェイトレスはそういって、ローカルニュースのチャンネルをつけた。

コイルの食事が出てくるころには、入ったばかりの速報をニュースキャスターが伝えていた。

「きょう、チャールズ・ダウリング上院議員が街なかで残忍な襲撃にあったとの情報が入りました。現時点では詳細はわかっていません」

何もわかっていないといいながら、ニュースでは〝なぜ上院議員が地元の州最大の街を非公式に訪問していたのか〟について憶測をはじめた。

コイルは浮かんだ笑みをティーカップで隠した。上院議員はホテルで愛人と過ごしており、もし殺害後二日のうちに愛人の名前がニュースに出ればボーナスが入る予定だった。クライアントは愛人に恨みがあるのかもしれない。あるいは愛人を都合のいい偽の手掛かり《レッド・ヘリング》と見なしているのかもしれない。コイルはどちらでもかまわなかった。

気前のいい、それでいて記憶に残るほどではないチップを残して外に出ると、コイルは南へ向かう一方通行の通りへ、殺人現場のほうへと歩いた。

警察車輌が二台、猛スピードで通りすぎたが、アタッシェケースを持ち、携帯電話を耳に当てながら北へ向かって歩くコイルにはなんの注意も払わなかった。

逃走用の車は青のアキュラで、ホテルから五ブロックのところにあるメキシコ料理店のまえに停めてあった。見覚えのある角に着いたときには、サイレンを聞かないまま二分ほどが過ぎていた。

コイルは立ち止まった。車がなくなっていた。

「信じられない」

「信じるしかないよ、兄さん」房飾りのある赤いカウボーイシャツを着た、痩せたメキシコ系の男がいった。「消火栓のそばに停めると、やられちまうんだよ。レッカー移動されてたよ。罰金を払わないと返してもらえないんだけど、これがね、えらく高いんだ」

「消火栓？　そんなものはどこにも見えないが」

「ここだよ」カウボーイはそういってじりじりとうしろにさがり、〈トリニのタコス〉を宣伝する立て看板と並んだ。その看板のうしろに消火栓が隠れていた。

「こいつは驚きだな、くそっ」コイルはいった。

「トリニを訴えるべきだね」カウボーイはいった。「そこに立て看板を置くなって何度もいってるのに、あいつはいつもそこに置くんだよ。せめて切符を切ってるレディが看板をどけたらいいと思うだろ？　だけど、そんな重いものを動かすのは自分の仕事じゃないっていうんだ。あの女も訴えるべきだよ」

コイルの逃走計画はシンプルだった。まず通勤列車の駅まで車で行く。それから列車に乗って隣街まで行く。そこからは自分の車で州を二つ越えて家に帰れるはずだった。

しかしこれでは、どうしろというのだ？　罰金を払って車を取り戻すなど論外だし、殺人現場のそばで車を盗むのも悪手だった。

そのとき、タクシーが現れた。一方通行の道路をコイルに向かって走ってくる。空車のサインがついていた。コイルは通りに一歩踏みだし、手を振った。「タクシー！」

「気をつけろ、のろま！」

配達中の自転車便が一方通行の道路を逆走してきた。警察車輌や救急車のせいでひどく走りづらくなったメイン・ストリートを避けるためだった。遅れを取り戻そうと全速力で漕いでおり、自分のまえに歩行者が飛びだしてくるとは予測していなかったらしい。

前輪はコイルをよけたが、急に向きを変えたせいで自転車はバランスを失い、乗り手とコイルがぶつかった。

コイルはつんのめって頭をタクシーの側面にぶつけた。自転車便の配達人は縁石《えんせき》にキスをした。どちらも通りに倒れたまましばらく動かなかった。

タクシーの運転手は、顎ひげを生やしてターバンを巻いた男で、状況を見て取るやアクセルを踏みこんだ。かろうじて人間二人をよけることはしたが、自転車の後輪を轢《ひ》いていった。

「ひでえやつだな！」カウボーイが大声をあげた。「誰か警察を呼べ！」

コイルはゆっくりと立ちあがった。頭が痛み、目の焦点が合わなかった。「何がどうなってる？」

「このイカレ野郎が自転車であんたを轢いて、べつのイカレ野郎がタクシーでそいつを轢いたんだ。あんたは二人とも訴えるべきだよ」

コイルの望みをいえば、配達人を訴えるどころか殺したかったが、それには時も場所もふさわしくなかった。

「警察はいい」コイルはいった。「行かなきゃならないんだ」コイルはよろけつつ歩道へ戻った。カウボーイがコイルのアタッシェケースを拾った。

青いワンピースの女が配達人を助け起こしていた。口論が避けられなくなるまえに、さっさと立ち去らなければ。

コイルはふり返ることなく通りを進んだ。一ブロック離れてからやっと、カウボーイがまだアタッシェケースを持っていたことに気がついた。やれやれ。まあ、所詮は小道具だ。中身はといえばウェブで拾ってプリントアウトした株式報告くらいのものだった。自分が本物のビジネスマンであることを誰かに納得させなければならない場合に備えて用意した書類だった。

さて、駅はどっちだ？　あたりを見まわすと、いきなり頭を動かしたせいでまためまいがした。これはよくなかった。本来ならベストな状態で怠《おこた》りなく警戒していなければならないのに、その状態にはほど遠かった。

駅までは一キロ半あった。歩いているうちに、頭もすっきりするかもしれない。

三ブロックほど進むと、背の高い赤毛の男がコイルの正面にやってきた。「煙草ある？」

「ない」

「だったら、財布を寄こしな」

コイルは相手を凝視《ぎょうし》した。「は？」

「聞こえただろ、おじいちゃん。いますぐ財布を出せ」

コイルとこの赤毛の男では、多めに見ても十歳くらいしか離れていなかった。コイルはにやりと笑った。「オーケイ、坊や。そこからどくのに二秒あげよう」

コイルが気づいたときには手遅れに近かったが、赤毛の男はコイルを通りこした向こうを見ていた。コイルがひょいと頭をよけると、背後からの一撃が肩に当たった。襲撃者は太った黒人の男で、右手にハンマーを持っていた。ハンマーを使う路上強盗など、コイルは見たことも聞いたこともなかった。

「財布を寄こせ、この馬鹿」

うしろに赤毛の男がいるのが音でわかった。コイルは体を回転させ、男の腹に蹴りを当てた。赤毛の男は「うっ」といって歩道に座りこんだ。

ハンマーがコイルの右耳に当たった。「くそ、何しやがる」コイルはいった。

ふだんなら、こういうチンピラを相手にするのにコイルの心拍数があがることなどないのだが、先ほど車のドアと衝突したばかりで、まだしっかり立ち直っていなかった。いまはタイミングが悪かった。

二人めの男がまたハンマーを振りかぶったとき、コイルはどうにかそれを取りあげた。太った男は、こんなことが起こったのは有史以来初めてだといわんばかりに驚いてコイルを見つめた。

「返してほしいのか？」コイルは尋ね、剣をかまえるように腕を伸ばして差しだすと、ハンマーをくるりとまわし、取っ手が相手に向くようにした。「ほら。持っていけ」

太っちょは心を決めた。向きを変えてとっとと逃げだした。

コイルは声をたてて笑った。それから赤毛の男のほうへ戻った。男はまだ歩道に座りこみ、大きく息を吸いこんでいる。

「もう一度おじいちゃんと呼んでみろよ」コイルはハンマーを軽く振りながらそういった。

赤毛の男は口をひらいた。「助けてくれ！　強盗だ」

コイルの背後から音がした。ビジネススーツ姿の中年女が二人、角を曲がってきたところで、ハンマーを持って赤毛のそばに立ったコイルを、目を丸くして見つめていた。

「こいつがおれを襲ったんだ」コイルはいった。

背の高いほうの女がハンドバッグに手を入れた。もし女が拳銃を出すつもりなら、近すぎて逃げられない。だからコイルはまえに踏みだして女の腕をつかんだ。

ペッパースプレーがまっすぐ顔に降りかかった。

コイルはぐいと身を引いて、叫び声をあげながら顔を覆った。目が燃えるようだった。誰かが近づいてこようとしたので、コイルは強く押しやった。女が金切り声をあげた。

コイルは向きを変えて走りだしたが、すぐに転んでばたりと倒れた。

「そいつの上に座って」女がいった。「いま警察に電話するから」

誰かがコイルを仰向けにひっくり返した。赤毛だろうと思ったらそのとおりで、腹に重いパンチがめりこんだ。

「どうだ、気に入ったか?」赤毛がいった。

コイルは体を二つ折りにしたが、目が痛くて腹の痛みに気持ちを集中できなかった。

気がつくと、赤毛の手がコイルのポケットを探り、財布を取りだしていた。「おれたちが礼儀正しくお願いしているうちに出しときゃよかったんだよ」

「返せ、この野郎」

「もう一度スプレーをかけたほうがいいよ」赤毛が大声でいった。「こいつ、逃げようとしてる」

背の高いほうの女がぜひもうひと噴き浴びせようとまえに出ると、赤毛はスプレーをはたき落とし、女のハンドバッグをつかんで逃げだした。

女は悲鳴をあげて赤毛のあとを追った。

もう一人の女は目を見ひらいてコイルを見つめた。「あなたはいい人なの? それとも悪者なの?」

コイルは苦心して立ちあがり、よろよろとその場を立ち去った。

すこし先に公園があるのをコイルは知っていた。そこまで歩ければ水飲み場があったはずだ。目を洗える。コイルは走った。

三ブロック北に、公園の石塀を見つけた。塀の向こうに水飲み場があった。コイルは十分間そこに立ち、燃えるような顔にありがたく水を注いだ。

日が落ちてきた。コイルはオークの木の下に座った。

赤毛に財布を盗まれてしまった。しかも顔はまちがいなく重度の日焼けを負ったように見えているだろう。非常に記憶に残りやすい。

まだ携帯電話は持っていたが、この街に知り合いはいなかった。連絡係に電話をすることならできる――コイルに任務の割当てをした男だ。いくらか金を送ってもらうのだ。しかしどこへ？　それに、受取りに使う身分証明書はどうする？

コイルは身を震わせた。ひと晩じゅうここにいるわけにはいかなかった。

立ちあがろうとすると、冷えとさまざまな痛みで体が固まっていた。

誰かから金を奪うこともできるだろうが、最近では身分証明書がないと電車にも乗れない。かといって車を盗めばいらぬ注意を引いてしまう。運転手ごと連れていけば、盗難届を出されることはないが、必要以上に人殺しをするのは好きではなかった。とくに支払いを受けられない殺しをするのはいやだった。

くそっ、あの自転車便め。

公園から東に数ブロックのところに、ホームレスの宿泊施設があるのを見かけていた。そこで何時間か休んで、朝になってからまた動きだせばいい。

計画があるのは気分がよかった。たとえどんなに貧弱な計画でも。歩きはじめると、すぐに頭痛が戻ってきた。

公園を半分ほど横切ったところで、うしろの小道から足音が聞こえた。コイルは砂利道をはずれてふり返った。

若者が三人いた。そのうちの二人は地元の大学のトレーナーを着ていた。

「やあやあ、そこの人」ブロンドの若者がいった。「おれたちはちょうどあんたみたいな人を探していたんだよ。今夜寝る場所が必要なんだろう?」

「おれにかまわずそのまま行け」コイルは大きな声でいった。走れなかったので、その場から動かなかった。

「ずいぶんな態度じゃないか」ブロンドはいい、ポケットに手を差しこんだ。「ほら。四十ドルある。これだけあればたぶん部屋が取れる」

「豚箱にな」左側の若者がいった。三人は広がって、コイルを囲みつつあった。

「おいおい、われわれの新しいお友達を侮辱するなよ。この人だって外にいるよりなかのほうがいいに決まってるさ。そうじゃないかな? あんたの名前は?」

「くたばれ」

両脇の男たちが声をたてて笑った。「あんまりいい言葉じゃないな。おれはちょうど授業で習ったことを友達に見せようとしていたところなんだ。あんたは教育の価値を信じないのか?」

「こいつは中退したみたいに見えるよ」左側の若者がいった。

コイルは木立のほうへじりじりと後退していた。

「おまえがなんの授業を取っているか、こいつに教えてやれよ」右側の若者がいった。

ブロンドはにやりと笑った。「格闘技だ」

＊

コイルは最初の蹴りは防いだが、二発めは尻に食らった。

三人の若者はそばに寄ってきており、次の実演をしようと、コイルが立ちあがるのを待っていた。ブロンドは、コイルが最初の蹴りをなんとか防いだので苛立っていた。「おい、立てよ。四十ドル稼いだらどうだ」

コイルは深く息を吸ってごろりと転がり、両手と両膝をついた。コイルと車道のあいだにいるのは、一番背の低い若者だった。

コイルは身を起こそうとしたが、立ちあがる力が出ないかのようにまた倒れた。

ブロンドは声をたてて笑い、何かいいかけた。そこでコイルは跳び起きて、一番背の低い男に突進した。男はコイルを止めようとしたが、コイルはほとんどスピードを落とさないまま両手で男の左腕をつかみ、肘を折った。男はかん高い悲鳴をあげ、くずおれた。

ほかの若造二人の声がうしろから聞こえたが、コイルはそのまま石のゲートを駆け抜けて、まっすぐ車道に出た。

そして警察車輛に轢かれた。

＊

「一週間は書類仕事をやらされるな」黒人の警官がぼやいた。

「救急車はどこだ？」白人の警官がいった。「ミスター、まだ意識はありますか？」

「十年に一度の大追跡が進行中で、ほかのみんなは殺し屋を追いかけてるってのに」最初の警官がいった。「おれたちは自殺志願のアル中の応急手当かよ」

＊

「どうだ、もちそうか?」救急車の運転手がギアを入れながら尋ねた。サイレンがむせぶような音をたてた。

「かもな」救命士がいった。「ミスター、お名前は?」患者はただ見つめ返すだけだった。

「身分証明書はなし、金もなし。おい、なぜタフト・メディカルセンターに向かわない?」

「外傷患者は立入禁止だ。州知事か誰かが撃たれて、あそこに運びこまれたんだと。いまはFBIが建物を封鎖してる。セキュリティに満足がいくまで、誰も出入りさせないそうだ。だからマーシー・メディカルセンターに向かってる」

「いや、駄目だ。ここにいるこの男が保険に入っていないことを忘れてるだろ。おれたちが通りで拾ったごみを送りこむようになったら、ラリーはタダで煙草をくれなくなるぞ」

「くそ。そうだな。郡立総合病院に向かおう」

「それがいい」救命士はコイルの肩をぽんぽんとたたいた。「かまわないだろ、ミスター?」

患者の唇が動いた。

「なんだって?」救命士は身を屈めた。「おいおい、聞いたかよ? こいつ、おれのことを指一本で殺せるっていってるぞ」

「恩知らずめ」運転手はいった。

「まあ、おれにとっちゃ、きょうはラッキーデイだったのかもな。あんたの指はほとんど折れてるんだから」

救急車は北へ向かいながら悲鳴さながらにサイレンの音を響かせた。観光客は道を空けた。地元民は大半が無視した。サイレンなど珍しくもないからだ。

著者よりひとこと

もしあなたが作家なら、または作家志望者なら、こういう練習をしてみるといい――好きな本か映画を一つ選び、プロットをパラグラフ一つにまとめる。核心だけを捉えるように。次に、まったくちがう本か映画でおなじことをする。それから二つを結びつけて新しい物語をつくるのだ。

「残酷」はジム・トンプスンの小説『ゲッタウェイ』とニール・サイモンの映画〈おかしな夫婦〉の複合体である。

トンプスンの『ゲッタウェイ』は容赦のない話だ。銀行強盗は完璧にうまくいったのに、それにつづく逃避行はひどいものになる。映画〈おかしな夫婦〉のほうは、中西部の会社員がニューヨークへの道中で数々の災難にあう、コミカルな話だ。

物語を書くうえで最もむずかしいのは、トーンを変えることだ。本編でも最初の半分では、主人公がすばらしく有能にすべてをこなす。ある書評家がこの手の小説を〝有能ポルノ〟と呼んでいた。不可能などないかのように見えるキャラクターに――それが善人であれ、悪人であれ――読者が興奮を覚えるタイプの小説を称してそういったのである。

その後、コイルは車がなくなっていることに気づき、そこからすべてが崩れ去る。非常に能力の高いはずの殺し屋が、彼が何をしたか知らない、あるいは気にもしていない平凡な地元住民に完膚《かんぷ》なきまでにたたきのめされる。書いていてとても楽しかった。

キャラクターの名前を選ぶのに、ふだんはシンボルを使うことはないのだが、この短編は例外だ。主人公の名前のコイル（Coyle）は「バネ」の意味のコイル（coil）とおなじ発音である。これは、主人公のなかに解放されるのを待っているギュッと詰まった大量のエネルギーがあることを暗示するものなのだ。

本編の最初に出てくるぼろぼろのオフィスビルを覚えておいてほしい。この先を注意深く読んでいくと、再登場するのがわかるだろう。

本編の初出はＡＨＭＭ二〇一二年九月号である。

列車の通り道

Train Tracks

おれの人生最良の日は、逮捕されたときにはじまった。

ちょうど真夜中の鐘が鳴りはじめたころ、おれは〈黒猫酒場〉の横の路地から飛びだして、酔っぱらいから金を盗もうとした。ところがどうやら自分も標的とおなじくらい酔っていたようで、対等な争いになってしまった。

いま思うに、それも最初の小さな幸運だった。ぶらぶらと角を曲がってきた、担当地区を巡回中の警官に、強盗未遂ではなく、ただの喧嘩と思ってもらえたのだから。

二人とも囚人護送用の馬車《ブラック・マリア》に乗せられてトラ箱に向かった。おれが金を盗ろうとした相手の酔いどれはひどく腹を立てていたが、カポカポという馬の足音のせいか、半分も行かないうちに鼾《いびき》をかきはじめた。

おれは保護室の床で正しき者として眠り、翌朝になると、看守がおれたちを選別しにやってきた。看守は顔じゅう痘痕《あばた》だらけの強面《こわもて》の男だった。「ピート・ファレリーはどっちだ?」

おれは口をとじたままでいた。自分を探していそうな相手に心あたりはなかった。まあ、見つかりたいような相手には。

しかしおれが金を盗ろうとした相手も目を覚ましており、こっちを指差していった。「こいつだ！　こいつがファレリーだよ」

酒場で名前を聞きかじったのか、いやがらせをしようとしているだけなのかはわからなかったが、結果はおなじだった。

痘痕面は保護室の扉をあけ、肉づきのいい親指を振った。「出ろ」

引きずりだされるのを待ったりはしなかった。看守はすでに充分不機嫌そうだったから。

「どうやらあんたにはいいお友達がいるようだな」看守はいった。「それか、誰かを殺したかだ。いま向かってるのは客人用の特別室《スペシャル・ゲスト・スイート》なんだから」看守はスイートをスートと発音した。

おれはちっともうれしくなかった。サツのやつらが囚人を選り分けたがる理由はごまんとあるが、そのリストに〝囚人にビールをおごってやる〟なんて項目は載っていないからだ。しかし抗議したところでどうにもならない。必要とあらば大声が出せるように、息をためておくことにした。

痘痕面は列の一番奥の独房を指差した。寝台と洗面台があった。おれがそこに入ると、看守は扉をしめた。

「水差しとタオルがあるだろう。見苦しくないようにしておけ」

「なんのために？　誰が来るんだ？」

「知るか。留置場が火事になったって、知らせなんかきやしないんだから」

そんな心浮きたつような現実をいい置いて、看守は立ち去った。

水は冷たく、石鹸もなかったが、上着とシャツを脱いで、酔っぱらいではなく運が悪かっただけの労働者に見えるように身づくろいをした。二日酔いはなく——まあ、そんなにひどくはなく——このときも幸運に感謝した。抜けめなく気を配っておく必要があったからだ。

この手のトラブルが起こるなんて、誰を突《つつ》いてしまったのだろう？　そもそも、看守をノミみたいに飛びあがらせることのできる人間を誰か知っていただろうか？　ジョン・D・ロックフェラーと知り合いでないのは確かだが。

シャツのボタンを留めていると、扉がひらき、男が二人入ってきた。痘痕面の看守がまえにいて、さっきとは見ちがえるようだった。視察されてでもいるかのように、火かき棒みたいにまっすぐ立っていた。

騒ぎの原因は、すぐうしろにいた。その男は身長こそ看守より低いものの、自分の通り道から他人がどくのをあたりまえと思っている歩き方をした。山高帽をかぶり、黒のスーツを着て、ベストのまえに金時計の鎖を垂らしている。ブーツはぴかぴかに磨きこまれ、覗きこんだ自分の顔が見えそうだった。

そこに映ったおれの顔は、うれしそうには見えなかった。この男みたいな大物が、いったいおれになんの用だ？

看守はおれの独房のまえで立ち止まった。「こいつです、ミスター・スパイサー。ピート・ファァリーです。お探しの男ですか？」

大物はよく見ようとこちらを向いた。驚いたことに、おれとそうちがわない歳だった。おそらく三十にはなっていないだろう。こんなに威厳と権力をぷんぷんにおわせているので、もっとずっと年上かと思っていた。

男はしばらくおれの顔を見つめ、次いで上から下まで眺めまわした。また目が合うと、相手の目は悲しみをたたえていた。

「きみはたいへん役に立ってくれたよ、ミスター・ウェズリー」男はいった。声は高かったが、品があった。歌がうまそうだな、と思ったのを覚えている。

「それはよかったです」看守はひん曲がった歯を見せて微笑んだ。

「椅子に座ることはできるだろうか？」

ウェズリーはびくりとした。「ああ、もちろんです」

看守は空っぽの独房からスツールを引っぱってきて、汚い袖でこれみよがしに塵《ちり》を払った。

「オフィスからもっとちゃんとした椅子を持ってくることもできます、サー、もし――」

「ありがとう、これで結構だ」しかし男は座らずに、そのまま看守を凝視《ぎょうし》していた。一瞬後、ウェズリーは突かれたように跳びあがっていった。「では、お二人だけにしましょう。もし何か必要なものがあれば知らせてください」

「どうもありがとう、ミスター・ウェズリー。用があったらノックするよ」

看守はまだ何か用事がないかと気にしながら、じりじりうしろへさがった。

看守が出ていって扉がしまると、ミスター・スパイサーと呼ばれた大物は、またこちらを向いておれを見た。まだ腰をおろさなかった。

「こんにちは、ピート」

上等なスーツを着たこの男が知り合いか何かのようにおれの名前を口にするのを聞くと、背筋に冷たいものが走った。

「お会いできて光栄です」おれはいった。「ピート・ファレリーです。もう知ってると思いますが」

男は顔をしかめた。「ぼくがわからないのか?」

「失礼ですが、サー、会ったことは——」

「ピート、トムだよ」

一瞬、相手が何をいっているのかわからなかった。しばらくすると、いわれたことはわかったが、それがうまく呑みこめなかった。まるで男がルーズヴェルト大統領だと、あるいはモーゼだと名乗ったかのように。

「トム?」声が震えた。

「そうだ。おまえの兄貴だよ」

＊

おれの人生最悪の日は、母親が流感で死んだときにやってきた。そのときおれは四歳だった。人生で二番めに悪い日はその二年後にやってきた。隣人のミスター・ケイシーが、きみたちのお父さんが靴工場の事故で亡くなった、と伝えにきたときに。ミスター・ケイシーはおれたちを引き取りたがったが、ケイシー自身六人の子持ちで、女房が首を縦に振らなかった。

まもなくおれたち三人は路上生活をはじめた。一番年上のトムは九歳だった。トムはおれたちがばらばらにならないように、安全でいられるようにと心を砕いたが、最後には全員が警察に捕まり、バワリー孤児院に送りこまれた。

そこはほんとうにおかしな場所だった。大勢のちいさな少年、少女がそれぞれに折りたたみ式の寝台をあてがわれ、服を入れるのに整理ダンスの引出しを一つ割り当てられた。読み書きを教わったが、孤児院側がより熱心に教えようとしたのは聖書を読むことと、食事のときの行儀作法だった。おれたちが外に出されるときに必要になるのがそれだったからだ。

「外に出される、ってどういう意味？」当時のおれはトムに尋ねた。

「田舎のほうに送られるってことだよ。子供を必要としている農場主みたいな人のところで暮らすために。ぼくたちはみんな農夫になるんだ」

「馬に乗れる？」弟のジミーが尋ねた。

「もちろんだ」トムはいった。「農場の人はみんな馬に乗るんだから」

「ぼくたち三人、一緒にいられる？」

「当然だろ」トムはできるかぎり大きく見えるように立った。「必ずそうなるように気をつけておくよ」

そしてある春の日、おれたちは孤児列車で西部に送りだされた。

それがおれの人生で三番めに悪い日だった。

＊

おれをトラ箱から出したあと、トムは〈ポリナーのカフェ〉に昼飯を食べに連れていってくれた。トムには期待はずれだったようだが、おれにとってはここ何カ月かで最高の食事だった。

「どうやっておれを見つけた？」あまりがっつかないように気をつけながら、おれは尋ねた。

「長い話だ。二カ月まえ、ぼくはおまえとジミーを探すために何人か探偵を雇ったんだ。三日まえに、サンフランシスコでおまえを見つけたことを知らせる電報を受けとった。だが列車に乗って到着してみると、探偵がいうには――」

「くそっ、信じられねえ」おれはいった。

トムは驚いたような顔をした。たぶん、おれの言葉遣いに面食らったんだろう。

「すこしまえにサクラメントにいたんだよ。で、探偵がおれを探してるっていってきたやつがいてね。つくり話だろうと思ったんだが、あんたが送った探偵だったのか」

「そうだ。探偵たちはおまえがサクラメントにいると思っていたんだが、ぼくが着くまえに見失ってしまってね」

おれはサワードウ・ブレッドでハムにかかっていたグレイビーソースをぬぐい取った。「なぜだ？」

「何が？」

「なぜジミーとおれを探すために人を雇ったりした？」

「兄弟だからさ、ピート。当然だろ、ぼくは――」

「そうじゃなくて」おれはかぶりを振った。「離れ離れになってからもう二十年になる。ある日突然兄弟とおしゃべりがしたくなったわけじゃないだろう。だったらなんなんだ？」

トムはおれに目を向け、次いでコーヒーカップを見おろした。「妙な話に聞こえるのはわかってる。だが、ほんとうにそうなんだ。ほんとうに、ある日突然おまえたち二人がどうなったか知りたいと思ったんだ。だけどその〝ある日〟はふつうの日じゃなかった」

「ふーん？　どんな日だったんだ？」

「ぼくが父親になった日だ」

おれはトムを凝視した。さらなる新事実だった。「そうなのか？　おめでとう、というべきかな。男の子？　女の子？」

「男の子だ。父親の名前をもらって、リチャードと名づけた」

おれは顔をしかめた。「親父の名前はヘンリーだったろ。それはおれも覚えてる」

「ぼくを養子にした父親だよ」

「リチャード・スパイサーか。で、あんたはトム・スパイサーだったな」

「そうだ」トムは椅子の上で身じろぎをした。「ドロシアは――ぼくの妻だが――子供を持てないと思っていた。それが神の思召《おぼしめ》しだと思っていたんだ。ぼくは――」

「孤児列車から子供を連れてこようとは思わなかったのかい？」

冗談のつもりだったが、トムは真面目に受けとっていった。「それも考えたよ、だがドロシアがその気にならなくてね。いずれ神が与えてくださるからっていうんだよ。確かにそのとおりになった。まあ、神は神で好きなだけたっぷり時間をかけたわけだ」

トムは自分の言いまわしをすこし笑ってからつづけた。「息子が生まれたとき、最初に息子を抱いたとき――」トムは首を横に振ってつづけた。「そのときだよ、家族がどんなに大切かわかったのは。それでおまえとジミーを見つけなければならないと気がついた」

おれは三杯めのコーヒーを飲み終えた。「あんたの子供がもっと早く生まれていてくれたらと思うよ、トム」

＊

トムがパレスホテル――この街で一番のホテル――に泊まっているのも意外ではなかった。それより感心したのは、ホテルの従業員がおれを見ても鼻であしらったりしなかったことだ。ひと晩留置場で過ごしてきたことが見え見えの客、しかもそのまえの晩は野宿したように見える客など、めったに来ないだろうに。

従業員にとっては、ミスター・ファレリーはミスター・スパイサーの友人であるという事実だけわかれば充分なのだ。「隣のお部屋をご用意できます、サー」受付係はおれのほうを見ずにいった。

「たいへん結構だ、ミーチャム。それから、ミスター・ファレリーが風呂に入っているあいだに衣服を手早く洗濯できるよう、手配してもらえないだろうか。荷物の到着が遅れていてね」

階段を上りながら、おれはめまいに襲われていた。数時間まえには、昼飯を食うための金を盗むのに間に合うように留置場を出られればいいと思っていた。それがいまでは大理石の上を歩いている。いったいどこに迷いこんだのだ？

いろいろ質問しようとしたが、兄貴は首を横に振った。「まずはさっぱりして、くつろいでくれ。話はそれからでも間に合うだろう」

その部屋は、いままでに見たどんなホテルの部屋ともちがった。バスタブなんか、おとぎ話から抜けだしてきたような代物だった。おれは脱いだ衣服を寝室の床に置き、蛇口をひねった。バスタブに入ったときも、まだ頭が混乱していた。子供のころは兄と弟のことがつねに頭を離れなかった。だが、二度と会えないものと考えるようになってからもう何年も経っていた。トムは金持ちになった。もしかしたらジミーはエリザベス女王と結婚しているかもしれない。湯に体を沈めると、痛いと気づいてすらいなかった場所が痛んだ。

＊

ノックの音に起こされた。湯が冷えていた。「ピート？」

「一分待ってくれ」そういってよろよろと立ちあがり、タオルを手に取った。

トムがおれの部屋の鍵を持っていたことには驚かなかった。金持ちは、ほしいものは手に入れるものだ。

トムはベッドを指差した。「ホテルが服を貸してくれたよ。自分の服が戻ってきたら、返せばいい。新しい服を買ってくることもできるし」トムは何かに気がついたように眉をひそめた。

「問題でも？」

問題ならあった。はっきりいって、トムのなんの気なしの思いこみが気に障った。おれが着るものを自分が決められるとトムが思っていること、トムが買ってきたものをおれがなんでも喜んで着ると思っていることが、どうにも気に食わなかった。

おれは長いあいだ消息不明だった家族なのか？ それとも金で雇われた使用人なのか？ だが、もしおれが手に入るものはなんでも受けとろうとすでに決めているとしたら、家族だろうが使用人だろうがちがいはないのではないか？

「ウイスキーのボトルを持ってきたよ」トムはいった。

「いいね。グラスに注いでくれ」おれは服を着た。おそらく従業員の誰かから借りたものだろう。清潔で着心地がよかった。見世物にならなくて済む程度にはサイズも合っていた。

部屋には椅子が二つと小さなテーブルが一つあった。「さて、そろそろ話してもらおうか。あんたがどうやってファレリーからスパイサーになったか」

トムは厳粛な顔つきでうなずいた。「ぼくを孤児列車から連れだした男を覚えているか？」

もちろん覚えていた。列車が停まった最初の駅で、ミズーリ州の小さな町だった。子供は——五十人くらいいたはずだった、ほとんどが男の子で、下は二歳から上は十七歳まで——全員が教わったとおりにプラットホームに並んだ。

引き取り手は反対側に立っていた。大半が農場主とその妻だった。土埃《つちぼこり》で汚れ、疲れて見えた。誰かがスピーチをして、それから農家の人々がおれたちを入念に調べはじめた。まるで売りに出された馬みたいに。

ジミーが泣きだした。おれはジミーの手を取ろうと身を屈め、次に気づいたときにはトムが黒いスーツを着て山高帽をかぶった男と話をしていた。男は広い額《ひたい》と、頭のよさそうな目をしていた。

一瞬後、男は声をたてて笑い、トムの肩に腕をまわした。二人は歩き去ろうとしていた。おれはジミーの手を握り、二人についていこうとしたが、孤児列車の引率者に遮られた。「自分の順番を待て」

「トムはどこに行くの？」ジミーが尋ねた。

「新しい家に行くんだ」

「ぼくたちもそこに行けるの？」

＊

「リチャード・スパイサーは馬車の製造業者だった」トムはいった。「町議会の議員で、たぶんあそこにいたのも議会の代表者として顔を出しただけだったんだと思う。子供を引きうけるつもりはなかったんだ。しかし、よくわからないんだが、ぼくを見て考えを変えたらしい」

「ほかに子供は？」

「いなかった。リチャードの妻は——アリスという名前だ——病弱でね。一回か二回、死産をしたんじゃないかな。いずれにせよ、アリスは喜んでぼくを迎えてくれた。運がよかった」

「スパイサーにとってもよかったんだよ」おれはいった。

すこし経ってから、トムは声をたてて笑った。トムが笑うのを聞いたのは初めてだったが、寒けがした。おれたちの父親にそっくりな笑い声だった。

「そうかもな。で、ぼくはそこで育った。母さん——アリスはぼくが十五のときに死んでしまった。リチャード・スパイサーは四年まえに亡くなった」

「それで、事業を引き継いだのか？」

トムはうなずいた。「正式に養子になっていたしな。そのころには馬車だけでなくフォードの車も売っていた」

「あんた自身もかなりうまくやっているみたいじゃないか、トム」

トムは肩をすくめた。「ラッキーだったんだよ。そっちは？　列車で何があった？」

「あんたが――」"あんたがおれたちを見捨てたあと"といいたかったが、それは的確な見方ではないだろうし、フェアでもなかった。「いなくなったあと、列車はもう三回か四回停まったが、誰もジミーやおれをほしがらなかった。もしカリフォルニアまで行っても誰も受けいれてくれなかったらどうなるんだろう、と思ったのを覚えてる。送り返されるんだろうか、それとも海に捨てられるんだろうかって」

トムはうなずいた。

「最後には、カンザス州のランサムという町に着いた。おれたちはみんな降ろされ、オペラハウスまで歩かされた」おれは笑った。「まあ、オペラハウスというのは単なる呼び名だ。そこでオペラが上演されているのは見たことがないし、あれより大きな舞台を備えた酒場だってある。おれたちはそこで一列に、身長順に並ばされた。当然ながらジミーとはそこで離れた」

おれはウイスキーをひと口飲んだ。「農夫たちはおれらをじっくり見ながら行ったり来たりした。一方の端に人だかりができていて、ほとんどが女で、ちっちゃくてかわいい子供を探していた。男たちの大半は反対の端にいて、大きい少年を見ていた」

「農場の働き手がほしかったんだな」トムはいった。

「だと思う。そのなかにある男がいた。小柄で、つやつやの髪と豊かな口ひげを生やしていて、まんなかあたりに並んだおれたちをずっと見ていた。おれはそいつの右手が震えていることに気づいた。病気なのかな、と思ったのを覚えてる」

もっとウイスキーがほしかった。トムが注いでくれた。

「ミスター・ノーマン・ビュトナー。そいつがおれの名前を尋ねた。書類にサインをして、おれたちはそれ以上口をきかず、外に出た。馬車でそいつの隣に座った。一キロ半くらい進んだころ、農場はどれくらい遠いのかとおれは尋ねた。ビュトナーはこっちを向いておれを手ひどく引っぱたき、おれはもうすこしで馬車から転げ落ちるところだった」

「ああ、なんてことだ」トムは小声でつぶやいた。

「こういわれたよ。〝話しかけられないかぎり、しゃべるな。しゃべるときは、俺のことはミスター・ビュトナーと呼べ〟」

「ああ、ピート……」

ウイスキーが驚くべき速さでなくなった。「おかしいのは、おれを殴ったあと、ビュトナーの手の震えが止まったことだ。そのときわかったよ、なぜこの男が自分より背の低い子供だけを見ていたのか」

「ピート、ほんとうに気の毒だったな」

「知らなかったんだから仕方ないさ、トム。あんたはミズーリでスパイサー家にいたんだから」

「その男の妻はどんなふうだった？」

「身長も体重も夫を上まわっていたが、おなじくらい魅力と思いやりに溢《あふ》れていたよ。ミセス・ビュトナーは善良なキリスト教徒の女で、おれのことは、おそらく私生児でニューヨークからやってきたくらいだから、すでに地獄に落ちたも同然と見なしていたんだろう。どんなにひどい仕打ちをしてもまだ足りないと思ってるようだった」

「調査員はなんて？」

おれは顔をしかめた。「なんのことだ？」

「孤児院は調査員を送って、里子たちがどんな世話を受けているか確認していたはずなんだが」

「ああ、あいつらはそんなふうに呼ばれていたのか？　知らなかった。おれが到着した数カ月後に一人やってきたよ」

＊

その調査員が来たとき、おれは外にいて、納屋のそばで鶏に餌《えさ》をやっていた。ミセス・ビュトナーがエプロンで両手を拭きながら出てきていった。「あんたにお客だよ、ピート」

おれは夫人を凝視していった。「ぼくにですか、ミセス・ビュトナー？」

「急いで。それから、余計なおしゃべりをしてあの人の時間を無駄にするんじゃないよ」

調査員とミスター・ビュトナーは客間に座っていた。おれはドア口でためらった。まえに一度だけその部屋に入ったとき、ミスター・ビュトナーに引っぱたかれたからだ。ここは来客用だといっていた。

「入りなさい、ピート」いま、ミスター・ビュトナーはそういった。「こちらはミスター・ガラックスだ。おまえがここでどんな暮らしをしているか見にいらしたんだよ」

ミスター・ガラックスは背が高く、豆の支柱のようにひょろりと痩せ細った男で、分厚い眼鏡をかけ、もじゃもじゃの眉をしていた。なで肩で、温かい笑みを浮かべていた。

「会えてうれしいよ、ピート」ミスター・ガラックスは手を差しだした。それが握手するためだと気がつくのに、すこし時間がかかった。

「リンゴを食べるか?」ミスター・ビュトナーが尋ねた。

おれは驚いてビュトナーを見た。間食は鞭《むち》打ち相当の違反だった。「イエス、サー」

「ミスター・ガラックスは、おまえがここでの暮らしをどれくらい好きか知るために、いくつか質問をしたいそうだ」

「座って、ピーティ」ミスター・ガラックスはソファの上をぽんぽんとたたいた。

おれは育ての父親を見た。相手がうなずいたので、腰をおろした。

「私は庭に出ているとしよう」ミスター・ビュトナーはいった。「どうぞごゆっくり」

「さて」ミスター・ガラックスはいった。「二人はどんなふうにきみに接しているのかな、坊や?」

おれは話した。悪いことをすると——それが現実であれ、里親たちの思いこみであれ——たたかれることについて。〝生意気な〟態度を取ると——これはミセス・ビュトナーが気に入らないと思う目つきでおれが彼女を見たり、あるいはまったく見なかったりしたときにいわれる——食事をもらえないことについて。

おれが話すにつれて、ミスター・ガラックスのやさしそうな顔が、いかめしい、深刻な表情に変わった。ミスター・ガラックスは厳しい顔でうなずいた。

話し終わるころには、おれは目に涙を浮かべていた。ずっと誰かに話したいと思っていて、とうとうそのチャンスが巡ってきたのだ。

調査員は鼻の上で眼鏡を押しあげた。「思ったよりさらにひどいな」

ミスター・ガラックスは古い革のケースを持っており、そのなかに手を差しこんで書類を三通引っぱりだした。おれにもそれが手紙であることが見て取れた。ミスター・ガラックスはそれをおれのまえに置いた。

「読んでみなさい」ミスター・ガラックスはぶっきらぼうにいった。

おれは最初の手紙を手に取った。ビュトナー夫妻がバワリー孤児院に宛てて書いたものだった。おれが反抗的な子供で、強情で、ひどい嘘つきだと書いてあった。しかし夫妻はそのことについて祈り、おれにもう一度チャンスを与えることにした、たとえそれが夫妻にとってどんなに恐ろしい試練でも、とも書かれていた。

おれは手紙を押しやった。

「ほかの二通も読みなさい」ミスター・ガラックスはいった。

「必要ありません」

「気の毒な両親に自分がどんな思いをさせているかは読みたくないわけだね？　しかもここに座って夫妻のことでさらに嘘を並べるとは、図々しいにもほどがある」調査員は首を横に振った。「お二人が我慢してくれているのがどんなに幸運なことか、きみはわかっていないようだね、ピーティ。私がきみの父親だったら、何をしてでも分別をたたきこむところだ」

「ぼくの父親は死にました」

＊

「その後はもう二度と話そうと思わなかった」おれはいった。「ビュトナー夫妻は井戸を汚染したようなものだった。みんなおれのいうことを一つも信じようとしなかった。だからその後は、ミスター・ガラックスとかその後任者がやってくると、何も問題はありませんといっておいた。そのほうが鞭打ちもすくなくて済んだ」

「ああ、ピート」トムはいった。目に涙を浮かべていた。「ぜんぜん知らなかったよ」

「知りようがなかっただろ」おれはいった。「あんたは名前を変えて、新しい父親がさらに金持ちになるための手伝いをするのに忙しかったんだから」

「それで、これからどうするんだ？」おれは尋ねた。「家に帰るのか？」

トムはウイスキーの壜《びん》を見おろし、ちょっと揺すった。「まだ帰らない、と思う。おまえとぼくとで、一緒にちょっと用事を済ませられたらいいと思ってる」

おれたちが二人で何か仕事をしているところが突然頭に浮かんだ。おれはミズーリの小さな町で暮らすことに耐えられるんだろうか。たとえそれで定職にありつけるとしても。そもそも、おれは定職に就くことを望んでいるのだろうか？

トムは顔をあげておれを見ると、すぐに急いでまた下を向いた。「ある男を殺すのを手伝ってもらえたらと思って」

頭に血がのぼった。「見下げはてたゲス野郎だな！　これはそういうことだったのか？　仕事上の競争相手か何かがいて、薄汚い酔っぱらいの兄弟がそいつの面倒を見てくれるだろうと思ったのか？」

「ピート」トムはいった。「そういうことじゃない」

「だったらどういうことだよ？」

「ぼくがいってるのはジミーを殺した男のことだ。そいつはおれたちの弟を殺したんだよ」

おれはウイスキーをがぶりと飲んでからいった。「なんだよ、くそっ。どうして最初からそういわないんだよ？」

＊

ジミーはちょっと珍しいくらい気のやさしい子供だった。癇癪《かんしゃく》を起こしたことなど一度もなかったし、何かに腹を立てても怒りは一分ともたなかった。

孤児院にいたころ、職員二人がジミーについて話しているのを耳にしたことがあった。二人はジミーを孤児列車に乗せて送りだすことを心配していた。おれはそれを聞いてジミーがまだ小さすぎるからだと思った。しかし四歳児はほかにも大勢送りだされていた。

二人が危惧《きぐ》したのは、ジミーには引き取り手が現れないのではないかということだった。ジミーは一方の目がほとんど見えなかったから。これは生まれつきで、よく見るとジミーの一方の目がふつうとちがうのがわかった。

農夫たちが連れていくのは、年長の力の強い少年か、年少のかわいい時期の子供か、どちらかだった。だからジミーがネブラスカ州レッドクリフまで——列車の終着駅に到達するまで——残っていたとトムから聞かされても、意外には思わなかった。

「ぼくが雇った探偵たちによれば、ジミーはそこに一年足らずのあいだ留まり、その後どこかへ移ったそうだ」

「里親が虐待したから調査員がどこかへ移した？」おれは当て推量を口にした。

「いや。育ての母親が妊娠したから、よその子供はいらなくなったらしい」

「なんとね」おれはつぶやいた。「その後、ジミーはどうなった？」

「たまたまウィッカート家が見つかった。ホーマーとミュリエルの夫婦だ。二人はレッドクリフから三十キロほどの土地で農業を営んでいた。すでに娘がいたが、やはり働き手が必要だったんだろう」

「ちっちゃなジミーが鋤《すき》で畑を耕すってのか？　あいつは大人になっても、小柄でそういう仕事には向かないんじゃないか」

トムは肩をすくめた。「ぼくにわかったのは、ウィッカート家がジミーを引き取り、ジミーが一八九三年に十二歳で死んだということだけだ」

「死因もわかっているのか？」

「死亡証明書にどう記載されているかは問題じゃないよ、ピート。ろくに食事も与えられず、過労だったに決まっている」

おれは思わず肩をすぼめた。まるでミスター・ビュトナーのベルトが背中に振りおろされるのを感じたかのように。「ウィッカート夫妻はどこに住んでいる?」

「妻のほうは死んだ。だがホーマーはまだおなじ農場で暮らしている。列車に乗って二日で行ける」

「探偵たちはどうする?」

トムは眉を寄せた。「どうするって?」

「そのウィッカートってやつが殺されたことが耳に入ったら、連中はそれをあんたと結びつけて考えるんじゃないか?」

トムの目は悲しそうだった。「どうだっていい」

＊

次の日は、おれの衣類を買って過ごした。銃と銃弾も買った。トムは服については一家言あるようだったが、銃器類の買物はおれを頼った。

次の日、おれたちは列車に乗った。移動中のほとんどの時間を、おれはビュトナー夫妻のことを考えて過ごした。十五のとき、地面の凍りついた日に納屋から桶で牛乳を運んでいて、半分くらいこぼしてしまったことがあった。ミスター・ビュトナーは、飲んだんだろう、といっておれを責め、おれの顔を張ろうとして大きく手を振りかぶった。

おれは殴られるまえにビュトナーの手首をつかんだ。おれたちは二人とも驚いてそれぞれ相手の顔を凝視した。どちらもそのとき初めて気がついたのだ。おれの身長がビュトナーより高くなっていたことに。力も強くなっていたことに。

おれはつかんでいた手を離した。ビュトナーはおれをじっと見ていた。「学校へ行け」とういうと口をひらくとそういった。「急げ。遅れるぞ」

学校に遅刻するかどうかをビュトナーが気にしたことなどそれまでにあったかどうか、おれは思いだせなかった。そもそも学校にちゃんと行っているかどうかさえ気にかけていなかったのではないか。

教師は前回の大統領選挙の話をして、ベンジャミン・ハリスンはべつの大統領の孫なのだと説明した。祖父がいるというのはどんな気分なんだろう、と思ったのを覚えている。

授業が終わると、保安官が学校の外に立っていた。スーツケースを持っていた。「おまえが父親にどんな乱暴を働いたか聞いたぞ、ファレリー。俺はいつもいってたんだ、都会のクズなんか連れてきてもいいことはないって」

「ぼくは逮捕されるんですか、保安官?」

保安官は肉づきのいい大柄な男で、斜視だった。「いや、おまえの父親は甘いんだよ。町から出るための汽車代すら出すっていうんだからな。それに、おまえの服を詰めたスーツケースを俺が運んできてやった。いいか、二度と戻ってくるな。今度見かけたら牢屋にぶちこむぞ、絶対にだ」

おれは路上のその場でスーツケースをあけた。ほかの子供たちにも丸見えだったが気にしなかった。

「ぼくのお金はどこ？　この上着に十四ドル入れておいたのに」

「嘘をつくな、ファレリー。そんなことをしても、なんの役にも立たないぞ」

＊

「ああ、ピート」プルマン式寝台の車輛で、トムはまたいった。「ほんとうにかわいそうに」

「ところが実際は、ビュトナーに唯一感謝しているのはそのことなんだよ」おれはいった。

「そうやっておれを放りだしたこと」

「感謝してる？　なぜ？」

「もし留まっていれば、おれはいつかあいつを殺して絞首刑になっていただろうからな。それに、すこしまえに知ったんだが、あの家はある晩火事になって、二人をなかに入れたまま焼け落ちたらしい。おれが仕返しをしたとしても、とうていそこまでひどいことにはならなかっただろうさ」

＊

サンフランシスコではだいたい馬車と同数くらいの自動車が走っていたが、ネブラスカ州では自動車はまだ異質な存在で、ガソリンを売っているのもほんのいくつかの修理工場だけだった。おれはトムが馬と馬車を借りるものと思ったが、トムはあっさり両方とも買った。

「こうすれば戻ってこなくて済むし、誰かがぼくたちを探しにくることもない」トムは顔をしかめた。「なんだってそんなふうにぼくの顔を見てるんだ?」

「必要なものをなんでも買うことのできる兄貴がいるって事実に慣れようとしてるだけだよ」

トムは恥ずかしそうな顔をした。「今夜はオマハの街に泊まって、あした農場に向かおう。それでいいかな?」

おれたちはホテルを見つけて部屋を取った。それから夕食に出かけた。その後、酒場を探しにいく、とおれはいった。

「あしたは頭をきちんと働かせておく必要があるんだ、ピート。今夜は早く寝るべきかもしれない」

おれは首を横に振った。「きょうは殺人者になるまえの最後の日なんだ。眠りに就くために助けが必要なんだよ」

トムは殺人者という言葉が気に入らないようだった。慣れたほうがいい、とおれは思った。

「いくらか渡しておくよ」トムはいった。「飲みすぎないようにしてくれ」

飲みすぎた。仕方がなかった。

*

農場を見つけるのはほぼ一日がかりだった。探偵たちが書いて寄こした道順はあまり役に立たず、トムは人に道を尋ねることもしたがらなかった。

しかし一番の問題は農場へ通じる道がひどい状態だったことで、そのせいで二度も見落としたのだった。放置された土地のように見えた。

「ウィッカート家の農場経営はあまりうまくいっていないようだな」おれはいった。

「結構なことだ」

「そこに何人住んでいるんだ？」

「ホーマーだけだ。妻は死に、娘は出ていった」

「たいした農夫じゃないな」おれはいった。「作物の状態もよくない」

「そうなのか？」

おれはにやりと笑った。「これだから都会育ちってやつは」

トムは手綱を揺すっていった。「ぼくが働いていたのは父さんの馬車の店だから。農場じゃなくて」

「学校に行っていないときはな」

「そうだ」

「それか、フランスの菓子を食べていないときは。なんていうんだ？　ボンボンだったか」

トムは微笑んだ。「ぼくをからかっているんだな」

「兄弟なんてそのためにいるもんだろ？」

「誰も外で働いていない」農場の母屋に着くと、トムはいった。「一日を無駄にしている」

「誰かほかの人間が来ていたらどうする？」

「町への道を尋ねて、あとで戻ってくる」

「この家は二、三回塗りなおしたほうがいいな」おれはいった。もう何年も、きちんと家の手入れをしていないようだった。

おれは馬車から飛びおりて馬を木につないだ。トムは鞄を引っかきまわして銃を探した。トムに拳銃を持たせるのはあまり気が進まなかった。銃の扱いにほんとうに慣れているわけではないからだ。誤って馬たちのうち一頭か、あるいはおれを撃つんじゃないかと心配だった。だが、トムはどうしてもというし、金を払ったのもトムだから仕方がない。

おれたちはようやく庭に、家のドアのまえに立った。進路を邪魔するものは――過敏になった神経と良心を除けば――何もなかった。

おれはトムを見た。トムはまっすぐにおれを見返した。

「準備はいいか?」おれは尋ねた。

ドアは白木だった。かつてペンキで塗られたことがあったとしても、ずっとまえに風雨で剝がれてしまったようだった。どうぞご遠慮なく、とおれが身振りで示すと、トムは力任せにドアをたたいた。

ずいぶんたたいてからやっと答えがあった。「誰か来たのか? 入ってくれ」

家全体を見渡しても、トムがサンフランシスコで取ってくれたホテルの一部屋よりせまかった。家具は質素なものばかりで、どれも使い古されていた。テーブルが一つに、椅子が三つ。トランクが一つ。調理器具が一つの壁際にまとめて置かれ、その横に金属製のコンロがあった。一番奥の壁際に赤いソファが置かれていた。

そのソファの上に衰えた老人がいた。褪《あ》せた緑と白のキルトをかけて横たわっていた。ひどく顔色が悪く、やつれており、まだ生きているのが不思議なほどだった。男は落ちくぼんだ目でこちらを見あげ、頭を持ちあげようとした。

「おまえがホーマー・ウィッカートか?」トムが尋ねた。

「そうだ。あんたは?」

トムが唐突にずかずかとまえへ進んだので、拳銃を抜いていますぐすべてを終わらせるつもりかと思った。しかしそうはせず、トムは男から上掛けを引きはがした。ひどく暴力的なその動作に、おれはウィッカートとおなじくらいショックを受けた。

トムは上掛けを床に放った。「この下に何も隠していないことを確かめたかっただけだ。おまえみたいな男はつねに厄介事に備えていなきゃならないんだろうからな。ちがうか?」

老人は目を大きく見ひらいた。「何をいっているのかわからんよ。あんたは誰なんだ?」

「奥を調べろ」トムはおれにいった。

部屋はあと二つあった。一つはダブルベッドと化粧台がかろうじて収まっている部屋で、もう一つはシングルベッドとテーブルのある部屋だった。最近使われたことがあるように見えるのは、このシングルベッドの部屋だけだった。

「ここには誰もいない」おれはトムにいった。

「よし」トムはウィッカートから目を離さなかった。「ぼくたちが誰か知りたいだろうな。おまえの裁判官であり、死刑執行人でもある。長く待たせて悪かったな」

ウィッカートは首を横に振った。「頭がおかしいのか。なんのために死刑にするつもりだ?」

「こういえばヒントになるかな」おれはいった。「おれたちはファレリー兄弟だ。この名前に心あたりは？」こういえて、トムを養家から取り戻したようで気分がよかった。これはファレリーの仕事だ。スパイサーは関係ない。

老人が理解するまでにすこし時間がかかった。ひとたび理解すると、老人の目は大きく見ひらかれた。「ジミーか？　あんたたちはジミーの家族なのか？」

「ジミーの本物の家族だ」トムはいった。「さて、ホーマー、ぼくたちの弟がどこにいるか教えてくれ」

「教会の墓地だ。母親の隣に埋葬されている」

トムは老人の顔を引っぱたいた。おれはびくりとした。「ジミーの母親はニューヨークで死んだんだ、ホーマー。ジミーの本物の母親だよ、あんたのためにジミーをさらって運んできた女じゃなくてね。女房のことも死ぬまで殴りつけたのか？　ジミーにしたのとおなじように？　それとも女房は、あんたとの暮らしが惨《みじ》めだったから死んだのか？」

「なんの話だ？」老人は尋ねた。かん高く、めそめそした声になっていた。老人はおれのほうを向いていった。「この人はいったいどうしたんだ？　私はジミーに手をあげたことなど一度もないし、それは妻に対してもおなじだ。二人を愛していた」

「きっと毎週日曜日には教会に連れていったんだろうな」おれはいった。

「もちろんだ」

「名前だけのおれの父親もそうだったよ。で、家に帰ると、おれが説教の教訓のとおりに暮らしてないって話になるんだ。それからベルトを抜いて、ゴスペルのリズムで鞭打ちだ。あいつも人に訊かれたらおれに手をあげたことなんか一度もないっていってたよ」

ウィッカートは苦しそうに喘《あえ》いだ。

おれも一緒になって荒い息をしていた。復讐は血圧のあがる仕事だった。トムだけがおちついて見えた。ようやく正当な立場から裁きを下せるといわんばかりに。

「私を殺す気なんだな」ウィッカートはいった。

「わかってきたようだな」おれはいった。

「だったら急いだほうがいい。近所の女が食事を持ってきてくれることになっている。その女にあんたがたを見てもらいたくない」

「おや、ずいぶんご親切なことじゃないか」トムがいった。「ぼくたちが捕まることを心配してくれるなんて」

「私が心配しているのは、あんたがたが捕まりたくないがために女を殺すことだ。私の罪のために彼女が死ぬいわれはない」

「それだよ」トムはいった。「その罪っていうのはなんだ、ホーマー?」

「なあ、トム」おれはいった。「この男のいうとおりだ。ほかの人間を巻きこみたくない。とっとと終わらせて、もう行こう」

こっちを見たトムの顔にゾッとした。誓っていうが、このときのトムの顔はミスター・ビュトナーそっくりだった。

「まだだ、ピート。ぼくはこいつがジミーにしたことを全部知りたいんだよ。すべて認めさせ、白状させて、自分が死ななきゃならない理由をきちんと自覚させたいんだ」

「銃を持っているな」ホーマーはおれにいった。「頼む、いますぐ終わらせてくれ！」

おれは顔をしかめた。「あんたはなんの病気なんだ？」

「私か？」ウィッカートは衰えはてた体を見おろしていった。「リウマチが痛むのと、あとは春の冷えこみのせいでひどく咳が出るんだ。それだけだよ」

「咳なんてぜんぜんしていないじゃないか」

「くだらないおしゃべりはたくさんだ」トムはいった。「隣人を助けたいんだろう？　だったらいますぐ白状したらどうだ」

「わかったよ」ウィッカートはいった。

「どういうことだ？」おれは尋ねた。

「認めるよ」老人は床を見つめながらいった。「私は――あんたがたの弟をこき使った。充分な食事を与えなかった。だが、殺すつもりはなかった」

「しかし殴った。そうじゃないのか？」トムはいった。

「殴った？」ウィッカートは声をたてて笑った。目のなかに妙な輝きがあった。「もちろんたいたさ。子供を行儀よくさせておくためには仕方がない。聖書にだってそう書いてある」

いまやトムはウィッカートの横にしゃがみ、銃を老人の顎に押しつけていた。「それで、ジミーが病気で体が弱って働けないとき、おまえはジミーをひどく殴った、そうじゃないか？

そうやってジミーを殺したんだろう」

「ああ、そうだよ。私はジミーをこ——」ウィッカートは次の言葉を発することができなかった。目に涙がたまっていた。「私は——」

「パパ！」

おれたちは女が入ってきたことに気づいていなかった。彼女は女にしては身長が高く、おれとほとんど変わらない背丈で、痩せていた。骨ばっているといってもよかった。藁《わら》の色の髪と、大きな茶色の目をしていた。

「メアリー」ウィッカートは叫んだ。「ここを出るんだ！　逃げろ！」

おれは女の腕をつかんだ。だが女はどこへも行こうとはしておらず、おれを睨《にら》みつけただけだった。「あなたは誰？　なんの権利があって病人を怒鳴りつけているの？」

「黙って座れ」おれはいい、女を椅子のほうへ押した。

「権利なら充分あるぞ」トムがいった。「ぼくたちはジミー・ファレリーの兄弟だ。ジミーを覚えているか？」

女はあんぐりと口をあけて、おれたち二人の顔を見比べた。「もちろんよ！　どっちがトムでどっちがピーティ？」

それを聞いておれは驚いた。「なぜおれたちの名前を知っている？」

「ジミーがいつも話してたもの。二人にすごく会いたがってた」

「当然そうだろうな」トムはいった。銃を危なっかしく揺らしている。「毎晩泣きながら、ぼくらが助けにくることを祈っていたんだろうさ」

女は——メアリーという名だった——トムを凝視した。「ジミーを何から助けるっていうのよ？　ここでの暮らしが大好きだったのに。それに、わたしたちもジミーが大好きだった」

「嘘つきめ！」トムはそういって銃をメアリーに向けた。

「娘にかまうな！」ウィッカートがいった。「これは私とあんたとの話だろう」

おれはトムの腕を押して銃を床に向けさせた。「おちつけよ。ジミーはどうやって死んだんだ？」

メアリーは目に涙を浮かべていった。「学校で流行《はや》っていた熱病にかかったの。あのときは小さい子が三人亡くなった。それにママも、看病していてうつってしまった」

「嘘をいえ」トムはいった。「おまえたちはみんな、ジミーのことなんかどうでもよかったんだろう」

「うちの両親のことを何も知らないくせに」メアリーはいった。「二人は誰もが望むような、世界中で一番やさしい、愛情溢れる家族だったんだから」

怒りが、復讐せずにいられない気持ちが、自分のなかから漏れでていくのを感じた。水漏れのする水筒から水がこぼれていくようだった。おれは急いで穴をふさごうとした。「あんたにとってはそうかもしれない。二人のほんとうの娘なんだからな。だが使用人として拾われた孤児にとってはちがう」

メアリーはおれたちの銃を無視して立ちあがった。「あなたたち、どこの生まれ？」

「マンハッタンだ」

「あのね、わたしはそこからイーストリバーを隔《へだ》てた向かいのブルックリンで生まれたの。まあ、わかっているかぎりでは。木箱に入れられて、グレース・ルーテル教会の階段のところに捨てられてるのを見つかったわけ。その後、一八七七年六月に孤児列車に乗った。ウィッカート夫妻がわたしを引き取ってくれて、おかげでわたしは自分が捨て子だなんて一度も思ったことなかった」

「捨て子なんて言葉を使ったらいかん」メアリーの父親がしゃがれ声でいった。

「わたしはここに着いたその日から家族の一員になった。ジミーもそうだった。わたしたちはみんなジミーを愛してた」メアリーはトムからおれに視線を移し、またトムに戻してつづけた。「あなたたち二人に何があったにせよ、それはほんとうに気の毒だと思うけど、あなたたちの弟はこの世でこれ以上ないってくらい歓迎されたし、愛されてもいた」

おれはウィッカートのほうを向いていった。「だったらなぜあんたはジミーを殺したなんていったんだ？ 娘が来るまえにおれたちをここから追いだすためか？」

老人は答えなかった。

「父はわたしが来ることは知らなかった」メアリーはそういって、ウィッカートのほうへ進みでた。次いでひざまずき、両腕をガリガリに痩せこけた老人の首にまわした。「もし自分には罪があると父が話したなら、それはあなたたちに殺されることを望んでいたから。そうでしょ、パパ？」

「悪かったよ、メアリー」ウィッカートはつぶやいた。

「父はがんで、もう痛み止めもほとんど効かないの」メアリーは父親の額にキスをした。「でも自分の最期をこの人たちの肩に背負わせるなんて駄目よ、パパ。そんなのフェアじゃない」

「気が動転してしまってね」老人はいった。

おれはトムを見た。兄の顔は虚《うつ》ろで、まったく何も見ていないようだった。

「トム、もう行かないと。ここでおれたちがやるべきことは何もない」

「何もない?」トムの顔が赤くなり、怒りでひどく歪《ゆが》んだ。「何をいってるんだ、ピート? ジミーの身に起こったことについて、仕返しをしないと!」

「ジミーは病気になった、それだけだ。責めを負うべき人間なんかいないんだよ」

「誰かが責めを負わなきゃならないんだ!」トムは叫んでいた。「誰かに責任がある。わからないのか? 彼のせいでないならぼくのせいだ!」いまやトムは銃で自分の頭を狙っていた。

「あなたの?」メアリーはいった。

「何をいってるんだ?」

トムは目に涙を浮かべていた。「あの日の駅でのことだ。ミスター・スパイサーはぼくに尋ねたんだ、一緒に兄弟か姉妹は来ていないのかって。たいていの人は一人しか子供を引き取らないから、イエスと答えたら置いていかれると思った。だから嘘をついた。ぼくはおまえたち二人の存在を否定したんだ。ミスター・スパイサーをよく知ったあとには、三人とも引き取ってくれるつもりだったとわかったけど、もう手遅れだった。そしてぼくはおまえたちのことで嘘をつきつづけなければならなかった。兄弟がいないふりをしなければならなかった。妻にさえ、サンフランシスコに出向いた理由について嘘をついた。妻はぼくを一人っ子だと思っているから」

「かわいそうな人《プァ・シング》ね」メアリーはいった。

トムは驚いた顔でメアリーを見た。そして声をたてて笑った。「確かに、ぼくはもの《シング》だ。だがかわいそうなわけじゃない。裕福な男の家に転がりこんだのだから。運のいいものだろう？　托卵《たくらん》されたカッコウだ！　ピートがパンを一枚余分に食べたからって殴られているときに、ぼくはフランス語の授業を受けていたんだ！

「ジミーは幸せだったわ」メアリーはいった。「それに、お金のかかる病院に入ったって、あれほどの看病は受けられなかった」

「あんたのせいじゃないよ、お若いの」ウィッカートはいった。かろうじて聞き取れる囁《ささや》き程度の声だった。「ほんの子供だったんだから」

「じゃあ、ぼくがあんたにしたことについてはどうなる？」トムはいった。「もしジミーがぼくと一緒に来ていたら、あんたの妻が病気にかかることはなかったかもしれない」

「それはいうな！」老人は厳しい顔をしていった。ソファのてっぺんをつかみ、メアリーに助けてもらって、ウィッカートはなんとか身を起こして座った。「もし私の妻が、私のミュリエルがいまここにいたら、あんたの弟と一緒に過ごしたすべての時間に感謝してあんたを祝福するだろうさ。あんたが自分の脳みそを吹っ飛ばしたいというなら好きにすればいい。だが、それを妻のせいにするような真似だけは絶対に許さない」

トムは口をひらいたが、言葉が出てこなかった。いいたいことはもう全部いったのだ。残ったのは、もう生きていたくないと思うほどの恥ずかしさだけだった。

メアリーとおれはトムを見ながら立ちあがった。ウィッカートは疲れ果ててソファにもたれた。兄はまだ銃を自分の頭に向けていた。

「トム」おれはいった。「リチャードはどうなる？　あんたの息子は？」

「妻が面倒を見るだろう。金ならたくさん残してきた」

「だけどもし彼女に何かあったらどうするの？」メアリーが尋ねた。「熱病とか、事故とか。あなたは息子を孤児列車に乗せたいの？」

兄の手は拳銃を持っていられないほどひどく震えた。トムはまるで腹を殴られたかのように体を二つ折りにして、銃を取り落とし、赤ん坊みたいに泣いた。

＊

ホーマー・ウィッカートはその二週間後に眠ったまま亡くなった。メアリーは父親の手を握っていた。おれはメアリーの隣に座っていた。

そのときにはトムは自宅に戻っており、とめどなく湧きおこる惨めさを、妻と息子に与える愛情に昇華しようと必死だった。

その後長きにわたり、兄とは一度しか会わなかった。手紙や、のちには電話で、連絡を取りあってはいたのだが。

トムの下の娘の結婚が決まったときには招待を受けた。充分な額の金を送るから、それでメアリーとおまえと子供たちの列車の切符を買って、留守のあいだ農場を見てくれるよう近所の少年にいくらか渡したらいい、とトムはいった。

おれはそれを断りたかった。施しのような気がしたからだ。おれもそこそこの農場主として自立していたので、多少のプライドはあった。

いつもどおり、メアリーが物事を正してくれた。「トムはまだ自分がしたことを悔いていて、謝ろうとしてるのよ」

「謝ってもらうことなど何もない」

「だったらなおさら行くべきでしょ、ピート」

おれたちは出かけていった。カンザス・シティを目にした瞬間の子供たちの顔から、この子たちはいずれ農場を出ていくだろうなとわかった。

ミズーリじゅうの金持ちがトムの娘の結婚式を見にやってきた。もしかしたら、おれは嫉妬してもよかったのかもしれない。だが妬《ねた》ましい気持ちにはならなかった。あの大きな教会にメアリーと子供たちと一緒に並んで座っていると、誰かと居場所を交換したいなどという気はこれっぽっちも起こらなかった。トムと交換したいとも、ジョン・D・ロックフェラーと交換したいとも思わなかった。

著者よりひとこと

孤児列車は実在した。二十万人近い子供たちが、七十年以上にわたって東部の大都市から運ばれた。親のいない子供たちもいた。一方、多くの子供たちには家族がいたのだが、病気や貧困やその他の理由で家族による養育ができなかった。児童養護施設は、都会の混みあった施設にいるよりも、農場で育つほうが子供たちにとってよりよいだろうと判断した。

この列車に乗った多くの子供たちが、その後おおいに活躍した（端的な例としては、こうした列車の一つで出会った少年二人が、長じてそれぞれの州の知事になった事実がある）。また、ひどい扱いを受けた子供たちもいた。本人の、あるいは受け入れ側の農夫たちの不適切な行為によって、ある家庭からべつの家庭へ移らなければならない子供たちもいた。

フィリス・ウィアーという、一九三〇年に船でミズーリに送られた二人の子供のうちの一人について、何かで読んだのを覚えている。フィリスはニューヨークへ戻る列車での長旅を強《し》いられた。育ての母の姉妹が、フィリスにはアフリカ系アメリカ人の血が混じっているように見えるといいだしたからだった。幸運にも、養父母が正気に返り、フィリスに戻ってくるようにと頼んだ。そのうえ三人めの子供を受けいれることにも同意した。

犯罪小説作家の性《さが》として、わたしは孤児列車に興味を持ったときにこう自問した――ここに犯罪の絡《から》む物語が潜んでいる余地はないだろうか？　もちろんあった。しかし本編は、ただのウエスタン小説ともいえるかもしれない。兄弟二人が死んだ弟の復讐をするために荒野を旅する？　まさに古典的なウエスタンの素材ではないか。

本編には、満足していない部分が二つある。わたしにはどうしてもあの自殺未遂が説得力を欠いているように思えてしまうのだ。しかし読者の多くがそんなことはないという。読者の意見が著者の意見よりはるかに重要であるのは明らかだ。

もう一つ、わたしは本編のタイトルがあまり好きではない。もっとこう、西へ向かう列車に乗ったことでキャラクターたちの人生がどのような影響を受けたかをはっきり示すタイトルにしたかった。キャラクターの生涯は孤児列車の線路をなぞっている。この比喩《ひゆ》が成功しているとはいいがたいのだが、これよりいいアイディアを思いつかなかった。もしあなたがもっといいタイトルを思いついたら知らせてほしい。

〝贖罪《しょくざい》の可能性〟がわたしのお気に入りのテーマであることは先ほども書いたとおり。本編の兄弟はそれを見つけたと思う。

本編の初出はＡＨＭＭ二〇一八年一・二月号である。本書のなかで一番新しい短編だ。

共犯

The Accessory

女が職場から帰宅すると、二人の男が待っていた。女がカーポートに車を停め、歩いて玄関へ戻る途中に郵便受けをあけていると、男二人がシルバーのセダンを降りてきた。

長身で痩せているほうの男は砂色の髪をしており、青いスーツを着ていた。もう一人は黒いスーツを着ており、いま見ているものがさも気に食わないというように、絶えず目を細くしていた。

「ミズ・ソールズベリーですね?」背の高いほうが尋ねた。

一方の手を郵便受けに置いたまま、女は動きを止めた。「はい?」

相手はバッジを掲げてみせた。「刑事のロートンです。こちらはカノン刑事。いくつかお尋ねしたいことがあるんですが」

マーガレットはひと握りの郵便物を見おろしたが、実際に目に入ってはいなかった。「どういったご用件でしょう?」

「なかに入りませんか?」ロートンが笑顔でいった。

マーガレットはリチャードがいっていたことを思いだした。つきあいはじめたころの電話で、身につけた法律の知識を披露してマーガレットを感心させようとしたのだ。「玄関のドアっていうのは魔法みたいなものなんだよ、マーガレット。警官は令状がなければそこを越えることはできない。だがもし〝どうぞ入ってください〟といおうものなら、警察は家じゅうのどこにだって入りこんで、なんでも好きなことができる。あとになってから連中に捜索する権利がなかったことを証明するのは至難の業だ。それに居座られたらどうする？　警察を呼ぶのか？」

マーガレットは深く息を吸っていった。「やめておきます。散らかっていますから」おそらく二人は手近のすべての窓からすでになかを覗いたはずだった。だから散らかっているというのが嘘であることはお見通しだろう。マーガレットはそれでもかまわなかった。

「どういったご用件でしょうか？」マーガレットはくり返した。

「リチャード・ウェイン・ベルだ」背の低いほうの刑事、カノンがいった。

マーガレットは目を見ひらいた。「リチャードに何かあったんですか？」

「われわれもそれを調べようとしているんですよ」ロートンがいった。「保護観察官のところへ報告に現れなかったので」

「あの男が刑務所にいたのは知っているんだな？」カノンが尋ねた。

それは実際には質問ではなかったが、マーガレットはとにかく答えた。「もちろん知っていますよ、刑事さん。刑務所に手紙を書きましたから。だからここがわかったんでしょう」

「ベルを最後に見たのはいつですか？」背の高い刑事が尋ねた。

マーガレットはすこし考えて答えた。「先週です。火曜日の夜。いえ、水曜日の朝です」

背の低い刑事の浮かべた冷笑が大きくなった。

わたしのことをわかった気になっているんでしょうね。犯罪者と寝るような女だと思っているんでしょう。

「どこへ行くつもりかいっていませんでしたか？」

「いってました。スポケインのお姉さんのところへ行くって。お姉さんには連絡しましたか？」

「もう何年もまえにジョージアに引っ越したんだよ」カノンがいった。「一つには弟がたてた悪評のせいでね。どっちにしても、姉のところにも連絡はなかった。あんたのボーイフレンドは、サクラメントのことを何かいっていなかったか？」

これは不意打ちだった。「サクラメント？　カリフォルニアの？　いいえ。なぜですか？」

「ベルが向かったのがそこだからさ。あんたに嘘をついていたようだな。こいつは驚きだ」

サクラメント……。どう考えたらいいのだろう。

「どこにいるかわかっているなら、なぜわざわざわたしのところへ？　本人を逮捕しにいけばいいだけでは？」

「それが、見つからないのです」ロートンがいった。「刑務所を出た週に何をしていたか、ベルから聞いていませんか？」

「シアトルに行ったはずです。それからバスに乗ってわたしに会いにきた」

「あんたに会いにね」カノンがいった。「あんたは刑務所に面会に行ったことは一度もなかった。そうだな？　だからベルがここに現れたときに――やつがあんたとひと晩を過ごしたときだ──初めてお互いの顔を見たわけだ」

マーガレットは穏やかな顔のまま応じた。「そうです、刑事さん」

「シアトルで何をしたかは話しませんでしたか？」ロートンが尋ねた。

「友達のところにいたって。お気に入りのバーにも行ったはずです」

「その友達の名前はいっていましたか？」

「いいえ」

「近所の地名なんかは？」

マーガレットは思い返していった。「ラヴェンナ、といってたと思います」

カノンが唸《うな》るようにいった。「だろうな」

「どういうことか、話してくれるつもりはあるんですか？」

ロートンはうなずいた。「ベルがここに来るまえの夜に、グリーン・レイクで男が一人殺されたんです。グリーン・レイクはラヴェンナから歩いて数分の場所です」

「で、それをリチャードがやったと思っているんですか？　牢獄から出てきたばかりだからというだけで？」

「刑務所だ」カノンがいった。「やつが刑務所に入っていたのは、家宅侵入と窃盗のさいちゅうに女を襲ったからだ。その女はかろうじて死なずに済んだがね。あんたよりほんの何歳か年下の女だった」

マーガレットは顔を歪《ゆが》めていった。「リチャードがなんで告訴されたかは知っています。手紙を書くようになるまえに調べましたから」

「やつは告訴されただけじゃない。有罪判決を受けたんだ」

「拘置所のたれこみ屋が何人か、リチャードの打ち明け話を聞いたといい張ったせいでしょう。あの人たちにとっては、それが拘置所を出るために切れるカードだった。そうじゃありませんか？」

「そのうちの一人が死んだんです」ロートンがいった。「ヴィクター・ワーリーという男が日曜日の夜にグリーン・レイクで撃たれました。ベルに不利な証言をした男です」

マーガレットはめまいを感じた。ここに会いにきたとき、リチャードは人を一人殺したばかりだったのだろうか？　あの笑顔と温かい手が、復讐を遂げたばかりの男のものだったのか？

「ここに来るまえにちょっとした雑用を済ませてきたとはいっていなかったのか？」カノンがいった。

「ええ」マーガレットは小さな声で答えた。「いっていませんでした」

「ウォルター・シャリフのことは何かいってなかったか？」

「いいえ。誰なんですか？」

「あんたのボーイフレンドに不利な証言をしたもう一人の男だ」カノンはいった。「ベルが刑務所にいるあいだにこいつがどこへ移ったかはわれわれも知らないんだよ。サクラメントじゃないことを祈ってる」

「どこにいようと」マーガレットはいった。「その人はたぶん、また嘘をつく相手を探しているだけじゃないかしら」

「やれやれ」カノンは首を横に振りながらいった。「あんたたちみたいな囚人のグルーピーってのはまったくもって信じられん」

「次にベルと会うことになっているのはいつですか？」ロートンが尋ねた。

マーガレットはすこしの間《ま》のあとに答えた。「それは決めていませんでした」

カノンは鼻を鳴らした。「とっくに捨てられたってわけだ。正直なところ……あいつにいくら渡した？」

マーガレットは、自分でも顔が赤くなるのがわかった。警察は銀行の口座を調べられるはずじゃないの？　反テロ法のおかげで、警察は銀行に対してあらゆる力を行使できる。リチャードからそんな話も聞いていたが、よく考えてみたことはなかった。

わたしはほかに何を見逃しているのだろう、とマーガレットは思った。

「よけいなお世話よ」マーガレットはとうとうそういった。

ロートンはため息をついた。「こいつは危険な男なんです、ミズ・ソールズベリー。仮にシアトルの男を殺していないとしても、この州から出ることで仮釈放時の規則に違反しています。ベルが連絡を寄こしたら、この番号に電話してください」

マーガレットは名刺を受けとり、よく見もせずにポケットに押しこんだ。

「あんたは自分が何をやってるかわかっているのか？」カノンが尋ねた。「殺人の共犯だぞ」

マーガレットは決して高くはない身長をすこしでも高く見せようとするかのように、すっと背筋を伸ばした。「それはどうかしら、刑事さん。だけどもしそうだとしても、わたしならそれを抱えて生きていけます」

警察が帰ったあと、マーガレットは家のまえに立ち尽くした。両親と妹と一緒に移ってきて以来、人生の半分を過ごした家。慎ましい二階建てのランチハウスだった。右手にカーポートがあり、正面の芝生の上には青く塗られた大きな錨《いかり》が置いてあった。

マーガレットは耳の奥に響く心臓の鼓動を意識しながら裏口から家に入った。部屋から部屋へと歩きながら、令状を取って戻ってきた警察のつもりになって自分の家を見ようとした。リチャードの痕跡が何かあるだろうか？　リチャードがどこへ行ったか警察に手掛かりを与えるような何かが？

サクラメントとのつながりは、マーガレットをひどくまごつかせた。

「絶対に警察を馬鹿だと思っては駄目だ」リチャードは手紙のなかでそう語っていた。「警察はアリやハチのようなものだ。個々にはそう切れるわけじゃなくても、群れはつながっている。群れに殺されることはありうる」

突然、マーガレットは自分がとてもちっぽけになったように感じて怖くなった。

＊

警察は、令状を取って戻ってきたりはしなかった。二週間が過ぎたころ、ロートンが――〝悪い警官〟のカノンとペアを組んだ、〝いい警官〟のほうだ――一人で現れた。ちょうどマーガレットが職場の獣医クリニックから帰ろうとしていたときだった。

「こんにちは、ミズ・ソールズベリー」

「刑事さん」マーガレットは自分の車に半分ほど行きかけたところで足を止めた。「リチャードは見つかりましたか?」

ロートンは微笑んだ。「残念ながら。ベルから連絡はありませんよね?」

マーガレットは首を横に振った。きょうの刑事はどこかがちがった。態度にどこかしらちがいがあった。

「もしよければ、べつの人のことを訊きたいんですが。アルヴィン・ペンサーです。この名前に心あたりはありますか?」

マーガレットは目をとじた。この人、知ってる。マーガレットは気力を奮い起こして顔を向け、ロートンを見た。「ええ、アルヴィンなら覚えています」

「チャールズ・デイヴィッド・グロットヨハンは?」

「ええ、彼も」立っていられる気がしなかったので、マーガレットはブロックの先のバス停を見た。「あそこに座ってもかまいませんか?」

マーガレットは返事を待たずに歩きだした。ロートンはベンチの彼女の横に座った。

マーガレットは刑事から矢継ぎ早に質問があるものと思っていたが、ロートンは満足そうに座って、一緒に黙ったままでいた。もちろん、マーガレットが沈黙を埋めるのを待っているのだ。

きれいに晴れわたった日だった。二人はサウスヒルにいて、通りの向こうを見やると下り坂が入り江まで延びており、その入り江では十艘《そう》ほどのボートが午後の日射しのなかでちらちら光っていた。

マーガレットはこれをすべて細部まで覚えておいたほうがいいと思った。もう二度とこんな日は訪れないかもしれないからだ。すくなくとも、ここをこんなふうに眺められる日は。

「パートナーはどうしたんですか?」マーガレットはとうとう口をひらいた。

「カノン刑事は休暇中です。ところで、あれはなんと呼ぶんですか?」

「なんのことでしょう?」

ロートンは指差した。「あそこの水域です。ぼくはヤキマ出身なので、こういう水辺の名前を覚えるのに苦労しているんですよ。あれはスクアリカム港?」

「ちがいます。それはもっと繁華街のほう。ここはただ、ベリンガム湾の一部というだけです」

「つまりピュージェット湾の一部だ」

「それもちょっとちがうかも。ピュージェット湾はここより南ですから」

「だったらジョージア海峡だ」

「それはもっと北」マーガレットは思わず笑みを浮かべていた。おかしなことだった。鼠《ねずみ》は猫に向かって微笑んだりしない。たとえどんなに上手に猫が遊んでいるとしても。

「だからセイリッシュ海という名前もあるんです。このあたりの水域全体を呼ぶために」

ロートンはうなずいた。「それなら読んだことがあります。それで、ほかには何人いるんですか?」

「ほかの何がですか？」

「囚人。グロットヨハンとペンサーとベルのほかに」

「手紙を書いた受刑者はもう何人かいました、刑事さん。刑務所を出られたのはその三人だけなんです。三人について、何が知りたいんですか？」

ロートンはため息をついた。「そういうふうに進めたいんですか？　それなら、ぼくがすでに知っていることを話しましょう。ペンサーは五年ほどまえに釈放された。グロットヨハンは二年まえ。どちらも刑務所を出てから目撃されていない」

「それはちがいます。わたしは二人を見ました。二人とも、外に出たときにわたしに会いにきましたから」

「きっとそうなんでしょうね」ロートンは顔に好奇心と、共感に近いものを浮かべた。「正直にいいましょう、ミズ・ソールズベリー。これに気がついたとき、まず、あなたは逃がし屋なんじゃないかと思いました」

「意味がわかりません」

「つまり、あなたが偽の書類を用意したりして、人々が網の目を逃れて消えるのを手伝っていると思ったわけです。しかしそれでは理屈が通らなかった。もし刑務所から顧客を選んでいるなら、横領犯か、隠し資産を持っていそうな人間を探すはずだ。ベルも、グロットヨハンも、ペンサーも、三人とも若い女性に暴力を振るって刑務所に入った。三人が新しい身分を——仮にほしいと思ったとしても——手に入れられるだけの大金を持っていたと考える理由はありませんでした」

「じゃあ、次に考えたのは？」

ロートンはベンチの背にもたれた。くつろいでいるように見えた。「人々が消える手伝いをしているわけではないのなら、彼らを消しているんだと思いました。しかしその方法がわからなかった。あなたはグロットヨハンより三十センチ近く背が低いし、ましてやほかの二人はグロットヨハンよりさらに身長が高い。それに、彼らには刑務所で鍛えた筋肉がある」

マーガレットはうなずいた。アルヴィン・ペンサーにふざけてつねられたところが何日もあざになって残ったことを思いだした。そのときはすぐに終わらせようと思ったのだった。

「それに、仮になんとか殺すか失神させるかしたとしても、遺体をどうするか？　カーポートまで引きずっていってセダンのトランクに押しこむ？」ロートンは首を横に振った。「まさか。かといって、あなたが地下室に埋めるような馬鹿な真似をするとは思えませんし」

「わたしの家は二階建てのランチハウスです」マーガレットはいった。「地下室はありません」

「それを忘れていました。で、ぼくはしばらくのあいだ途方に暮れたわけです」ロートンは顔を向けてマーガレットを見た。「それから、あなたの家の前庭に飾ってあった錨を思いだしました。あなたがキャビン・クルーザーを所有していることもわかった。港に停めてありますね。こういういい方をしても気に障らないといいんですが、あなたの家とボートには、一介の獣医アシスタントの収入ではまかなえないくらい金がかかりますよね」

「お金なら、相続したおかげでいくらかありますから。両親は早くに亡くなったんです。ボートがどうしたっていうんですか？」

「それがあれば遺体処理の問題がすべて解決できる。ちがいますか？」ロートンはまわりの景色を示すかのように、両手を自分のまえで広げた。

「リチャード・ウェイン・ベルは刑務所を出て、たれこみ屋を殺し、ペンフレンドを訪ねてここへやってきた。会えるのをとても楽しみにしているといっていた女のもとへ」

「そう、それがリチャードのしたことです」マーガレットは同意した。

「そしてあなたももちろんベルに会えてうれしかった。あなたはお祝いのクルーズを提案した。リチャードのやつはこう思った――自分のボートを持っている美人？　こいつは大当たりだ。そしてあなたはキャビン・クルーザーですてきな夕食を用意した」

　ロートンはいったん口をつぐんでからつづけた。「獣医のクリニックで働いていると、長年のあいだにはいろいろと便利なものが手に入るでしょうね。鎮静剤とか。動物を一時的に、あるいは永久に眠らせる薬とか。ベルの飲み物のなかに充分な量を入れれば、次に気がついたとき、やつはセイリッシュ海の底にいるというわけだ。この名前を使うのがいいですよね、あなたがベルを船外に捨てるまえに、どれくらい遠くまで連れだしたかはわからないわけですから。遺体が一つも岸に打ちあげられなかったのは幸運でした」

　運じゃないのよ、とマーガレットは思った。頑丈なワイヤーとたくさんの重りのおかげ。

「もう一つ幸運だったのは、いままで船酔いする男がいなかったことです。クルーザーに乗りたがらないやつがいたらどうするつもりだったんですか？」ロートンは首を横に振った。「玄関から入った瞬間にあなたの首を折るやつがいなかったことだって驚きですよ」

「もしそうなっていたら」マーガレットはいった。「あなたか、あるいは誰であれわたしの死の捜査をする人が、男たちにつながる証拠を見つけていたはずです」

「だけど殺人犯が家探しをしたら——いや、そんなことはあなたも考えましたよね。金庫でもあるんですか?」

「いいえ、金庫なんて置いていたら疑わしく見えるんじゃないかしら。わたしが罠を仕掛けようとしているみたいに。手紙は職場のデスクの引出しに入れてあります」マーガレットは獣医クリニックのほうを指差していった。

「非常に賢明ですね。ベルの携帯電話がなぜサクラメントにあったのか教えてもらえませんか?」

「ハイウェイのパーキングエリアに行って、トラックの荷台に押しこみました。東に向かうトラックで、スポケインに行くと思ったんです」

ロートンはうなずいた。「シンプルで効果的ですね。しかしトラックは南へ向かい、電話はサクラメントで振り落とされるか、バッテリーが切れるかして、警察はそれ以上追跡できなくなった。

あなたがミスをしたのは一つだけです。元囚人を迎えるときには、毎回まとまった額のお金を引きだしておくべきだった。連中はあなたがいくらか渡すというまで粘るはずですからね」

「まあ、何もかも完璧にはいきませんから」

「いや、あなたはほとんど完璧でしたよ。だけどそもそもどうしてですか、ミズ・ソールズベリー？　スリルを求めてやっていることなんですか？」

「スリル？」マーガレットは背筋を伸ばして身を固くした。「いいえ、刑事さん。それはちがいます。あなたのリストにもう一つ名前を加えてください。キャンディ・ソールズベリーの名前を」

「え、その人は……？」

「わたしの妹です。頭がよくてきれいだった。やさしくて、人を疑うことを知らなかった」

「ああ」

「ある春の日に、あの子が大学から帰宅しようと運転していると、車が故障しました。あの子はその何週間かあと、遺体で発見されました」

「殺人犯は捕まったんですか？」

　マーガレットは首を横に振った。「母はその翌年に心臓発作で亡くなりました。父は車の単独事故で亡くなりました。検視官によれば、まあ、事故だったとのことですけれど」

「では、いわば容疑者を拾っているわけですか？」

「わたしは頭がおかしいわけではありません。わたしの家族を滅茶苦茶にした人間が見つかるとは思っていませんよ。ただ、ほかの家族を救うことはできるんじゃないかと思っただけです」

「だけどこの連中が刑務所から出る手助けをするのは――」

「それは絶対にやっていません。仮釈放委員会に手紙を書いたりとか、その手のことはいっさいしたことがありません。ああいう連中が刑務所にいる分には、それでかまいませんから」マーガレットは肩をすくめた。「わたしは最後の防御線なんです。システムが連中を取りこぼしたときの」

「それなら、あなたは裁判官でも陪審員でもあるというわけですね」

「誰かがわたしの妹に対して裁判官でも陪審員でもあるようにふるまったからよ。あの子は何もしていないのに」マーガレットは立ちあがった。「だけどもう全部終わり。そろそろ行きましょう」

ロートンも立ちあがった。「どこへ?」

マーガレットは目を見ひらいた。「わたしは逮捕されるんじゃないんですか?」

「証拠がまったくありませんよ。いまあなたが話したこと以外には。ぼくが署に連れていっても、あなたはすべて否定する。そうじゃありませんか?」

マーガレットはロートンの顔を観察した。「そうするとは思いますけど」

「リチャード・ウェイン・ベルは、浮きあがってきたりしないかぎり行方不明者のままです。だけどぼくのパートナーには気をつけたほうがいい。カノン刑事はあなたが嫌いです。もし何があったかわかったら、カノンはまたたくまにあなたを刑務所に放りこみますよ」

「なんていったらいいのかしら」

ロートンは肩をすくめた。「ただ、さようなら、と。お会いできて楽しかったです、ミズ・ソールズベリー」

ロートンは背を向けた。

「刑事さん？」

「なんでしょう？」

「これではあなたが殺人の共犯になるのでは？」

ロートンはすこし考え、それから微笑んだ。ほんとうに、とてもいい笑顔だった。「ぼくならそれを抱えて生きていけます」

著者よりひとこと

犯罪者にファンがつくことがあるというのは奇妙な現象だ。これはいまどきの新しい流行というわけではない。イギリスでは何百年もまえから、追いはぎについての民謡がある。しかしその現代版でとりわけ悲しいものとしてわたしの胸を打つのは、有罪判決の下った犯罪者――ふつうは殺人犯――と恋に落ちる人の話だ。死刑囚監房で殺人犯と結婚式を挙げる女性もいる。そう、たいてい女性なのだ。

世に不思議なことはごまんとあるが、これもその一つだ。人々はいったいどうしてしまったのだろう？

この問題を扱った短編を読んだ。'My Life with the Butcher Girl' と題された、ヒース・ローランスの作品である。これを読んだときから、こうした女性の一人について考えはじめた。わたしが自分の頭のなかで見つけたのは、現実の殺人者のグルーピーとはまったくちがう人物だった。そして本編「共犯」を書いた。

発表済みのわたしの小説で、ワシントン州ベリンガム――わたしが住んでいるところ――を舞台としたものはこれだけである。

「共犯」は《エラリー・クイーンズ・ミステリ・マガジン（ＥＱＭＭ）》の二〇一四年六月号に掲載された。ＥＱＭＭにわたしの短編が載ったのはこのときが二回めで、これは特筆に値する。わたしが最初にＥＱＭＭとＡＨＭＭに小説を送ったのは、一九七六年だった。ＡＨＭＭには一九八一年に載ったが、ＥＱＭＭ掲載への壁を突破するには二〇〇九年までかかった。その間、却下された短編の数は七十六にのぼる。

ＥＱＭＭのほうが厳しいマーケットなのだなと思われるかもしれないが、定期的にＥＱＭＭに掲載されているのにＡＨＭＭには載らないという友人も何人かいる。たぶんスタイルのちがいの問題なのだろう。前述のように、わたしのスタイルはヒッチコックによってつくられたのだ。

ＥＱＭＭへの二回めの掲載は、初めてのときほど長く待たされずに済んでうれしかった。

クロウの教訓

Crow's Lesson

張り込みの五日めだった。おれは古くてくたびれたフォード・エスコートの運転席に座っていた。車は目標地点から通りをはさんだ向かいに停めてあった。商売道具はすべて——といってもクリップボード、双眼鏡、コーヒーを入れた保温ポットくらいのものだが——手の届くところにあった。

クライアントのはからいで、容疑者は目標の建物のなかで十分ほど足止めを食らっていた。日課終了時の人混みがまばらになるのに充分な時間だった。おかげで容疑者が建物を出たとき、なんの苦もなく見つけることができた。

おなじタイミングで、同期の者が出てきた。二人は意見の不一致をみているようで——なんの話か聞くには、おれの居場所は遠すぎた——容疑者が相手の脛《すね》を蹴った。二回も。

同期の人間は叫び声をあげながら倒れ、容疑者は逃げだした。しかしブロックを半分ほど進んだところで、目標の建物を先に出て歩道でおしゃべりをしていた女性の集団を見つけた。

容疑者はそばの家の前庭を掘りはじめた。そして野生のニンニクを一束引き抜くと、においのきついその植物を頭上で振りまわし、女性たちを追いかけはじめた。女性たちは悲鳴をあげて逃げだした。

ジミー・パンクハーストは七歳にしてすでに小さな豚野郎だった。

だが、おれがジミーをつけている理由はそれではなかった。おれは車のエンジンをかけ、ジミーが学校から帰るあとをつけようと準備した。

よくある地獄が目のまえで口をあけて待っていた。

非常に大きな銃が二挺《ちょう》、フロントガラスの外側に見えた。どちらもびっくり仰天したおれの顔に狙いを定めていた。「警察だ！　動くな《フリーズ》！」

おれは即座に氷山になった。まずまずの氷山ぶりだったと思う。両手はすでにハンドルの上にあったのでそのままにした。いったい何が起こったのだろうと思いながら。

誰かが車のドアをあけた。「ゆっくり出てこい。手は宙にあげたままだ」

全部いわれたとおりにすると、青いスーツを着た長身の黒人男性と向きあうことになった。警官というよりは大学教授のように見えた。

相手の様子から判断するに、おれを永久に落第させる気満々だった。

「うしろを向いて、両手を車の屋根に置け」

おれはそのポーズをとった。警官が服の上からボディチェックをするあいだ、彼の相棒と向きあって立っていた。背の低い、痘痕面《あばたづら》の白人男で、派手なチェックのスポーツジャケットを着ていた。何も知らなければ中古車のセールスマンだと思ったところだ。財布をしっかり握りしめたまま、すばやく遠ざかりたいタイプだった。

「何が問題なんですか、刑事さん？」おれはいった。いや、実際には不平をこぼした。

「そっちから話してもらえないかな」

「なんですって？」

「あんたが下校途中の児童のあとをつけているところを目撃されたのは、きょうで三日めだ。あんたの問題はなんだね？　気に入ったのが見つからないとか？」

そこには気づいていなかった。人に見られたらどんなに体裁が悪いかは考えてもみなかった。どうりで警察がピリピリしているわけだ。

「それなら説明できますよ」おれは希望を持っていった。

教授はボディチェックを終え、うしろにさがった。「クリーンだ。ある意味では」

セールスマンの銃はまだおれの扁桃腺《へんとうせん》のあたりに向けられていた。「身分証明書はあるか？」

おれは両手を車の屋根に置いたままにした。どんなに小さなものであっても誤解のタネを与えるわけにはいかなかった。

「ズボンの左まえのポケットに入ってます」

教授が手を伸ばしておれの財布を引っぱりだした。「マーティー・クロウ」教授は声に出して読みあげた。「私立探偵」

「探偵なのか？」セールスマンがいった。「だから子供たちをつけまわしてたってのか？　もしかして、親が離婚する子供がいて、親権に絡《から》む調査とか？」

「それも説明できますよ」おれはまたいった。

「アトランティック・シティから来ている」教授がパートナーにいった。「こんなところまで出向いて何をしているのかな、ミスター・クロウ?」

「胸ポケットを見てください」おれは教授にいった。「左側の」

教授はそこから封筒を引っぱりだした。「手紙だね。誰かが彼を雇って、何かをさせようとしている。ドクター・マルコム・デイリーというのは誰だ?」

「ここ、ウエスト・タカホーの教育長です」おれは答えた。「毎日べつの子供を家まで尾行するために雇われました」

「ふーん?」セールスマンがいった。まだ拳銃を構えていたが、もうそれを使う口実を探してはいないようだった。「じゃあ、その教育長の問題はなんなんだ?」

「それも説明できますよ」こればっかりだな、と思いながらおれはいった。

教授はため息をついた。「どのポケット?」

「上着です。右の内ポケット」

教授は手を差しいれ、たたまれた紙片を見つけた。

「この男はカンガルーの群れ《ハード》よりたくさんポケットを持ってるな」セールスマンは拳銃をしまおうとしており、おれはそれがとてもうれしかった。

「群れの呼び方は〝ハード〟じゃない」パートナーがうわの空でいった。「カンガルーの群れは〝モブ〟と呼ぶんだ」

セールスマンはあきれたようにぐるりと目をまわした。「おれのパートナーは〝警察の知性〟

なんだよ」

「手をおろしてもいいですか？」おれは尋ねた。

「ああ、もちろん。それで、ジョージ、ポケットからは何が出てきた？」

ジョージと呼ばれた教授は眉を寄せた。「《ニューヨーク・タイムズ》の切り抜きだ」

「数カ月まえのものです」おれは同意していった。「ニューヨーク州郊外のある町で、周辺の街から——税金を払わずに——忍びこむようにして通ってくる児童に注目しはじめたんですよ。その町は探偵を雇って児童のあとをつけさせた。ドクター・デイリーはそこからアイディアをもらったんです」

セールスマンは目をみはっていった。「それだけ？　あんたはタカホー・シティからもぐりこんでいる子供がいないかどうか確かめるために、子供たちのあとをつけているのか？」

おれは肩をすくめた。「それだけです」

「馬鹿げてる」

「行政サービスの窃盗だ」教授がいった。「不合理なことではない。こちらの学校のほうが、シティの学校より質がいいからね。それに、児童一人当たりにわれわれの税金がいくら使われているかは、きみも知っているだろう？」

「あんたの給料が全部持っていかれたってかまわんよ。馬鹿馬鹿しい。そんなことでアトランティック・シティのピエロが小さな子供たちをつけまわして心底怖がらせるのを放置しておけるか」セールスマンはおれを見た。「それはわかってもらえるだろ、ミスター・クロウ？」

おれは真面目で協力的な市民らしくうなずいた。「もちろん。それにトラブルはごめんですから、警察がやめろというならやめますよ。だけど、それであなたがたのほうがトラブルにならないといいんですが」

「おれたちが?」これは二人の注意を捉えた。「どうして?」

「なぜ調査をやめたのか、ドクター・デイリーに話さなければなりません。で、ドクターがどれくらい強い影響力を持っているか、おれにはわからない」

刑事二人の顔を見るに、二人もやはりわからないらしかった。最後には教授が口をひらいた。

「うちの警部補からあんたのクライアントに話を通してもらおうと思う。それまでは仕事をつづけてもらってかまわない」

「きょうは終わりです」おれは答えた。「ターゲットの小さな天使はとっくにいなくなってしまったし。おそらくいまごろは猫の首でも絞めにいってるんじゃないかな」

翌朝、ドクター・デイリーから電話があった。ドクターはいつでも快活な人物で、士気を煽《あお》るかのような熱意溢《あふ》れるその声を聴いていると、おれは死ぬほど気力が萎《な》えた。

「ミスター・クロウ! 地元の警察とちょっとした揉め事があったようだね」

「そうです、サー。わたしが子供たちのあとをつけるのが気に入らないようで。では、いままでの請求書を――」

「馬鹿な! 警部補と私のあいだで話はついている。きみには仕事をつづけるための完璧な許可がおりたよ」

おれはかなりがっかりした。「これまでのところ、学区外に住んでいる児童は見つかっていませんが」

「だったらもうまもなく見つかるはずだね、ミスター・クロウ。疑わしい住所が記載された児童について、またべつのリストを送るよ。これまでどおり、いい仕事をつづけてもらいたい」

＊

四日後、おれはひどい頭痛を抱えて仕事に出かけた。酒は飲まないので二日酔いではなかったが、遅い時間まで――あるいは早い時間まで――外にいたせいだった。オールナイトのポーカーで家賃をすってしまったのだ。

その日あとをつけることになっていた児童は――教育サービスを盗んでいるとの申し立てを受けている子供は――メイベル・ウィルスンという名前の十歳児だった。この女児はクラス写真を撮った日に学校を休んでいたので、手もとには言葉による説明しかなかった。

メイベルがグローヴァー・クリーヴランド・スクールから出てくるのを見て、おれはサイレント映画に出てくる子供の映画スターを連想した。とくにきれいというわけではなかったが、濃紺のワンピースと長いブロンドの巻毛がやけに古風に見えたのだ。

メイベルは左を見て、右を見て、それから通りへと急いだ。緑色の古いピックアップトラックが縁石《えんせき》のところに停まっていた。

ピックアップトラックはべつにかまわなかった。歩いている子供よりも車のほうが、あとをつけるのは簡単だった。トラックなら通りをはずれることはまずない。

ファイルには、メイベルの住所はアトランティック・ストリートの一七番地と載っていた。この番号が地図になかったので、ドクター・デイリーは――あるいはドクターにこの仕事を申しつけられた事務員が――この記録をおれのところに送ってきた。

メイベルのママだかパパだか、誰であれあのトラックを運転している人物がまっすぐアトランティック・ストリートに向かいますように、ただ地図が古かっただけってことになりますようにとおれは祈った。そうなれば、家に帰って昼寝をしてから、前の晩の負けを埋めあわせるためにちょいとカジノに出向くことができる。

しかしきょうはラッキーデイというわけにはいかなかった。トラックはアトランティック・ストリートを通りすぎた。まあ、買物か何かに出かけようとしている可能性もなくはない。

トラックは、規模は小さいながら最新の流行を反映したウエスト・タカホーの繁華街を抜け、進みつづけた。やれやれ、とおれは思った。デイリーのいうことが初めて当たったのだ。親子はほんとうに町の外に住んでいた。

最終的には、二人の乗った車はクレイプール・ロードという名前の小さな袋小路に乗りいれた。おれはクレイプール・ロードをそのまま通りすぎて車を停めた。物事が複雑になったのはそのときだった。

ウエスト・タカホーの行政区と周辺のコミュニティとの関係はよくある悪夢のうちの一つであり、ニュージャージーの弁護士たちにポルシェを乗りまわせるだけの収入を与えていた。ドクター・デイリーが説明してくれたところによれば、学区の境界と行政区の境界は、ほとんどおなじだが完全に一致しているわけではない。デイリーから学区の地図を渡されていたので、それをひらいてクレイプール・ロードがこのパズルにはまるかどうか探った。

おれは地図を読むことが大の得意というわけではない。ボーイスカウトでは二度もオリエンテーリングに失敗した。苦労して五分探したあとで、クレイプールは学区内だと判断した。メイベル・ウィルスンの両親は住所をまちがえて学校に提出したのだろう。だがあのちっちゃなブロンド娘には、グローヴァー・クリーヴランド・スクールに通う権利が確かにあった。

おれは地図をたたみはじめ、そこで既視感を覚えた。

「警察だ、動くな！　両手を見えるところに置け！」

また警官か。おれは地図を落とし、両手をハンドルに乗せた。助手席側のドアがあき、銃を持ったブロンドの男が車内に頭を突っこんできた。

人間の脳は合理的な筋道をたどって働く、という通説は広く知られている。観察し、次いで論理に従って結論へ向かうというわけだ。

そんな通説はクズだ。

目が拳銃を持った男のブロンドの髪を認識した瞬間に、脳は速攻で結論を出した——こいつはおれを殺すつもりだ。なぜそれがわかったかを自覚したのは、あとになってからだった。

おれの脳は以下のような曲芸をこなしたらしい。銃を持った男の髪はメイベル・ウィルスンとおなじ色合いのブロンドである。よってこの男は警官ではなく、メイベルの父親である。

お次はこうだ。メイベルが古風な子役に見えたのは、ブロンドの髪が嘘くさいからだ。髪を染めてあったのだ。

では、なぜ父親と娘がともに髪を染めたのか？　外見を変えるためである。

なぜか？　二人は逃亡中だからだ。

結論――こいつはおれを殺すつもりだ。

もちろん、それがわかったからといって、あまり役には立たなかった。

「こっち側に出ろ」偽ブロンドの男はいった。「手は宙にあげたままだ」

ダッシュボードの下に銃を固定してあった。しかしこれほどなんの役にも立たないのなら、ウォッチチャング山に埋めてあってもおなじだった。

おれは外へ出た。もしこのブロンド男が――ウィルスンと呼ぶことにしよう、絶対にほんとうの名前ではないだろうが――車のそばにとどまっていたなら、ちょっと蹴ってみてもよかったかもしれない。しかしウィルスンは離れていた。被害妄想が強すぎて、おれみたいな人畜無害な人間すら信用できないのだ。

「両手を頭に乗せろ」ウィルスンはいった。

そこで初めてこのエリアがどんなに人けのない場所か気づいた。このブロックには家が二軒しかなかった。

見る者もなし、聞く者もなしだった。

ウィルスンの赤い平屋建ての家まで長く歩かされたが、おれにとって充分に長いとはいえなかった。

メイベル・ウィルスンという名前のはずの少女が、戸口に立って目を見ひらいていた。「パパ？」

「自分の部屋へ行きなさい、メイ。荷づくりをはじめるんだ」

「もうやだ、パパ。またなんて」

「こいつはスパイの一人だ。ここを出なければ」

少女はくるりと向きを変え、廊下を走っていった。

おれは戸口で足を止め、うしろをふり返った。また外の日射しを見ることはあるだろうか。

「進め」ウィルスンがいった。「左だ」

そこはせまいキッチンだった。明るい黄色に塗られてから、すでに何年も経っているようだ。コンロの上のふたをした鍋から、コンビーフとキャベツのにおいが漂ってきた。

「床に横たわれ」ウィルスンはおれにいった。「うつぶせに」

「おれを殺さなきゃならない理由はないはずだ」

ウィルスンは顔をしかめた。おれが口をきいたのはこれが最初だった。「なんだって？」

「おれを殺さなきゃならない理由はない」おれはくり返した。「縛るだけ縛って、出ていけばいい。あんたを見たとはいわないよ」

「黙れ」ウィルスンは銃を持っていないほうの手で引出しを掻きまわし、すぐに大型の肉切りナイフを取りだした。突然、自分がコンビーフになったような気がした。「うつぶせに横たわれといったんだが」

おれはいやいやながら、ゆっくりとそうした。「ところで、きょうのおれの行き先を知っている人間は三人いる。もしおれが姿を消せばその三人が探しはじめる。だからおれを殺しても有利なスタートが切れるなんてことはまったくないわけだ」

「黙れといっただろ」奥のドアをあける音がしたが、冷たいリノリウムの床にうつぶせになった状態では、ウィルスンが戸口で何をしているかは見えなかった。肉切りナイフを使って、何か威勢のいい、騒々しいことをやっていた。

ウィルスンが戻ってくると、物干し用のロープを引きずっているのが目に入った。まあ悪くない兆候だった。ふつうは死んだ人間をロープで縛ったりはしないから。

ウィルスンはおれを縛り上げた、いや、むしろ縛り下げた。まえにもやったことがあるかのような手際だった。両手は背中のうしろにまわされた。脚に巻かれたロープはキッチンテーブルのまんなかの支柱に通されたので、仮に立ちあがることができたとしても、どこかへ行こうと思ったらテーブルを持っていかなければならなかった。

ウィルスンはキッチンチェアをおれの正面に置いて座り、銃は無造作に壁に向けた。「どうやっておれを見つけた?」

ここは油断ならないところだった。もし真実を——ドクター・デイリーが越境通学者を探していることを——話したら、ウィルスンは絶対に信じないだろう。それを責めることなどできはしない。しかしウィルスンが〝真実〟を無理やり引きだすために何をするつもりかなど、考えたくもなかった。

あの警官たちがドクター・デイリーの手紙を返してくれていればよかったのに。

いまは嘘をつかなければならなかった。問題は、説得力のある嘘をひねり出せるほど相手を知らないことだった。ウィルスンがなぜ、どこから逃げているのか知らなかったし、それどころかウィルスンのほんとうの名前すら知らなかった。

「おい、答えろよ」ウィルスンは苛立たしげにいった。「どうやっておれを見つけた?」

無知を装うのが、なんとかなりそうな唯一の方法だった。そこに説得力を持たせなければならない。

「調べるべき住所のリストをボスから渡された。それだけだ。ボスがどうやってあんたを見つけたのかは、おれにはわからない」

「そのボスっていうのは誰だ?」

ウィルスンはすでにおれの財布を引っぱりだして、〈クロウ探偵事務所:マーティー・クロウ〉の名刺を見ていた。「おれの兄貴、ジェイムズ・クロウだ」

「誰があんたたちを雇った?」うつぶせに寝ている状態では、相手の表情を読むのは至難の業だった。おれは転がって仰向けになろうとしたが、背中を足で押さえられた。「じっとしてろ。おれの元妻が、あんたたちを雇ったのか?」

「パパ?」少女が戸口にいた。

ウィルスンは立ちあがって、おれのまえにまわった。まるでそうすれば床に横たわる男が少女の視界に入らないとでも思っているかのように。「荷づくりを終わらせるんだ、メイ」

「自転車は持っていける?」

「車に入らないよ。新しい町に着いたらまた買ってあげるから」

「新しい町ってどこ?」

「まだ内緒だ。さあ、服を詰めてしまいなさい」

ウィルスンはまたおれのほうを向いた。「おれも荷づくりをしなきゃならない。あんたには猿ぐつわを嚙ませなきゃならんだろうな」

「二重分離型鼻中隔湾曲《びちゅうかくわんきょく》症《しょう》だ」

ウィルスンは顔をしかめた。「なんだって?」

「二重分離型鼻中隔湾曲症なんだよ」おれは嘘をついた。「鼻だけでは息ができない。あんたがおれの口を覆ったら、あの子が次に降りてきたとき目にするのは、目玉の飛びだした真っ青な死体だ」

ウィルスンはよく考えてからいった。「ここは袋小路だ。大声を出しても誰にも聞こえない」

「大声は出さない」

「だがおれには聞こえる。そうなれば、いちかばちか、猿ぐつわを嚙んでもらうしかない」

「静かにしているよ」

ウィルスンはうなずいて、階段へ向かった。

おれは早口でいった。「兄貴はおれの居場所を知っている。もしおれが戻らなければ、夕方には探しにくる。あんたには時間的な余裕はまったくない。だがもし縛ったまま置いていってくれたら、あんたを見つけたことは誰にもいわないと約束する」

ウィルスンはおれを見おろした。どうやら信じていないようだった。「それで、報酬を辞退するっていうのか？」

「どのみち報酬なんか出ないんだよ。クソ兄貴が独り占めするんだ。銃も持たせずにおれをこんなところへ送りこむような男だ」兄貴のジム・クロウに対してだんだんほんとうに腹が立ってきた。これはいいトリックだった。ほんとうは兄貴なんかいないのだから。

「オーケイ」ウィルスンはいった。また廊下のほうを向きかけていた。「あんたがお行儀よくしていれば、縛って地下室に置いていく。ロープをほどくのに数時間かかるだろう。それでもいいな？」

「もちろんだ」できればおれの目をまっすぐに見てそういってもらいたかった。「あんたはどのくらい逃げつづけているんだ？」

「おいおい」ウィルスンはいった。「何も聞いていないのか？」

「いつもそうなんだよ」おれは苦々しい声でいった。

「六月で二年になる。元妻の新しい夫が、五州離れた場所で仕事に就くっていうんだ。もちろん娘も連れていきたがった。おれのところへは年に一度飛行機で会いに行けるからいいじゃないかっていうんだよ、まったくね」

「だから連れだした」

「最初からそうしたわけじゃない。あいつらにいったんだよ、メイを連れていくことができないように判事に申し立てをするつもりだって。そうしたら、次の瞬間には娘への性的暴行で逮捕されていた。百パーセント嘘だ。それで、保釈金を払って出て、メイをさらって逃げた」

どこまで信じていいかわからなかったが、おれは議論する立場にはなかった。「不運だったね」

「まったくだ。さて、荷づくりをしにいかないと」

ウィルスンが立ち去ると、おれは転がって仰向けになった。脚がよじれてしまった。ひび割れた白い天井を見つめながら、地下室への入口がどこかにあっただろうかと考えた。外では見かけなかったし、廊下でも見なかった。

「どうしてそんなふうに顔をしかめているの？」

おれは戸口を見た。メイベル、またはメイだった。「この家に地下室はあるのかな、と考えていただけだよ」

「ないよ。まえの家にはあったけど。ペンシルヴェニア州ハンティンドンの家。でもこの家にはない」

「お父さんといくつの家を渡り歩いてきたんだい、メイ？」

メイはキッチンチェアに腰をおろし、脚をぶらぶらさせながらおれを見た。「パパが、まえにどこに住んでいたかいっちゃ駄目だって。スパイに見つかっちゃうから。あなたはスパイなの？」

「スパイ？」

「スパイたちは悪い国から来るの。ママの新しい夫がそういう会社で働いてる。それでスパイにわたしたちを追わせてるの。だからわたしがほんとうは誰なのか、人にいったら駄目なんだ。あなたはスパイなの？」

「おれが？　まさか」おれは身じろぎをして、縛られた両手に体重がかからないようにした。「おれはまちがった場所にはまりこんだ、ただの哀れな男だ」

この少女はおれの自由への切符だった。そう仕向けなければならなかった。チャンスは一度だけだった。もし方法をまちがえば、この娘は逃げだして父親に告げ口をするだろう。そうなれば終わりだ。

一巻の終わりだ。

どうしたらいい？　隣の家に駆けこんで、警察に電話するようにいうとか？　なぜこの子がそんなことをする？

おれはきみを助けに来たんだ、ママのところへ連れて帰るために、と話すこともできた。しかしいままでにわかった範囲では、父親は聖人のようにこの子に接していたし、母親はあざだらけになるまでこの子を殴ったのかもしれなかった。

アイディアがぼんやりとかたちを取りはじめた。この子が父親を愛していようと怖れていようと、おれについて頼むことはできるだろう——おれを生かしておいてくれと父親を説得することはできる。父親がおれを殺すつもりだと話して、この子を怯えさせることができれば、そんなことはしないでと頼んでくれるかもしれない。

「新しい家が気に入るといいね」おれはいった。

メイはブロンドの巻毛を振っていった。「もう引っ越しにはうんざり。また転校するなんてものすごくいや」

「だったらお母さんと暮らすほうがいい？」

「ママは酔っぱらいのあばずれだから」メイは感情のこもらない声でいった。よく耳にする言葉をただ口にしただけなのだろう。お父さんは何をしているの？　セールスマン。じゃあ、お母さんは？　酔っぱらいのあばずれ。

「おれがどうなるか、きみは知ってる？」

メイはぶらぶらさせていた脚を止めた。「知らない。どうなるの？」

「きみのお父さんは、おれを地下室にとじこめていくっていうんだ」

メイは眉をひそめた。「いったでしょ、地下室なんかないって」

「わかってる。ほんとうはどうなるかというと、きみのお父さんはおれを殺すつもりだ」

メイは大きく目を見ひらいた。「ほんと？」

「おそらく銃で撃つつもりだろう。荷づくりが済んだら、お父さんはきみを先に車に乗せる。そのあと、きっと大きな風船が割れるような音がするはずだ。それが聞こえたら、きみのお父さんがおれの頭を撃ったってことだよ」

メイは顔をしかめた。「気持ち悪い」

「そうだね。きみが見ずに済めばいいんだけど。もちろん、おれを殺さないでほしいってお父さんに話してくれれば――」

「メイ、そこで何をしてるんだ？」ウィルスンが戸口に立っていた。

メイは驚いてパッとふり返った。「荷づくりは終わったよ、パパ」

「よし。じゃあ、荷物を車に運ぶんだ」

メイは急いで出ていった。このとき初めて、メイは父親を怖れているのかもしれないと思った。当然のことながら、おれは怖れていた。

「娘に何をいった？」ウィルスンはすぐそばに、そびえるように立っていた。作業用ブーツの固そうな爪先が、おれの頭の近くにあった。

どうしたらウィルスンをおちつかせておけるだろう？「気分はどうかって訊いていただけだ」

「ああ」ウィルスンの肩からほんのすこし力が抜けたように見えた。「あの子は問題ない」

「そのとおり」何か喜ばせるようなことをいわなければ。「誘拐の被害者にしては、かなりうまく適応しているようだね」

「誘拐だ？」

ああ、しまった。ウィルスンは怒りで顔面蒼白だった。「誘拐だと？ おれはあの子を誘拐したわけじゃない。父親なんだぞ、まったく。メイは実の母親と、あの尻軽女の新しい夫と、たちの悪い弁護士から被害を受けているんだ。だから逃げなきゃならなかった」

「失礼。言葉の使い方がいい加減だったよ。あんたが人を傷つけたりしないことは見ればわかる」

「ああ、そうだよ」ウィルスンは顔をそむけ、メイが姿を消した廊下へ向かった。「もうあの子に話しかけるな。わかったか?」

「イエス、サー」

その後一時間、誰かと口をきく機会など一度もなかった。おれはただそこに転がり、顔をドアに向けたまま、脚の感覚がなくならないように気をつけながら、両手を自由にしようともがいていた。そううまくはいかなかった。

廊下からは、父と娘がスーツケースやほかの重い荷物を持ってトラックへ向かう音が聞こえてきた。荷づくりのスピードから判断するに、二人はいつでもすぐに出ていけるように、半分くらいは荷物を箱詰めにしたまま生活していたようだった。ひどい暮らしだ、とおれは思った。もちろん、どんな暮らしだろうと頭に弾丸《たま》を食らうよりは好ましいわけで、おれはまったく批判できる立場になどなかった。

ウィルスンが戻ってきた。おれのことを床の出っ張りか何かのようにまたぎ、コンロの上のコンビーフをおろした。次いで冷蔵庫をあけた。ウィルスンが食べ物をキャンバス地の買物袋に詰めるあいだ、おれはウィルスンの背中を見守った。リサイクルに熱心なのは、けっこうなことだ。もし誰かに殺されるなら、その誰かはエコ意識の高い人間のほうがいい。ウィルスンのセーターの下、ウエストバンドのところに拳銃が差しこまれているのが見えた。

「準備万端か?」おれは尋ねた。

「え?」ウィルスンは、おれがしゃべるのを聞いて驚いたようだった。まだ生きていることを忘れていたのかもしれない。

「あんたの娘は、あんたがおれを殺すつもりだって知っているよ」

ウィルスンは背筋を伸ばして、勢いよくこちらを向いた。「なんだって？　なんの話だ？」

「きみが家を出たらすぐお父さんはおれを殺すつもりだって、さっき話したんだよ。あの子がここに戻るのを止めれば、あんたがおれを殺したことはあの子にもわかる」

ウィルスンは袋を下に置いた。顔を真っ赤にして、腕を震わせている。「このクソ野郎！おまえにそんなことをいう権利なんかなかったのに！」

ロープが手首に食いこんだ。「行儀よくふるまうことがそこまで大事だとは思えなくてね。おれも生き延びようと必死なんだよ」

「そんなふうに、父親と娘のあいだに割って入る権利なんかないのに！」ウィルスンはおれのあばらのあたりを蹴った。息を奪われるくらい強い蹴りだった。「娘に、父親が人殺しだなんていう権利はないんだ！」

「それが事実でもか？」おれは喘《あえ》ぐようにいった。「地下室がないのはわかっている。ほかにどう考えたらいいっていうんだ？」

ウィルスンは立ったままおれを見おろし、選択肢を検討しているようだった。そしてウエストバンドから銃を抜き、安全装置をカチリとはずした。

いい、くそっ。

「あの子にはわかる。音を消したところで、あんたがおれを殺せばメイにはわかる。キッチンに入るのを止めれば、あんたがおれの脳みそをここの壁にぶちまけたことが、あの子にもきっとわかる」

ウィルスンは銃をカウンターに置いた。それからテーブルのそばに戻り、脚から力が抜けてしまったかのようにドサリと座りこんだ。二年の逃亡生活で、気力が尽きそうになっていた。

「もう一度いってくれ」ウィルスンはいった。

「え？」

「あんたがどうするつもりかいってくれ、もしおれが……おれが……」ウィルスンはそれを言葉にすることができなかった。おれを殺すつもりでいたことを認めたくなかったのだ。おれは安堵の波が押し寄せるのを感じた。

「脚をほどいてくれ」おれはウィルスンに話した。「それからクローゼットにとじこめるんだ。おれがまだ生きているところをメイに見せることができる。クローゼットの鍵を壊して外に出るには数時間かかるだろう。だからそのくらいの時間の猶予は保証されるわけだ。だが、約束するよ、おれはあんたたちを見たことを誰にも話さない。なぜ話さなきゃならない？　あんたはおれの頼みを聞いてくれようとしているのに。おれの卑劣な兄貴よりずっとマシだ」

ウィルスンは、説得されかけてうなずいていた。「階上《うえ》にあんたをとじこめておけるクローゼットがある。脚のひもをゆるめておけば、蹴って出られるはずだ」

「完璧だよ」

ウィルスンはテーブルの下に身を屈め、おれの脚をほどきはじめた。こんなに深く息をつけたのは何時間ぶりだろう。

「パパ、駄目！」

おれたちはどちらもメイが入ってきた音に気づいていなかった。小さなブロンドのメイはカウンターの横に立ち、大きな黒い銃を手にしていた。

ウィルスンは娘が牛乳でもこぼしたかのようにチッと舌打ちをした。「メイ、それを置きなさい」

「その人を逃がしたら駄目だよ、パパ」メイはほんとうに撃つつもりだった——目を見れば明らかだった。「告げ口される！」

メイは重たい拳銃を両手で持ちあげ、まばたきもせずにおれの頭に狙いを定めた。

おれは睨《にら》み返し、頭と肩をできるかぎり床から持ちあげた。

「メイ——」

おれは頭を床に戻した。メイが発砲した。

誓っていうが、銃口から弾丸《たま》が飛びだすところが見えた。弾丸はおれをかすめ、おれの頭があった場所のうしろのシンクを引き裂いた。

メイは悲鳴をあげた。反動で手首が折れそうになったのだ。ウィルスンが駆け寄って銃を取りあげた。それからひざまずいて娘を抱きしめた。ウィルスンは目に涙を浮かべていた。「ああ、メイ、人を殺すなんて絶対に駄目だ。絶対に」

＊

ドクター・デイリーはおれの報告書をとじながら笑みを浮かべた。「たいへんよろしい。この男は――ジェイムズ・ヘッカーだったかな？――娘に暴行を働いていたと思うかね？」

「その判断は陪審員に任せましょう」おれはいった。「しかしヘッカーの話のなかにわざと省かれていた部分があるのは知っていますよ」

「たとえば？」

「たとえば、まだ結婚していたときに妻の顎を砕いたとか。妻の新しい夫を殺すと脅したとか」

「そうか」教育長は、こまかいところまで全部きちんと片づいたわけではないとわかってがっかりしたようだった。「まあ、きみはすばらしい仕事をしたよ、ミスター・クロウ。来週またべつのリストを送るから――なんだね、これは？」

おれは分厚い封筒を渡そうとしていた。「最終報告書です。あなたのためにやったすべての仕事をまとめ、実例に基づいて結論を出しました。調査をつづける必要はありません」

デイリーは顔をしかめていった。「それはきみが決めることじゃない。それに、その結論もまちがっている。われわれはこの男、ヘッカーを見つけたじゃないか」

「しかし実際のところ、ヘッカーは学区内に住んでいたんですよ」おれはそう指摘した。「だからヘッカーの娘には、確かにあの学校に通う権利があった。この報告書のコピーは教育委員会にも送ってあります。これを読めば、もう探偵を雇ってよけいな金を使うのはやめたいと思うでしょうね」

デイリーは、体罰が合法だったらいいのにと思っているような顔つきでおれを睨みつけた。

「きみにそんなことをする権利はなかったのに」

「おもしろいな、ヘッカーもおなじことをいっていた」おれは立ちあがった。「では、さようなら、ドクター・デイリー。今回のことではおれも教訓を得ましたよ」

デイリーはまだ顔をしかめていた。「その教訓というのは？」

いってしまえば、答えの台詞は用意してあった。「誰もが自分は映画の主人公だと思っているが、それがどういうたぐいの映画であるかについては、ほんとうのことを認めたがらない」

「一体全体なんの話だね？」

「たとえばヘッカーは、警官から逃げる男を描いたヒッチコック映画か何かのヒーローのつもりでいた。その娘は、おとぎ話に出てくる正体を隠したお姫さまのつもりだった。そしてあなたは――」

「私？」

「あなたは探偵映画に出てくる依頼人のようなつもりでいる、とおれは思っていたが、ちがいましたね。これは西部劇なんだ。おれは町をきれいにするためにあなたが雇ったガンマンというわけです」

デイリーはすこしだけおもしろがっているような顔をしていった。「きみの持論がいくらか正しいとして、それを踏まえていわせてもらえば、町をきれいにするのはあくどい野望というわけじゃない」

「そうかもしれません。しかしおれ向きの仕事ではない。子供たちを見張っていたときはずっと、〈ちびっこギャング〉シリーズの映画に出てくるのろまな巡査にでもなったような気分でしたよ。悪者になるのはいやですね」

おれはドアに向かった。

「ミスター・クロウ?」デイリーは報告書をぱらぱらめくっていた。「訊きたいことができたら、どこできみを捕まえればいい?」

おれはにやりと笑った。「そのへんでずる休みをしていますよ」

著者よりひとこと

ニュージャージー州沿岸――州の大西洋岸――は、一世紀以上のあいだ人々が休暇を過ごす主要な観光地でありつづけてきた。なかでも州南部の宝石、アトランティック・シティは大行楽地の一つだった。

しかし一九七〇年代にはその輝きも色褪《いろあ》せてしまった。活気を取り戻すために、州はシティ内でのギャンブルを許可することにした。ただし、大きなカジノかホテルのなかに限って。

わたしも行ってみたが、いやはやひどい経験だった。たくさんの人々が〝夢〟をかなえようとして、失う余裕などない金を失っていた。カジノが建てられたのは人々の夢を膨らませ、と同時にそのおなじ夢を叩きつぶすためなのである。

カジノについてすこしばかり物申したいと思った。そしてたまたまこういう作家だったので、マーティー・クロウを生みだした。クロウは探偵で、アトランティック・シティ生まれで、ギャンブル依存症だ。さらに悪いことに、自分が問題を抱えていることを認めようとしない。

マーティー・クロウの小説は八編が発表済みである。ギャンブルだけを書いた短編もある。本編では、もうみなさんお気づきのように、ギャンブルにはほとんど触れていない。プロットに合わなかったからだ。

本編は二つのものに触発されて書いた。一つは《ニューヨーク・タイムズ》の記事で読んだ現実の出来事である。もう一つは「ターク通りの家」というダシール・ハメットの短編である。

文学史上もっとも偉大な探偵の一人、コンチネンタル・オプを主人公とした一編だ。

〈クリミナル・エレメント〉というウェブサイトがあって、以前はいまよりもずっと野心的な活動をしており（それをいうならわたしたちの大半がそうだが）、そこが二〇一三年に《ときおりの犯罪》（*Malfeasance Occasional*）という雑誌をたちあげ、毎号異なったテーマで発行すると宣言した。その第一号のテーマが「ガール・トラブル」だった。

わたしは「クロウの教訓」がこれにぴったりだと思い、編集者のクレア・トゥーイーも同意してくれた。

ところで、わたしは子供を誘拐する話を三編書いており、本編はそのうちの一つだ。ある友人から、僕の子供たちはきみに近づけないように気をつけるよ、といわれた。たぶん冗談だろう、と思う。

消防士を撃つ

Shooting at Firemen

『アメリカ人種暴動百科事典』。ぼくはこの驚くべきタイトルの本を凝視《ぎょうし》した――正真正銘、二分冊の事典。ぼくが子供のころにだって、もちろん『ワールドブック百科事典』や『ブリタニカ百科事典』はあった。鳥や樹木の百科事典もおぼろげながら記憶にある。しかし人種暴動の百科事典だって?

二冊ともつかんで棚から取りだした。

息子が学校の課題をやるというので、町立図書館に連れてきたところだった。ジェレミーは、子供のいない人生を十年楽しんだあとにペギーとぼくを驚かせた、人生を一変させるすばらしい、輝かしい授《さず》かりものだった。

六年生の息子の担任はいい意味で古風かつ厳格な教師で、生徒たちが課題に取り組むときにはウェブサイトだけでなく紙の資料に当たるべきだと主張した。それでジェレミーは「変わりゆくアメリカの家族」について何かしら書かれた参考資料をオンラインの蔵書目録で探しており、ぼくは人種暴動についての本を凝視したまま、その場に釘《くぎ》づけになっていた。

しかしいまのところはまだ、表紙を見つめているだけだった。あまりにも手が震えて、本をひらけなかったからだ。

あの暴動について、いままでまったく考えなかったとはいわない。何があったか、そしてそれがぼくらにどんな影響を及ぼしたかを思い返さずにひと月が過ぎることなど一度もなかった。しかし息子の課題のために来た図書館で、こういう本を見つけるとは――

さて。どう説明したらいいだろう？　ぼくが最後に教会に行ったのは母の葬儀のときで、神父はこういっていた。最後の審判のときが訪れれば、まるでジグソーパズルのように人生のすべてのパーツが収まるべきところに収まるでしょう。ある特定の選択がある特定の機会に結びつく様子や、やさしい言葉、あるいは反対に悪いおこないが、必然的に何十年もあとの出来事の原因となるさまが見て取れるでしょう、と。

いまこの図書館で、ぼくはちょうどそんなふうに感じていた。まさにいま、あの暴動が現在の職業を選んだ理由になっていることに気がついたのだ。三十代になるまで結婚しようと思わなかったのも、ペギーが妊娠していると知って驚いたあの日まで父親になることを考えもしなかったのも、あの暴動が原因だった。

どうやらぼくの人生は、一九六七年のあの夏に反応して行動することでつくられてきたようだ。

二巻をひらいて索引を見つけた。一分後、ぼくはショックを受けていた。ニュージャージー州プレインフィールドはその本に載っていなかった。ぼくたち一家の運命を永遠に変えた出来事は、事典に載るほど重要ではなかったのだ。

二冊の事典をテーブルへ運び、何か説明がないかと探して、それらしき記述を見つけた。一九六七年、アメリカでは百六十以上の暴動が起きていた。つまり、くだんの暴動は〈長く暑い夏〉と呼ばれる時期のほんの一例でしかなかったわけだ。ぼくは自分の混乱にかまけて、ほかの人々もそれぞれに試練をくぐりぬけていたことに気づいていなかったのだ。

だが、ぼくらの夏はこんなふうだった……

＊

「ほんとうにやりたいの?」姉のケイトが尋ねた。父の古いマーキュリーを運転しているさいちゅうだった。六月の第二月曜日で、ケイトがハイスクールを卒業してから三日経っていた。ケイトは〈グリーンブルック・キャンプ〉で二年めのインストラクターとして働きはじめたところだった。グリーンブルック小学校の校庭でひらかれるデイキャンプで、自宅から五キロほどの場所だった。

「まあね。なんで?」ぼくは十二歳で、確固とした意見のあるタイプではなかった。たいていは送られた場所へ行き、配置された場所にいた。すくなくとも、いま思えばそうだった。

「お給料が出るわけでもないのに。ほんとうにそれでいいの?」

「お金をもらうには年齢がたりないから」ぼくは世慣れた人間のように肩をすくめた。「母さんは、この夏はメグおばさんの世話をするためにほとんどトレントンにいるって。それで、一日じゅう一人で家にいるのは駄目だってさ」

「それを素直に聞き入れたわけね」ケイトはため息をついた。「ときどき、あんたと血がつながってるって信じられなくなる」

「姉さんが親と喧嘩するのが好きだからって、ぼくも喧嘩しなきゃならないわけじゃない」

「そりゃそうだけど」ケイトはいったん口をつぐんでからつづけた。「あの二人があんたをグリーンブルックに行かせたがる理由がほかにあるんじゃないかと思って」

「たとえばどんな？」

「よくわからないけど、たとえば、わたしから目を離さないようにって母さんにいわれなかった？」

ぼくは顔を向けてケイトをまじまじと見た。「なんで母さんがそんなことというのさ？」

「べつに理由なんかない。うちの親はビョーキだから。あの人たちは十九世紀の遺物で、この娘のせいでしじゅう動揺してる。わたしがサンフランシスコに行って、心配する子供があんたしかいなくなったら、きっとよくわかるはず」

「それでも姉さんのことを心配すると思うけど」

ケイトは声をたてて笑った。「そうね、だけど毎日お小言を聞かされなくてすむ」

「だいたい、なんでカリフォルニアなんかに行かなきゃならないの？」

「行かなきゃならないわけじゃないの、おチビさん。行きたいの。あっちにあるすばらしい学校の奨学金がもらえたし」

それはぼくも知っていた。セント・メアリー教会のメイケム神父がうちの両親と仲がよくて、ケイトに好意的な推薦書を書いてくれたのだ。

ケイトはラジオをいじった。「〈青い影〉ね。この曲、大好き」

「どういう歌詞なの？」

「ドラッグがどうとかいってる、たぶん」ケイトは笑った。「親に聞いてみれば。あの人たちはなんでもかんでもドラッグと結びつけるんだから」

「二人はまちがってるってこと？」

ケイトは曲に合わせてハンドルをトントンとたたいた。「カトリックのカレッジにどうしても行きたいってわけじゃない。でもね、母さんと父さんにはわたしたちを二人とも私立に入れるお金なんてないから」

「ぼくはまだ大学に行きたいかどうかもわからないのに」

「きっと行きたくなるわよ、ミッキー。さて、着いた。初めての仕事に行く覚悟はいい？　無給の仕事だけど」

車を停めたときに見えたかぎりでは、グリーンブルックはぼくが通っていた小学校ほどいい学校ではなかった。遊び場はコンクリート敷きで、原っぱじゃなかった。小川《ブルック》や緑なんかどこにもなかった。

カフェテリアに入っていくと、人が三十人くらい集まっていた。ぼくとおなじ年ごろの子供は二人いた。男の子と女の子。ぼくらは指導員助手という名の無給の補佐役だった。価値ある労働体験が得られるじゃないか、と父さんはいっていた。無料《ただ》で子供を預かってもらいたいだけでしょ、と姉さんはいった。

「また会えてうれしいよ、ケイト」長身の男がいった。男は〈ザ・ボス〉と書かれた灰色のトレーナーを着ている。「この子がミッキーだね」男はぼくの肩をつかんでちょっと揺すった。ぼくはそうされるのがすごく嫌いだった。

「こんにちは、ミスター・ベック」ケイトはいった。「弟を受けいれてくださって、ありがとうございます」

「ミッキーが姉さんとおなじくらいすばらしい子なら、来てもらえてこちらこそラッキーだよ」ミスター・ベックはケイトに笑いかけた。

この部屋で一番年上なのがこのミスター・ベックで、たぶん三十五歳くらいだった。髪は薄くなりかけ、世界を両肩に背負いこんでいるかのような雰囲気があった。

ミスター・ベックは立ちあがり、この夏がどんなにすばらしいものになるかについて、誰にでも想像がつきそうな演説をした。「きみたちも知ってのとおり、われわれは、すべての特権を享受しているとはいえないコミュニティのために働いている」

「つまり、貧しい人たちが相手ってこと」ケイトがぼくに向かってつぶやいた。

「こうしたコミュニティの子供たちは、ここ数年のあいだにずいぶんと変わってきた」

「つまり、黒人が増えたってこと」ケイトが説明した。

「このキャンプは、そういった子供たちが人生をよりよく変化させる最大のチャンスだ」ミスター・ベックは拳をハンマーのように振った。「子供たちの最良の利益のために、われわれが状況をコントロールしていかなければならない！」

ぼくはケイトを見た。ケイトは肩をすくめた。「あれは言葉どおりの意味」

演説のあと、ケイトはぼくをミス・オズグッドに紹介した。ぼくはこのインストラクターの下で働くことになるのだ。ミス・オズグッドはひどく痩せた黒人女性で、いままでに出会った誰よりも姿勢がよかった。ほんの数センチ体を曲げることも、筋肉の力を抜くこともないように見えた。ミスター・ベックと同年代のようだった。ケイトの話によれば、昨年度、ミス・オズグッドは一年生を教えており、ぼくとミス・オズグッドはこの夏も一年生の面倒を見ることになるようだった。

「あなたがミッキーね」ミス・オズグッドはそういい、ぼくに向かって顔をしかめた。

「そうです、マーム」

「学校の勉強で一番好きな科目は？」

だしぬけにそんなことを訊かれて、ぼくは驚いた。「ええと、英語です」

ミス・オズグッドは真面目な顔でうなずいた。賢明で興味深い答えを聞いたとでもいうように。「あなた、泳げる？」

「はい、ＹＭＣＡの水泳教室ではトビウオ級です」

「それは結構。週に三回はキャンプの参加者を水泳教室に連れていくことになってるから」

それから、ぼくらの毎日がどんなふうになるかという話に移った。ゲームをして、工作をして、遠足に出かける。ミス・オズグッドが大人を相手にしているかのようにしゃべるので面食らった。

昼食の時間になるとケイトを探した。大きな笑みを浮かべた長身の黒人男性と話しているのを見つけた。大学生なのだろう、ケイトより二、三歳年上に見えた。

「ミッキー、こちらはロイド・モンロー。スポーツのインストラクターをしているの」

ロイドは握手しようと手を差しだした。「スポーツは好きかい？」

「まあまあです」これだけでは答えとして不十分だと思ったのでいい添えた。「泳ぐのが得意です」

「それはいいね。だけど水泳は唯一僕が教えない種目だ。ＹＭＣＡに独自のインストラクターがいるからね」

「それに」ケイトが口をはさんだ。「黒人は泳ぎが下手くそだって評判だから」

ぼくはケイトをまじまじと見つめた。父さんがそういうことをいうのは聞いたことがあったが、ケイトがいうとは思わなかった。しかも当の黒人をまえにしてそんなことをいうなんて、馬鹿としかいいようがなかった。

ロイドは声をたてて笑った。「またそんなことといって。弟くんが本気にするよ？」

「この子はわたしのこと、ちゃんとわかってるから」ケイトはそういってぼくの髪をくしゃくしゃにした。「ロイドの種目は陸上競技。来年、メキシコに行くかも」

「メキシコ？」それが陸上競技となんの関係があるんだろう？　列車に乗って行くだけのことじゃないのか？

「ケイトがいってるのは、オリンピックのことだよ」ロイドが説明した。「メキシコシティ・

オリンピックに出るつもりの選手は大勢いる」

「あなたならきっと行ける。すごい選手だもの」ケイトは手をロイドの腕に置いていった。

二人でこんなふうにしゃべっているところを、父さんは絶対見たがらないだろうなとぼくは思った。

「ロイド！」ミスター・ベックが顔をしかめて近づいてきた。「用具入れの鍵を持っているか？」

ロイドはポケットを確認した。「またオフィスに置いてきたみたいです」

「頼むから、一度くらいちゃんと身につけておいてくれ」ミスター・ベックは眉をひそめてロイドを見送った。父さんがここにいたらまさにしただろうと思うようなしかめっ面《つら》だったので、ぼくはすこし親近感を覚えた。

＊

二日後には参加者が来はじめ、気がつくとぼくは仕事を楽しんでいた。一日のリズムにもすぐに慣れた。ミス・オズグッドもぼくがよくやっていると思ってくれたようだった。

それ以外の世界にはたくさんの問題があった。

母さんは独立記念日の直前にトレントンから戻ってきた。メグおばさんの病気は――どういう病気かぼくのまえでは絶対にはっきりいわなかったけれど、がんだったのだと思う――小康状態だった。

家族そろっての祝日はとても楽しかったが、その楽しさも一週間後には終わった。

母さんは夕食の支度をしていた。残りのぼくらはいつもどおりのやり方でクーリエ・ニュース紙を分けあって読んでいた。ケイトは女性関連のページ、ぼくはコミックのページ、父さんは一面、といった具合に。

父さんは座って記事を読みながら首を横に振った。「あの人らは、いったいどうしたっていうんだろうな」

「あの人らって誰のこと？」ケイトが尋ねた。

「ニューアークで暴動を起こしている人々のことだよ。一体全体、何がほしいっていうんだね？」

「黒人のことね」ケイトはいった。

「もちろんそうだ。ほかに誰が暴動なんか起こすんだ？」

「確認しただけ」ケイトは腕を組んだ。「あの人たちは仕事がほしいの、いい仕事が。それに、公立のプールで泳ぐことを認めてほしい。あとは、市議会にイタリア系以外の人間を送りたいし、それから――」

父さんは新聞を放りだした。「おまえは自分が何をいっているかわかってしゃべっているのか。連中は自分たちがどんなに恵まれてるかわかっていないんだよ。ここが気に入らないなら、南部へ帰ったらいいじゃないか」

ケイトは驚くほどおちついていった。「父さんはどうしてそんなに黒人を憎んでるの？」

父さんはいまや顔を赤くして立ちあがっていた。「憎んでなどいない！　連中がいやなわけじゃない、罪がいやなんだよ。連中はほかの人々よりも罪をおかすじゃないか！」

ケイトはあんぐりと口をあけた。「父さんは自分が何をいってるかちゃんと聞こえてるの？」

母さんがキッチンから出てきたのは、ちょうど父さんがケイトに自室へ行けと命令したときだった。「どのみちこんなところになんかいたくないから！」ケイトはそういって足音も高く出ていった。

「ニューアークはここから三十キロ先だ！」父さんはケイトの背中に向けて怒鳴った。「それがこっちまで来ないようにせいぜい祈るんだな！」

＊

プレインフィールドの西端では、黒人はパーク・アヴェニューの北に住んでいた。ぼくらはそれより数ブロック南に暮らしていた。

問題の金曜日の夜、非番の警官が食堂のガードマンとして働いていて、数人の黒人と口論になった。先週、黒人女性を逮捕するときに虐待したとして非難された、まさにその警官だった。食堂での口論がマッチに火をつけた。火口《ほくち》ならまわりじゅうにいくらでもあった。

若者たちが商業地区の窓ガラスを割りはじめた。真夜中になるころには西端の通りという通りに何百もの人が溢《あふ》れ、なかには警察車輛に向かって石を投げている人々もいた。警察はガソリンスタンドで火炎瓶をつくっていた少年たちを捕まえた。

翌日、母さんは家族を誰一人――父さんさえも――外に出そうとしなかった。ニュージャージーにはテレビ局がなかったので、ほとんどのニュースをラジオで聴いた。

市長は抗議行動の代表者と会い、彼らの申し立てを無視することに決めていた。市長の言い分は、その申し立てはまえにも聞いた、ということらしい。

ぼくには意味がよくわからないけど、大人にはわかるのかな、と思ったのを覚えている。過去に無視したことのある申し立てだから今回も無視するというのは、おかしくないのだろうか?

その夜、いくつかの商店が焼け落ちた。ほかの街でもそうだったが、焼けた店はでたらめに選ばれたわけではなかった。火をつけられた場所の大半は、粗悪な品を高値で売るという評判のある白人所有の店だった。

その夜は、ケイトが泣きながら電話をしているのが聞こえてきた。

日曜日になると、何もかもがほんとうに地獄のようなありさまになった。黒人の若者たちが略奪品を使ってバリケードを築き、そうやって隔離したエリアをソウルヴィルと呼んだ。

市は事態を悪化させることを恐れ、踏みこまないよう警察に命じたので、警察は商業地区を封鎖した。黒人が自分たちの居住地区で暴動を起こしたいなら、それはそれでかまわない、ということのようだった。

ソウルヴィルはぼくたちの家から二キロ弱の場所だった。

*

「キャンプはお休みよ」月曜日の朝、朝食に降りていくと母さんがいった。母さんは険《けわ》しい表情をしていた。

「何？　なんで？」何かが休みになる理由として思いつくのは大雪くらいだったが、その日はすばらしく晴れていた。

母さんはキッチンテーブルをはさんでぼくの向かいに腰をおろした。「暴動があったから。きのうの夜、ひどい事件が起こって、警官が一人殺されたの」

母さんはラジオで聴いたニュースをぼくに話した。封鎖されたエリアの周辺を警備していたパトロール警官が、略奪者たちをソウルヴィルに追いこんだ。警官がそのうちの一人に向けて三回発砲すると、若者たちは食料品店の金属のカートで警官を襲ったという。

住人たちのなかには警官を助けようとした者もいた。だが、襲撃者たちが警官を踏みつけて、当の本人の銃で警官を撃つのを手伝った者もいたらしい。

怪我をした略奪者は生き延びた。警官は駄目だった。

「ひどい」ぼくはいった。殺人のことをいっているのか、キャンプが閉鎖されたことをいっているのか、自分でもよくわからなかった。

「事態はどんどん悪化している」父さんがいった。父さんはニューアークのニュース紙を手にして戸口に立っていた。「連中はマシンガンを手に入れた」

母さんは立ちあがった。「どういうこと？　連中って誰？」

「やつらだよ。昨夜、ミドルセックスの工場からカービンを四十六挺《ちょう》盗んだんだ」

「ああ、なんてこと」

「カーボンって何？」ぼくは尋ねた。

「カービンだ」父さんはいった。「兵士が使うオートマチックのライフルだよ。いまじゃ連中は好きなだけ警官を殺せる」

父さんの向こうにケイトがいて、目を丸くしているのが見えた。

「州兵が西端の地区を包囲したって」ケイトがいった。

「よかったな」父さんはいった。「それなら出てきてわれわれを攻撃することもできまい。包囲されたまま朽《く》ち果てるがいい」

「どうしてそんなことがいえるの？」ケイトは泣いていた。

「ほんとうのことだからさ」

母さんは眉をひそめた。「州兵のことなんてなぜわかったの？　新聞には書いてないけど」

ケイトは一瞬の間《ま》のあとにいった。「ラジオでいってた」

父さんは疑わしそうに顔をしかめたが、口をきくまえに電話が鳴った。父さんが現場監督を務める工場からで、その日は工場を閉鎖するという話だった。

市長は非常事態宣言をして州兵を西端地区へ送り、カービンを探した。州兵は令状を取る手間を省いて家々を捜索したが、銃は一挺も見つからなかった。

ケイトは地下の娯楽室にこもってずっと電話をしていた。ぼくの友達は大半が自宅の庭から出てはいけないといわれていたので、結局エディと遊ぶしかなかった。エディは一つ年下で、ぼくがやりたい遊びはどれもあまりうまくできなかったけれど、すぐ隣に住んでいたのだ。

夜になると、ケイトが〈スパイト・アンド・マリス〉というカードゲームを教えてくれた。

〈ダブル・ソリティア〉と似ていたが、悪意という意味の名前のとおり、自分の手を成功させるのとおなじくらい、敵の計画をつぶすことが大事だった。〈長く暑い夏〉にやるにはなんともぴったりなゲームだったと思う。

水曜日には、州兵の姿はまだちらほら見られたものの、状況がおちついてきた。その日の夕食のさいちゅうにミスター・ベックからケイトに電話がかかってきた。あしたはキャンプを再開するという知らせだった。

「あの人は大丈夫なの?」木曜日の朝、車のなかでケイトに尋ねた。

一時間もかけて議論をして、父さんが一番安全だと判断したルートから絶対に外れないと約束したあと、ようやくケイトの運転でキャンプに向かうことを許されたのだ。

ケイトはラジオのボタンをあれこれ押し、最後にはジェイムズ・ブラウンが歌う〈カンサス・シティ〉におちついた。

「大丈夫って、誰が?」

「ロイド。電話で話してるのが聞こえたよ」

ケイトは一瞬黙ってからいった。「少年探偵ハーディー・ボーイズってわけね」

「あの本のハーディー兄弟はただの間抜けだよ。〈カリフォルニア少年探偵団〉シリーズのほうがいい」

「そうね。で、母さんと父さんにはいった?」

「もしぼくがいってたら、二人が黙ってるはずないだろ?」

ケイトは笑った。「そうね、ミッキー。そのとおり。ロイドのこと、どう思う?」

「いい人みたいだね」

「そうよ。それにすごい陸上選手でもある。コーチからもメキシコに行けるって思われてる」

「聞いたよ。オリンピックでしょ」

「何度も退屈な話をして悪かったわね、おチビさん」

＊

朝の打合せがはじまって十分くらい経ったころ、ロイドとその友人のアイザックが到着した。ミスター・ベックは信頼について話をし、キャンプの参加者に安心感を与えるようにといっているところだったが、口をつぐんで二人を睨《にら》みつけた。

「ご出勤いただけて光栄だよ、お二方」

「すみません、ミスター・B」アイザックがいった。「ここに来る途中で、州兵のバリケードを通過しなきゃならなかったんです」

そういわれてミスター・ベックはいったんは気を静めたが、それもロイドが部屋の反対端にいたケイトに笑みを向け、ケイトが笑みを返すのを目撃するまでだった。ロイドは大きなキーリングをぶらぶらさせていた。ミスター・ベックはどこまで話したかわからなくなったらしく、おなじ話をくり返した。

＊

その日は一年生がとても興奮しており、自分が暴動の現場で見たことをしゃべりたがった。

ターニャの兄は逮捕されたそうで、そのおかげでターニャはちょっとした重要人物になった。

ミス・オズグッドが子供たちを二チームに分け、みんなでリレー競争をした。「あの子たちのエネルギーを発散させてあげましょう」ミス・オズグッドはぼくにいった。「みんな一週間近くアパートメントにとじこめられていたんだから」

ぼくはうなずいた。「けさはあなたも州兵のいるところを通ってこなきゃならなかったんですか?」ミス・オズグッドは顔をしかめた。「わたしは町の東端に住んでいるの。地元で暴動を起こした人はいなかった」ミス・オズグッドのいうとおりだった。町の東端は中流の黒人が住んでいる場所だった。もう何十年も北部で暮らしてきた黒人たちだ。

昼食後、子供たちをキャンプバスに乗せて地元の消防署に連れていった。夏のはじめから予定されていた遠足だ。ぼくらを案内してくれた消防士は大柄で朗《ほが》らかな人で、おそらく定年まぎわだった。消防士はホースや、斧や、上の詰所からすべり降りるのに使うポールを見せてくれた。子供たちはどれも気に入った。

「じゃあ、今度はほかのものを見せてあげよう」消防士はそういって、ぼくらを正面入口へ案内し、張りだした屋根の下の真っ赤なドアを指差した。「ドアに穴がいくつかあるのが見えるかな?」

子供たちはうなずいた。

「この穴はなんだと思う?」

当てずっぽうの意見がいくつかあがったが、どれも正解には遠かった。

「これはね」消防士はいった。「弾丸であいた穴だ。先週、建物がいくつも燃えていたときに、われわれに向かって発砲した人たちがいたんだよ。消防隊が火事を消しに出動できないようにってね。燃えている場所の近所の人たちだった」

小さな女の子が眉をひそめていった。「どうしてそんなことする人がいるの？」

誰にも答えられなかった。

＊

以下はアイザックから聞いた話だ。

その日の午後の仕事が終わったあと、アイザックとロイドはロイドの車で家に向かった。まだ州兵がメイン・ストリートを封鎖していた。

「こんなクソみたいなことがいつまでつづくんだ？」アイザックがいった。

「まあ、おちつけよ。相手が怒るような材料を与えなければ、母さんのポークチョップがあたたかいうちに帰宅できる」

「おまえはいいよな。おれは自分で料理してるけど、今週は〈グランド・ユニオン〉に食い物の買い出しに行くこともできなかったよ」

「なんで？　ちっちゃい暴動が恐いのか？」ロイドはにやりとした。「冒険心はどこに行った？　おれは毎晩外に出てランニングしてるよ。調子をあげておかなきゃならないからな」

二人は封鎖の最前線に到達した。車の正面に立った州兵は、ナンバープレートを見るとまるで誰かに尻を突《つつ》かれたように身を固くした。「この車だ！」

「なんだよ?」ロイドはつぶやいた。

いまや三人の州兵がロイドとアイザックにライフルを向けていた。州兵の一人がいった。

「両手を窓の外に出すんだ、きみたち《ボーイズ》。二人ともだ」

「ボーイだと?」アイザックがつぶやいた。

「おちつけって」ロイドはいった。「兵隊ごっこがしたいならさせてやれば、おれたちは大丈夫だから」

責任者の中尉が二人に車を降りるよう命じ、ロイドに免許証を見せろといった。

ロイドは免許証を引っぱりだしながら尋ねた。「何があったんですか?」

「この車に盗品が積まれていると通報があった。見てもかまわないかね?」

兵士二人がすでにドアをあけていたので、この質問に大した意味はないようだった。

「どうぞご自由に」ロイドはいった。「略奪があったのは町の西端なんでしょう? だったら、なぜ盗んだものをそこに戻すと思うんです?」

州兵は無表情だった。「誰が略奪の話なんかした? やったのか?」

「やってません」

「最後にミドルセックス郡に行ったのはいつだ?」

(アイザックの話では、州兵たちが何を探しているかわかったのはそのときだったそうだ。

「一体全体なぜ連中はロイドがマシンガンをこっそり持ちこもうとしてるなんて思ったんだろう。でもとにかく、連中が探しているのはそれだった。ロイドにはわかってなかったみたいだ

りませんよ」

が」アイザックはそういっていた）

「ミドルセックス郡？」ロイドは州兵にいった。「行ったことがあるかどうかさえ、よくわか

兵士二人は車内の捜索を終えていた。二人は首を横に振った。

「もうすぐ終わる」中尉がいった。「トランクをあけてくれ」

ロイドはため息をつき、肩をすくめた。「仰せのままに」そして大きなリングについたキーを探し、トランクをあけた。

（アイザックはこういっていた――「おれにはトランクのなかは見えなかったけど、ロイドが顔をしかめるのは見えた」）

「いったいこれは――」ロイドはそういいかけた。

「銃だ！」州兵の一人が叫び、トランクのなかに手を伸ばした。ロイドはとびすさって、車に向かってきた中尉にぶつかった。中尉は縁石《えんせき》につまずいて歩道に倒れた。

ロイドは逃げだし、全速力で通りを走った。兵士の一人が止まれと怒鳴り、ライフルを持ちあげた。

（「おれは車の反対側にいた」アイザックはいった。「財布を手に持っていたから投げたんだ。州兵の頭のてっぺんに当たった。それで狙いが外れたのかどうかはわからないけど」）

その銃撃でロイドが死ぬことはなかった。しかし銃弾が膝《ひざ》のうしろに当たり、ロイドは悲鳴をあげながら倒れた。歩くにも足を引きずるようになりそうだった。

オリンピックの夢は潰《つい》えた。

＊

ぼくたちがアイザックの話を聞いたのは何日も経ってからだったが、ケイトはその夜のうちにもう一人の黒人インストラクターのナタリー・ジェファスンからロイドの逮捕と入院について聞いた。

ケイトは病院に行きたがったが、父さんが許さなかった。「とんでもない、逮捕されている人間だぞ。警察が会わせてくれると思うのか？」

ケイトはひどく動揺していたので、両親に腹を立てるのも忘れていった。「ロイドはこれからどうなるの？」

父さんは、意見を求められて悦に入っているようだった。「状況次第だな。ほかのマシンガンがどこにあるか話せば、警察は取引をするかもしれない。でなければ刑務所行きだ、十年か、二十年か」

「二十年！」ケイトは自分の髪を握りしめた。そのままむしってしまいそうだった。「でも、ロイドは何もしていないのに！　銃なんか盗むはずがない」

「どうしてその男の子にそんなに関心があるの？」母さんが、いぶかしげに目を細くして尋ねた。「もう一人のことは心配していないみたいじゃない。おなじように困ったことになっているのに」

ケイトは身を固くした。「何それ？　無実の人間が人生をめちゃくちゃにされたばかりだっていうのに、母さんが気にするのはなぜわたしがもう一人の心配をしないかってことだけなの?」ケイトは寝室へ行き、たたきつけるようにドアをしめた。

父さんが何かいいかけると、母さんは交通巡査みたいに手をあげて止めた。「寝る時間よ、ミッキー。部屋へ行きなさい」

「でも、まだ早い――」

「早くないわ。パジャマに着替えなさい」

しばらくして眠りに落ちるまで、壁越しにケイトの泣き声が聞こえていた。

*

翌日はゴシップの嵐で、子供たちもまともじゃなかった。ミスター・ベックがロイドの穴を埋めて体操の監督をしたが、アイザックのクラスはミス・オズグッドのグループとナタリーのグループに分かれた。

途中、二つのクラスが体育館で一緒になったので、ミスター・ベックはバスケットボールの試合をはじめた。その後、ミス・オズグッドがミスター・ベックと話をするためにやってきて、二人で外に出た。

一分もすると、監督者がぼくしかいないことに子供たちのうちの一人が気づいた。「先生たちはどこ?」その子が尋ねた。

「すぐ戻ってくる」誰もなんともいっていなかったけれど、ぼくはとりあえずそう答えた。

スコッティ――グループ内の数すくない白人少年のうちの一人――がネイサンにぶつかった。

ぼくにはわざとじゃないように見えたが、ネイサンはスコッティを押し返した。

そのときべつの黒人少年がたまたまバスケットボールを手にしており、それをほかの子供に向かって強く投げつけた。その後全員でボールの投げ合いになり、なかにはパンチを繰りだす子もいた。

ぼくは十二歳で、子供たちのなかにはぼくとほとんど身長の変わらない子もいた。声を張りあげ、ホイッスルを鳴らしてみたが、誰も聞いていなかった。

パニックに陥《おちい》って体育館から駆けだした。怪我人が出そうだった。そうなればぼくのせいだ。ミスター・ベックはオフィスで電話をかけていた。助けが必要なんです、とぼくはいった。

ミスター・ベックは顔をしかめたが、電話を切ってオフィスを出た。

ミスター・ベックが大声を出すと、子供たちはすぐに静かになった。シュート練習をするように、とミスター・ベックはいった。それからぼくを睨みつけた。

「子供たちのいうなりになっていては駄目だよ、ミッキー。状況をコントロールする術《すべ》を学ばないと――」

「イエス、サー。ありがとうございました」

「きょうは終業時間になっても帰らないように。スタッフ・ミーティングをひらくから」そういって、ミスター・ベックはオフィスに戻った。

＊

ミーティングにはゲストが二人いた。警察だった。ミスター・ベックは私服のほうをコペラ刑事と紹介した。背が低く、浅黒い肌をした男で、目をきょろきょろとよく動かした。母さんなら〝ずるそうな目〟といっただろう。

「もう耳に入っているかと思いますが、昨夜、みなさんの同僚二人が関わる事件がありました」コペラ刑事はいった。「われわれは現在、何があったか解明しようとしているところでして、みなさんが協力してくれるものと信じています」刑事は黒人たちを見やった。黒人は全員が――ミス・オズグッドさえも――くっついて座っていた。

「ペルスキ巡査と私がみなさん一人ひとりとお話しさせてもらいます。ロイド・モンローかアイザック・ケアードが、妙なふるまいをしていなかったかどうかを聞かせていただきたい。ふつうでない額の現金を持っていたとか。銃器類に特別な関心を寄せていたとか。まずはそういうところから考えてみてください。ご清聴ありがとうございます」

五年生担当のインストラクター、デイヴィス・ミラーが黒い手を高くあげた。「ロイドの車のトランクから例のマシンガンのうちの一挺が見つかったというのはほんとうですか?」

コペラ刑事は居心地の悪そうな顔になった。あくまで質問をしたいのであって、質問に答えたいわけではないのだ。しかし協力を引きだすためには仕方なかった。「確かに、車のなかに武器がありました。封鎖区域内に持ちこんではいけないものです。しかし例のカービンではありません。猟銃でした」

誰かがべつの質問をしていたが、耳のなかに響く自分の鼓動が大きすぎて、話がろくに聞こえなかった。この知らせがすべてを変えた。

もしロイドが盗まれたカービンのうちの一挺を車のトランクに積んでいたなら、有罪であることは明白だった。だが、どこにでもあるようなただの古い猟銃なら、話はまったくちがってくる。

それに、ロイドにはキーリングを事務所に置きっぱなしにする癖《くせ》があった。それを使ってロイドの車に忍びこみ、その後警察に密告することくらい、誰にだってできたはずだった。

それが誰かは、はっきりしていた。しかし証明できなかった。

〈カリフォルニア少年探偵団〉シリーズのジュピター・ジョーンズみたいに考えようとした。ジュピターならどうするだろう？

答えはわかっていた。けれども警察に嘘をつくことになる。そんなに悪いことはいままでしたことがなかった。ばれたら刑務所に入れられるだろうか？　すくなくともボーイスカウトからは追いだされるだろう。

すべてを計画し、そのとおりに運んだのだといえたらどんなにいいか。けれども十二歳のぼくはそこまで賢くなかった。決心がついたのは、部屋の向こうを見たとき、姉のケイトが美術インストラクターのミセス・アンブローズの肩にもたれて泣いていたからだった。

「刑事さん？」ぼくはいった。

コペラ刑事はふり返り、ぼくの頭の上あたりを見た。次いで視線をぼくの高さに落とした。

「なんだい？」

「きのう、誰かがロイドの車に何かを入れてるのを見たとしたら？　それについて知りたいですか？」

刑事は猟犬さながらに警戒態勢に入った。「もちろんだ。誰かがそうするのを見たのかい？」

ぼくはうなずいた。ものすごく怖くて、倒れてしまうんじゃないかと思った。

「それは誰だった？」

「あの人です」ぼくは指差していった。「ミスター・ベックです」

ミスター・ベックは口をあんぐりとあけ、目を見ひらいた。「この薄汚いチビの嘘つきめ！」

ミスター・ベックはわめいた。「おまえは消防署にいたはずだろう！」

コペラ刑事がぼくたちのあいだに割って入った。「この子はいつ消防署にいたんだ？　あんたがトランクにライフルを仕込んだときか？」

ミスター・ベックは凍りついた。口はぱくぱく動いたが、言葉が出てこなかった。とうとう状況をコントロールできない局面に出くわしたのだ。

＊

もちろん、いずれにせよロイドは刑務所に入った。州兵が撃ったくらいだから、何かしら罪をおかしたのは明らかである、というわけだ。確か、警官への暴行と、逮捕に抵抗した罪だったと思う。

アイザックは警告を受けて釈放された。「何を禁止されたのかよくわからないんだ」のちにアイザックはぼくらにそう話した。「警察が罪のない人間を殺すのを止めちゃいけないのか？」

お咎《とが》めなしだったのは、アイザックにとっては運が悪かったと思う。有罪になっていれば、軍隊に召集されることはなかったかもしれない。アイザックは一九六九年にサイゴン近辺で命を落とした。

ミスター・ベックは告訴されることはなかったが、すぐに町を出ていった。ミス・オズグッドが責任者としてこのシーズンのキャンプを締めくくった。これは人種問題における大きな勝利だと誰もが認めた。

ケイトは大学に行くのをやめた。両親もそれでかまわないといった。「どうせ結婚して子供を産むだけなんだから」母さんがそういうのをぼくも聞いた。「高い授業料を払ったって無駄になるだけじゃない」

「それに」父さんはいった。「これならミッキーを私立大学に入れることだってできる。ミッキーにはそれくらいの頭はあるからな」

両親がロイドやミスター・ベックと関係のあることに曲がりなりにも言及したのは、このときだけだった。

ケイトは文書係として法律事務所に就職した。ロイドの弁護を引きうけた事務所だった。両親は、ケイトにいい弁護士との出会いがあるかもしれないといって喜んだ。

ケイトは自宅に住みつづけ、自分で稼いだ金を使ったのは中古のオープンカーを買ったときだけだった。

一年が過ぎた。誰かがマーティン・ルーサー・キングを暗殺し、さらに暴動があった。次いでボビー・ケネディが凶弾に倒れたが、そのときは誰も暴動を起こさなかった。

シカゴでの民主党全国大会――と、さらなる暴動――の直後のことだった。ケイトがぼくに尋ねた。「ねえ、秘密を守れる?」

「ぼくが? 守れると思うけど」ぼくたちはテレビのある階上《うえ》の小部屋で床に座り、〈スパイ・アンド・マリス〉をやっていた。母さんと父さんはロザリオの祈りの会に出かけていた。

「あした、ロイドが出所するの」

ロイドがいなくなってから、ケイトがその名前を口にしたのはこれが初めてだった。ぼくはロイドのことを忘れかけていた。

「ほんとに? よかったね」それで納得がいった。「法律事務所で働くことにした理由はそれ? ロイドのその後を追うため?」

「それも理由の一つ。ほかには、お金が必要だったし」ケイトは微笑んだ。「あんたがロイドのためにしてくれたことに、お礼をいったことがあったっけ?」

ぼくは顔が赤くなるのを気にしながらカードに目を落とした。「たいしたことじゃないよ」

「たいしたことよ。あんたがいなければ、ミスター・ベックは何事もなかったようにそのままやり過ごしたはずだもの」ケイトはエースのカードを切った。「あんたは少年探偵ブラウンよ」

「カリフォルニア少年探偵団のほうがいいな」

ケイトは声をたてて笑った。「オーケイ。カリフォルニア少年探偵団の一人ね。ううん、全員よ」

「またロイドに会うつもり?」

ケイトはカードを一枚出した。「かもね。たぶんね。ねえ、聞いて、ミッキー。両親に心を乱されないで。いい?」

「どういうこと?」

「うちの両親は悪い人たちじゃないのよ、ほんとうに。ただ、いま自分たちにわかってる以上のことを知ろうとしないだけ」

なんといったらいいかわからなかったので、ぼくは黙っていた。

カードゲームではケイトが勝った。たいていケイトが勝つのだ。「カードは敗者が片づけてね」そういって、あくびをしながら立ちあがった。「そうしたら、もう寝る時間」

ケイトはぼくの髪をくしゃくしゃにして、廊下を自室へと向かった。それがケイトを見た最後だった。

＊

情報の断片をつなぎあわせてわかったところではこうだ。翌日、ケイトは職場には行かず、スーツケースに荷物を詰めて、車でローウェイ刑務所へ向かった。ケイトはそこでロイドを拾い、ロイドの自宅へ送った。ロイドの母親は息子が刑務所にいるあいだに亡くなっていたので、ロイドはいとこたちと抱きあい、しばらく旅行に出かけるつもりだと話した。そして荷づくりをし、家を出た。

暴動のひと月まえに、異人種間の結婚を禁じる州法は違憲であるという裁定が連邦裁判所によって下されていた。だから結婚が目的ならば、ケイトとロイドはどこに行ってもよかった。

母さんはひどく胸を痛めた。父さんは、ロイドと一緒になったことよりも、何もいわずに出ていったことのほうを怒っていたと思う。もちろん、両親はぼくがどこまで知っていたか知りたがった。ぼくが話したことは信じなかったようだ。

父さんがいっていたとおり、ぼくは私立大学に進学できるくらいの成績を取った。けれども結局は州立のラトガース大学へ行くことになった。両親の財産は大半がプレインフィールドの不動産に投資されていたのだが、何年経ってもまったく価値があがらなかったからだ。

ロー・スクールを終えたあと、ぼくは地区検察局で働きはじめ、合法的にアクセスできるすべてのファイルに当たってケイトとロイドの行方を探した。何も見つからなかった。

けれども五年まえ、ワールドワイドウェブのおかげでようやく答えが見つかった。カリフォルニア州モントレーの新聞社が古い記事をデジタル化しており、ロイド&ケイト・モンロー夫妻が酔っぱらい運転の車に脇から突っこまれて亡くなっていたことがわかった。一九七〇年の夏のことだった。新聞によれば、二人は即死だった。これを読んだときには両親はともに故人だったので、妻以外には伝える相手もいなかった。

ケイトがカリフォルニアまで行けたとわかってうれしかった。

＊

「パパ？」

顔をあげて、息子のジェレミーを見る。ぼくはまだ事典を手にしたまま図書館の木の椅子に座っていた。

「パパ、大丈夫？」

「ああ、なんともない。調べ物は進んだ？」

「全部終わった。いや、終わってはいないんだけど、もうすぐ閉館だって。すごくいい本が見つかったよ」

「変わりゆくアメリカの家族について、だっけ。主題は何にしたのかな？」

ジェレミーは生真面目な顔でうなずいた。「国際的な養子縁組について。すごく大きな問題なんだ」

「だろうね」ぼくは立ちあがった。「貸出手続きはもう済ませた？」

「やったよ。パパは何を読んでいたの？」

ぼくは気まずい顔をしたにちがいない。「じつはあんまり読んでなかった。いろんなことを思いだしていただけで」

図書館を出るとき、この話をジェレミーにすべきかどうかという疑問が頭に浮かんだ。話すべきじゃない、と思った。こんな話をすべて聞かせるにはまだ小さすぎる。ジェレミーは——ジェレミーは、一九六七年当時のぼくと同い年だった。

ぼくは車の鍵をあけた。「ジェレミー、携帯電話を持ってる？」

「もちろん」

「よし。母さんに電話して、帰りがちょっと遅くなるっていうんだ。〈ディッピング・ステーション〉に行くぞ」

息子は目を丸くした。平日の夜にアイスクリーム・パーラーへ行くなんて前代未聞だった。オールAの成績表でも持ち帰らないかぎり考えられないようなご褒美《ほうび》だった。

「ワオ。文句があるわけじゃないんだけど、なんで?」

「聞いてもらいたい話があるんだ」ぼくはいった。「変わりゆくアメリカの家族について」

著者よりひとこと

最近になって引退するまで、わたしは四十年ほど図書館司書として働いてきた。ある日、大学の図書館で『アメリカ人種暴動百科事典』を見つけた。本編の主人公とおなじようにその事典を棚から引っぱりだして、わたしは自分の故郷を探した。自分がこんなにもはっきりと記憶している暴動に言及がないのはなぜか、その理由がわかったとき、短編を書かなければならないと思った。

本編はフィクションではあるが、ほかの多くの短編よりも事実を多く含んでいる。わたしも一九六七年当時、十二歳で、プレインフィールドの南西の端に住んでいた。小説に描いた少年とおなじく、わたしもデイキャンプでボランティアをした。いくつかの場面や何人かの登場人物は非常に現実に近い。たとえば、消防署への訪問の場面はまるっきりわたしの記憶どおりだ。

アフリカ系アメリカ人のインストラクターの一人が、帰宅するために州兵のそばを走って通り抜けようとして脚に怪我をしたのもほんとうだ。撃たれたわけではないし、オリンピック選手でもなかったが。そこはドラマを強化するために書いただけである。

暴動についてはできるかぎり正確に描写してあり、そのおかげで、おもしろいことにある一点が浮かびあがった。お気づきかもしれないが、語り手は全編を通して暴動にまつわる出来事を純然たる事実として報告している。ただし、一つだけ例外がある。殺された警官の話になったとき、主人公は母親が「ラジオで聴いたニュースをぼくに話した」といっている。このちがいは意図したもので、ここは亡くなった警官の家族に敬意を払ってこのかたちにした。遺族が公式の報告を受けいれていないからだ。事実に沿って書く場合には、考慮すべき点もあるものだ。

自分の家族については、冷酷にも三人を排除した。物語に関係がなかったからだ。実在のわたしの姉――作家のダイアン・チェンバレン――は、本編中のものと似た口論をよく父親としていたが、暴動があったときには自宅にいなかった。夏のアルバイトとして、海辺でウェイトレスをしていたからだ。さらに、短編のなかの姉はダイアンより一つ年上である。おわかりだろうが、高校を卒業させておく必要があったからだ。

家族のよしみで、投稿するまえにダイアンに本編を読んでもらった。ダイアン自身もたまたま作家なので――わたしよりはるかに成功した作家だ――すぐに本編の欠点を指摘してくれた。わたしは一九六七年のアメリカのティーンエイジャーを描きながら、音楽に触れていなかったのだ。だから直した。わたしは感覚的な物事を書き忘れることが多いので、においや、音や、味を書きこむことを、意識して思いだすようにしている。

ダイアンが本編を読んだことによる成果はもう一つある。筋書きのなかのある出来事が、ダイアンの小説 *The Silent Sister* の着想の源になったそうだ。手助けができてうれしいよ、姉さん。

本編はＡＨＭＭの二〇一五年七・八月号に掲載された。デリンジャー賞ベスト・ロング・ストーリー部門（四〇〇一語から八〇〇〇語までの、長めの短編を対象とする部門）の最終候補作でもある。

二人の男、一挺《ちょう》の銃

Two Men, One Gun

「こういう話なんだよ」リチャードと名乗った男がいった。おそらく偽名だ。

「昔々、三人の男がいて、お互いそれはそれは憎みあっていました」

ブリテルには、汗が顔を流れ落ちていくのが感じられた。手錠をはめられた両手をぎこちなくあげ、その汗をぬぐった。「わたしは誰のことも憎んでいない」

「あんたが憎んでいたとはいってない」

「それに、誰もわたしを憎んでいない」

「ほんとうに？」相手の男は椅子の背にもたれ、手にした拳銃の銃身で顎をこすった。「気を悪くしないでほしいんだが、それはずいぶん退屈な人生のように聞こえる」

「いまこの瞬間はそうでもないが」

リチャードと名乗った男は声をたてて笑った。三十代で、盛りを過ぎたタフガイといった見かけだった。ネクタイを締めてカジュアルなジャケットをはおっていた。このおんぼろオフィスビルの入居者の大半とおなじように。

スティーヴ・ブリテルともおなじように。

リチャードは十五分まえに入ってきて、なんでもないことのようにブリテルに銃を向けながら、立てと命じた。二人は奥の部屋へは入らなかった。奥ではなく、外側のオフィス、受付係が必要なたぐいの仕事なら秘書が座っていたであろう場所にいた。

「ここには窓がないからな」男は手錠を取りだしながらそう説明した。「つまり、スナイパーの心配をしなくていい。おれのことはリチャードと呼んでくれ」

「何が目当てだ？」

「あんたには、九一一に通報してもらいたい。頭のおかしい男に銃を突きつけられていると話すんだ」リチャードはにやりと笑った。「おれのことだ」

＊

「どこまで話したっけ？　ああ、そうそう、憎みあっている三人の男の話だった。男たちの名前は――」

リチャードは眉をひそめた。「ほんとうの名前はいわないほうがいいな。何か偽名をあげてみてくれ」

「なぜ、わたしが？」ブリテルは尋ねた。

「だって物書きなんだろう？」リチャードは銃でドアを示した。「スティーヴ・ブリテル。著述業。登場人物の名前を考えるのも仕事の一部じゃないのか？」

「ええと、スミスとジョーンズ。それにウィルスンでどうかな」

リチャードは顔をしかめた。「からかってるのか？」

「いや、まさか」

「どうやらおれの話を真面目に受けとっていないようだな。それに、そのうちの一つは、一人の本名と似ている。混乱しそうだよ。聞いてるのか?」

「失礼。サイレンが聞こえたもので気が散って。もう一度、九一一に電話をかけたほうがいいかな?」

「心配するな。準備が整ったら向こうからかけてくる。さあ、名前を三つだ。そんなにむずかしいことか?」

「ええと」こんなに頭が空っぽになったのはブリテルにとって初めてのことだった。「ブラウン、ブラック、それから、あー、ホワイト」

またもやしかめっ面《つら》。「スティーヴ、何か偏見みたいなものがあるのか? 人種差別主義者か?」

「いや、いや、いや」

「とここにとじこめられているなんてまっぴらなんだが」

「とじこめられてなんかいないさ」ブリテルは手錠のついた手を持ちあげて指摘した。「そっちはいつでも好きなときにあのドアを出ていける。誰も止めない」

「いや、それはできないんだよ、スティーヴ。もういまごろは、廊下の端にスナイパーが配置されているはずだから」

「スナイパーだって? どうしてわかるんだ?」

リチャードは笑った。「まえにも人質を取ったことがあるのかもな。さて、まだ名前が三つ必要なんだが」

「その人物について何もわからない状態でいい名前を思いつくのはむずかしいんだよ」

「ああ」リチャードは考えこむような顔をした。「それは考えが及ばなかった。だからこそ書いてくれる人間が必要なんだ」

「こんな手錠をはめていたんじゃ何も書けない。それに、コンピューターはべつの部屋にある」

「それは悪かった。だが手錠があるほうがおれは安心できる」リチャードは身振りで銃を示してつづけた。「おれがビクビクしていないほうが、あんたにとっても都合がいいんじゃないかな、スティーヴ？」

「そうだね」さらにサイレンが聞こえてきた。リチャードは気がついていないようだった。

「オーケイ、この男たちの話をしよう。まず、一人はほんとうにいいやつだ。おおらかで、誰にでも好かれる。こいつにぴったりな名前は？」

「ゴールドはどうかな？」ブリテルは尋ねた。

　リチャードはがっかりしたような顔になった。「また色か？」

「ちがう。ゴールドは価値が高い。貴重なものだ」

「いいね。気が利いている。さて、お次はゴールドの親友だ。ゴールドよりすこしばかり頭は切れるが、ゴールドほど正直じゃない。悪人とまではいわないが、いいやつってわけでもない。名前を思いつくか？」

「マーシュ。泥の混じった沼地《マーシュ》のイメージだ。善と悪がきれいに分かれない」

「泥沼にはまりこんでいる、か。くそ、うまいな、スティーヴ。三人めは、街じゅうで一番仕事の腕がいい。いや、もしかしたら州で一番か。この三人が、おなじ日におなじ職場で働きはじめたっていうのはもう話したっけ？　まあ、そういうことだ。しかしこの三人めの男が誰よりも成功していて、運もよくて、野心もあった」

「ヒルだ」ブリテルはいった。「つねに上を目指している人物のイメージ」ブリテルはこの会話を楽しみはじめていた。正気を失いつつあるのかもしれなかった。

リチャードはうなずいた。「あんたのところへ来て正解だったな、わかっていたよ。オーケイ、この三人は——」

突然電話が鳴り、ブリテルはビクリとして椅子ごとひっくり返りそうになった。リチャードは即座に立ちあがり、驚くほどのスピードでブリテルの手錠をつかむと、ぐいと引いて椅子ごともとの位置に戻した。

「おちつけよ。電話が鳴ったのは、このビルの避難が済んだからだ。これで話をする準備ができたってことだよ」

「警察が誰かを避難させる音なんか聞こえなかった」

「そりゃ聞こえないさ。連中はこういうことがうまいんだから。それに、この階にいた人間はみんな、一人ひとり個別に連れだされたはずだ」

電話が鳴りやんだ。「留守番電話が作動したんだ」

「またかけてくるよ」

ほとんど間《ま》をおかずに、電話がかかってきた。

「取るんだ」リチャードがいった。

「わたしが?」

「どうぞご遠慮なく」

ブリテルは手錠のかかった両手で電話を取り、どうにかこうにか耳に当てた。「もしもし?」

深く響く声が応答した。「そちらはどなたですか?」

「スティーヴ・ブリテルといいます。銃を持った男に、人質にされています」

ブリテルはいったん口をつぐんで、自分がいうべきこと、いってはいけないことについてリチャードがヒントか何かをくれるのを待った。しかし相手は控えめに興味を示してみせただけで、なんの合図も寄こさなかった。

「男はリチャードと名乗っています。わたしとは面識のない人物です」

「その男を電話に出してください」

ブリテルは受話器を差しだした。

リチャードは笑みを浮かべ、首を横に振ると、左手で上着のポケットから折りたたんだ紙を引っぱりだし、机の向こうから渡してきた。

「ちょっと待ってください」ブリテルは手書きのメモを読み、信じられない思いでリチャードを凝視《ぎょうし》したが、リチャードのほうは晴れた日の天気予報士のようにおちついたものだった。

「いま、男から紙切れを渡されました。それにはこう書かれています。自分は電話には出ない、警察は電波でこちらの脳みそをコントロールしようとするから、と」

電話の向こうに沈黙がおりた。ブリテルには警察がどう考えているか手に取るようにわかった。やれやれ、イカレたやつが銃を持っているらしいぞ。

問題は、ブリテルにはリチャードがイカレているとは思えない点だった。スクールバスを運転させたいような男では決してなかったが、マインドコントロールを防ごうとしてアルミホイルの帽子をかぶるたぐいの変わり者ではなかった。自暴自棄。リチャードにぴったりの言葉はそれだった。

リチャードはまた紙切れを指差していた。

「それからこうも書かれています」ブリテルは〝本気か?〟といわんばかりの目でリチャードを見た。

うなずきが返ってきた。銃で先を促すようなしぐさも。

ブリテルは肩をすくめた。「しるしのついていない紙幣で百万ドル用意して、新車のBMWセダンの助手席に置き、それを一時間以内に建物の正面に停めろ。キーはイグニションにつけたままにしておけ、だそうです」

またもや沈黙。次に聞こえてきたときの警官の声は、すこしばかり気むずかしげだった。

「ミスター・ブリテル、その男がほんとうにいるという証拠がほしいんですがね。いままでのところ、われわれはあなたの言葉しか聞いていないわけですから」

「ちょっと待ってください」ブリテルは一方の手で受話器を覆った。なぜそんなことをしたのか、自分でもよくわからなかったが。「警察は、全部わたしのでっちあげだと思っている。あんたが実在する証拠が何かほしいといって――」

リチャードは銃を撃った。

ブリテルは受話器を取り落とした。心臓が止まったかと思った。また息ができるようになったときには、誰かがオフィスのドアをどんどんとたたいていた。

リチャードははっきりとドアを指差し、〝やつらをここに近づけるな！〟と身振りで伝えてきた。

「わたしは大丈夫ですから！」ブリテルは大声でいった。「ドアから離れて！　男は拳銃をわたしに向けています」

電話が耳障りな音をたてていた。ブリテルは受話器を拾った。「もしもし？」

「どうしました？」

「男が銃を発射してわたしの机に穴をあけました。これで信じてもらえましたか？」

「ミスター・ブリテル、あなたは無事なんですか？」

「まあ、なんとか」

「男には――リチャードには――こちらのいってることが聞こえているんですか？」

ブリテルは銃を持った男を見た。男は礼儀正しく笑みを返した。おもしろがっているようだ。

「それはないと思います。しかしわたしの言葉は聞こえています」

「わかりました」警官は声を落とした。「リチャードは精神を病んでいるように見えますか？」

なんて奇妙な質問だろう。「あなたがいうような意味では病んでいないと思います」

「では、何か動機があるのですね。われわれが車と百万ドルを用意すると本気で思っているんでしょうか？」

「そうは思いません」

一瞬の間。「何か要求があるものとわれわれが思いこんでいるから、それらしい要求をしただけってことですか？」

「そうですね」

「リチャードの目的はなんなのか、何か思いつくことはありますか？」

「わたしに、ある物語を聞かせたいといっていました」

「物語？」

「わたしは物書きなんです。たぶん、自分の物語をわたしに広めさせたいんでしょう。ああ、リチャードがうなずいています」

「男をしゃべらせておいてください、ミスター・ブリテル。いま、人質解放の交渉人を呼んでいるところです。それから、電話を切らないように」

ブリテルは受話器を机に——弾丸であいたばかりの穴からそう遠くない場所に——置いた。

リチャードが手を伸ばし、その受話器を架台に戻した。

「切るなっていわれていたのに」

「連中はいつだってそういうんだ。これですこし時間ができた。仕事に戻ろう。例の三人は最初から敵同士だったわけではないんだよ、スティーヴ。もともとはいい友人同士だったが、ある問題が割りこんできた。なんだかわかるか？」

「女？」

「二ポイントあげよう。その女はロレインという名前だった」

今回は偽名についての騒ぎがなかった。女の正体を隠す理由がないか、あるいは、正体を偽ることなど想像もできないほどリチャードにとってリアルな存在なのだろう。

「あんたは物書きだからな、スティーヴ。ロレインについてはどう書くべきか明かしておこう。これははっきり書いてくれ、ロレインは美しくて、おもしろくて、頭がよかった」リチャードはいったん口をつぐみ、オフィスの壁のはるか向こうにある何かを見るような目つきをした。

「当然のことながら、三人全員がロレインに恋をした」

「困ったことになりはじめたのはそのときだった」ブリテルはいった。

「そのとおり。ロレインはゴールドが好きになった。結婚式ではヒルが新郎の付添人を務めた。それはゴールドの親友だったマーシュの役割だと思うかもしれないが、マーシュは自分の気持ちを隠せなかったんだ。マーシュはいつだって気持ちを隠すのが下手だった」

「もっとヒルのことを話してほしい」ブリテルはそういい、自分でも驚いた。仕事の詳細を詰めるために、クライアントから聞き取り調査をしているような気分だった。たぶん、ある意味ではそのとおりだった。

「そうか？」リチャードは天井に目を向けて考えながらいった。「簡単にいうと、人を操ることに長けたやつだった。人が自分で自分の背中を刺すように仕向け、その当人に礼をいわせることのできる男だった」

「そういうタイプなら知っている」

「誰でも知っているだろう。大きな官僚組織では、そういうやつらが上に行く。煮汁のあくみたいに」

「それに結婚式でも花婿付添人になる」

「ああ、まったくそのとおりだよ。新郎新婦に向かって微笑んでみせたりしてな。ロレインを自分のものにしたかったことなんかなかったみたいに。嘘つき野郎め」

リチャードは額《ひたい》をこすった。「ゴールドとロレインは幸せそうだった。いや、もっとはっきりいったほうがいいな。二人はお互いしか目に入っていなかった」

銃を持っていないほうの手が、トントントンと机をたたいた。リチャードが神経質になっていることをうかがわせたのはこれが初めてだった。外にスナイパーがいるせいというよりは、物語のなりゆきのせいだろうとブリテルは思った。

「だが、エデンの園には蛇がつきものだ、そうだろう?」トントントン。「蛇はマーシュだった。あいつはロレインを失ったことから立ち直れなかった」

「それで、何をした?」

「何をしたかといえば、自滅したんだよ。酔っぱらって出勤した。仕事がずさんになった」リチャードはかぶりを振った。「最後には違法なことをしでかして、いつ見つかってもおかしくない状態になった。事態が発覚してそれが自分と結びついたら刑務所送りになるかもしれないと、マーシュにもわかっていた。職を失うのは確実だった」

リチャードは一方の手で顔をこすった。「話をするだけのことがこんなに重労働だとは思わなかったよ」

電話が鳴った。ブリテルは躊躇《ちゅうちょ》なく受話器を取った。「三十分後にかけなおしてください」そして電話を切った。

リチャードはにやりとした。「この話がどう決着するか聞きたいんだな」

「わたしが撃たれることが含まれないなら、そうだ」

「英雄気取りの行動に出なければ、あんたは大丈夫だよ」

「そんなことをするつもりはない」

「冒険はしない質《たち》なんだな」

ブリテルは笑った。こんな会話をすることになるとは、まったく妙な話だった。とくに拳銃を突きつけられているとあっては。「冒険を忌み嫌ってる。兄にはそういわれているよ。六年まえ、兄は荷づくりをしてヴァージン諸島に移り住んだんだ。現地に知り合いなんか一人もいないのに。いまじゃホテルを経営してる。兄はわたしにも来いと――」

「聞いてくれ、スティーヴ。あんたの感傷につきあうつもりはまったくない。拳銃を持った男に話をさせてはどうだね?」

リチャードは立ちあがり、うろうろ歩きはじめた。「どこまで話したっけ? マーシュが窮地に陥《おちい》ったところだな。三回めのヘマをやらかした。上層部の連中に失敗の責任を負わされるまで、長くてももう何日もかからないということは、マーシュ本人にもわかっていた。だから、もしかしたら助けてくれるかもしれないと思った男のところへ相談しに行った」

「ゴールドか?」

「馬鹿をいうな。ゴールドならマーシュを上司に引き渡しただろう。いや、そうはしないかもしれないが、自分から白状するようにと、うるさくせっついただろうな。ほんとうのことを話せばつねに最良のかたちで決着がつくものだ、といって。そういうたぐいの戯言《たわごと》を、ゴールドは本気で信じていた」

「それなら、マーシュはヒルのところへ行ったんだな」

「ビンゴ。ヒルには答えの用意があった。数枚の書類の名前を一つ変えるだけでよかった。それだけで事足りた。もうわかっただろう。うってつけのときにうってつけの場所にいた人物はただ一人。二人はそいつをはめることができた。で、そいつはこすればキュッキュッと音がするほどクリーンだったから、お偉方からぬるい叱責《しっせき》を受けるだけで放免されるはずだった」

ブリテルは震えた。「二人はゴールドを陥《おとしい》れたんだね」

「すばらしいアイディアに見えたんだよ。マーシュのようなクズが絡《から》むと汚職のにおいがぷんぷんする案件でも、ゴールドみたいなボーイスカウトがやったなら罪のないちょっとした失敗で通るはずだった」

「しかしそうはならなかった」ブリテルは推測を口にした。「なぜだ?」

リチャードは拳で壁をたたいた。「なぜなら、ゴールドが筋金入りのボーイスカウトだったからだ。取引に応じなかったんだよ。書類のサインが自分のものだとは絶対に認めなかった。無実の男が罰を受けることなどあるはずがないと確信していたから、上層部が犯人を見せしめにするように自分から仕向けたんだ。それでお偉方は、ゴールドが反省して失敗から学ぶことはないだろうと判断した」

「そして仕事をクビになった」

「もっと悪い」リチャードはひどく喉が渇いたかのように唇をなめた。「刑務所送りになった。見せしめにされたんだ」

「驚いたな。マーシュはそれをどう受けとめた？」

「どう受けとめたと思う？　もちろん震えあがったよ。だがヒルがいって聞かせたんだ、自分たちにできることは何もないって。ゴールドの無実を示すはずの証拠はすでに破棄してしまっていた」

「ロレインはどうした？」

リチャードは警戒心をあらわにした。「なんでロレインが出てくるんだ？　ロレインはこのこととはいっさい関係ない」

「夫が刑務所に入れられて、どういう反応をしたのかなと思っただけだよ」

「どう思う？　惨《みじ》めなものだったよ」

「だがそれだけじゃない。そうだろう？」ブリテルはいった。

「どういう意味だ？」

「たぶんマーシュには、ゴールドに罪をかぶせたいと思うべつの理由があったんじゃないか。もしかしたら、友人が困難に陥ればロレインの愛も冷めると思ったんじゃないか」

リチャードは椅子を壁まで蹴りとばした。「物書きだかなんだか知らんが、しゃべりすぎだぞ。立て」

わたしが何をしたっていうんだ？　「悪かったよ。わたしはただ――」

「立つんだ。ひと仕事してもらう」リチャードは奥のオフィスへ通じるドアの脇へ進んだ。リチャードがそのドアをあけると、窓からの日射しが流れこんできた。

「窓のシェードをおろしてきてもらおうか。あんたが手錠をしていることが、スナイパーによく見えるようにしたほうがいいぞ」

ブリテルは動かなかった。「スナイパーだって？」

「心配するな、スティーヴ。連中は、おれほどにはあんたを撃ちたいと思ってやしないから」

ブリテルはぎくしゃくした動きで立ちあがり、奥のオフィスへ入った。なんだかオフィスがいつもとちがうように見えた。銃を持った男がものの見え方を変えてしまったのだ。たぶんもうもとには戻らないだろう。

奥の壁には、机くらいの高さのラジエーターから天井まで届く窓が三つあった。通りの向かいから見えるように手錠のかかった手首を高くあげ、ブリテルは一つめの窓まで歩いた。三階下には警察車輛が何台も停まっていた。救急車と消防車も。回転灯をつけている車もあったが、サイレンは鳴らしていなかった。

ブリテルはシェードをおろし、二つめの窓に移った。

そのときだった。向かいのビルの屋上に動きがあるのが目についた。ほんとうにスナイパーがいるのだ。シェードをおろす手が震えた。

ブリテルは何かすべきじゃないかと思った。窓をたたき割って逃げる？　もちろん、四階から飛びおりる覚悟があるのなら。警官隊に合図を送る……それで何を伝える？

助けが必要なんだ。いや、警察はもう知っている。

「最後のシェードをおろすんだ」リチャードがいった。「よし。今度は机のまえに座れ」

ブリテルは席についた。七年間、就業日に毎日座ってきた、まさにその席に。きょうは背後にスナイパー、正面には銃を持った男がいた。

ブリテルはコンピューターのモニターを見て、キーボードを見て、次の企画のプランが詰まったノートパソコンを見た。七年ものあいだキーボードをたたいてきたことと、イカレたガンマンと二時間を過ごしたことのうち、どちらがより現実離れしているかわからなくなった。

リチャードが入ってきてドアの脇に立った。そこからならブリテルのことも、外の廊下へ通じるドアも、両方見える。「これでいい」

「それで、さっきの人たちはどうなったんだ？」

「ああ、それか」リチャードは顔をしかめた。物語に興味をなくしたようだった。「ゴールドは刑務所で刺し殺された。その二カ月後、ロレインは自動車事故で死んだ。まあ、公式には、事故だった」

「ひどいな。ほかの二人はどう受けとめた？」

「マーシュは酒に溺《おぼ》れて仕事を辞めた。ヒルを脅したが、何も証明することができなかったし、ヒルのほうもマーシュに尻尾をつかまれるほど馬鹿じゃなかった。ヒルはいまもうまくやっているよ。マーシュはぼろぼろになった。物語はこれで終わり」

「聞いてくれ」ブリテルはいった。「わたしは技術文書のライターなんだ。コンピューターのマニュアルを書くのが仕事だ。あんたがどう思って――」

電話が鳴った。今回はリチャードのほうが跳びあがった。「連中を待たせるな、スティーヴ」

ブリテルは受話器を取った。

「シェードをしめましたね、ミスター・ブリテル。なかはどうなっているんですか？」

「いまは奥のオフィスにいます。わたしは机についていて、リチャードは――わたしに向かって手を振っています。どうやら自分の居場所を話してもらいたくないらしい」

「話をするためにそちらに人をやったと伝えてください。人質解放の交渉人のなかでも一番腕の確かな人間です。心配いりませんよ、ミスター・ブリテル。すぐにすべて片づきますから」

「心配はしていません」ブリテルはそういってから、それがほんとうであることに気がついた。何がどうなろうと、自分は舞台上の小道具に過ぎないのだ。無事でいるためには、リチャードが最後まで演じるのを――何を演じるつもりであれ――邪魔しなければいいだけだった。

ブリテルは受話器を置いたが、電話を切ったわけではなかった。リチャードは気づいていないようだった。いまはひどく張りつめており、ブリテルが部屋にいることさえほとんど意識していないように見えた。

ドアにノックがあり、二人とも跳びあがった。

「ミスター・ブリテル？　リチャード？　こちらはシュミット警部補です。話がしたいんですが、入ってもいいですか？」

リチャードはブリテルを見てうなずいた。

「どうぞ、入ってください」ブリテルからドアは見えなかったが、ドアが軋《きし》みながらあく音は聞こえた。

リチャードが身を固くし、銃をドアに向けた。

ブリテルは考えていた。スミスとジョーンズ。それにウィルスン……そのうちの一つは、一人の本名と似ている……ヒルは一番仕事の腕がいい。「人質解放の交渉人のなかでも一番腕の確かな人間です」

「シュミット！」ブリテルは叫んだ。「気をつけろ！」

リチャードはドア越しに銃を撃った。

ブリテルは手錠をされたままの両手でノートパソコンをつかみ、リチャードがふり返ると同時に投げつけた。リチャードはノートパソコンを手で払いのけた。

ブリテルはすでに机の向こうから出ており、ぐっと体を折って突進した。最初の銃弾は頭上を通りこし、リチャードが次を撃つまえに、ブリテルは二つの拳をリチャードの股間にたたきつけた。

二人は一緒に壁にぶつかった。それから床を転がるあいだに、リチャードはブリテルの頭を銃床で殴った。

ドアがあき、警察のウィンドブレイカーを着た背の高いブロンドの男がブリテルにも見えた。シュミットか、とブリテルはぼんやり考えた。こいつがヒルだ。リチャードがまた発砲する直前に、シュミットは頭を引いた。

リチャードはブリテルを押しやり、なんとか起きあがって座った。シュミットが部屋の隅をまわって戻ってきた。今度は銃をかまえている。弾丸がリチャードの肩を捉え、リチャードの拳銃は床に落ちた。

シュミットは唖然とした様子でリチャードを見おろした。「ケラー。驚いたな」

ブリテルはシュミットの目から内心を読みとった——ケラーはしゃべるにちがいない。

シュミットが銃を持ちあげた。「さがって！　この男は危険です！」

ブリテルはリチャードの胸をめがけて身を投げだした。「もう武装解除されている！」ブリテルは大声でいった。「撃つな！」

シュミット警部補は銃を向けたまま、二人の顔を見比べた。

二人とも射殺して逃げ切れるかどうか、判断しようとしているんだ。

「シュミット」ブリテルは叫ぶようにいった。廊下まで聞こえるように大声を出した。「撃たないで！　二人とも武器は持っていない！」

警部補は悪態をついた。次いで身を屈め、リチャード／ケラーが落とした銃を拾った。「医者を呼んでくれ！」シュミットは怒鳴った。「犯人が怪我をしている」

その後、部屋は忙しなく動きまわる制服の男たちでいっぱいになった。ブリテルは、気絶した男のまわりに人だかりができるのを見守った。

「おいおい」一人がいった。「ジミー・ケラーじゃないか。まえは警官だったよな？　人質解放の交渉人だったはず」

ブリテルは立ちあがり、ふらつきながら机に向かった。

「大丈夫ですか？」シュミットがブリテルのそばにそびえるように立った。

ブリテルは崩れるように椅子に座りこんだ。「たぶん」

「この男と渡りあわなきゃならなかったのは気の毒に思いますよ。明らかに妄想を抱えていますからね」

「そうなんですか？」

警官はぐっと唾を呑んでからいった。「まあ、この男が何を話したかは知りませんが——」

「彼とわたしのあいだだけのことにしますよ、警部補。ひとことも漏らすつもりはありません。ただし……」

シュミットは用心深い顔つきになった。「なんです？」

「ただし、彼が勾留中に死んだりした場合はべつです。この人が何を話すか自分で決められなくなった場合には、わたしが彼のために口をひらくしかないでしょう」

「それはいい考えとはいえませんね」

「幸運にも」ブリテルはいった。「軽傷のようですから。この人が生きているうちは、何も心配することはありませんよ」

白髪交じりの頭をしたべつの警官がやってきた。「警部のレイストンです。大丈夫ですか?」

「なんとか呼吸を取り戻しているところです」

「署までご同行願いたいんですがね。ここで何があったか、もっと詳しく知る必要があるので」

「喜んでお手伝いしますよ」ブリテルはいった。「だけど早めに終わらせてください。このオフィスをしめたらすぐに、ヴァージン諸島に移り住むつもりなんです」

著者よりひとこと

わたしはおそらく、ほかのどんなミステリ作家よりもジャック・リッチーから多くを盗んでいる。ウィスコンシン生まれのこの人物は、二十世紀なかばにおけるユーモア犯罪小説の達人の一人だった。リッチーの著作を読んだことのない人でも、ウォルター・マッソー主演の映画〈おかしな求婚〉は観たことがあるかもしれない。この映画はリッチーの短編「妻を殺さば」に基づいている。この短編からはその後、なんとブロードウェイ・ミュージカルまでつくられた。

リッチーはいくつかの短編で次のようなオープニングを用いた——部屋に二人の男が座っており、一人がもう一人に銃を向けている。

小説の出だしとして、多くの利点を持つ手法だ。読者はまっすぐアクションに飛びこめる。目に見えて緊張感がある。動機についていえば、一方のキャラクターはぜひとも死にたくないと思っている。もう一方の人物はなぜ相手を殺そうとしているのだろう？　物語ではそこを明かしていくことになる。殺人が成功するか否かが判明するまえに。

このオープニングを使って短編を書くことで、リッチーの足跡をたどれるかどうかやってみようと思った。やってはみたが、自分でも驚いたことに、笑える短編にはならなかった。もしかしたら、無意識のうちに名人との直接対決を避けたいと思ったのかもしれない。

そうそう、「残酷」の最初に出てきた古くてみすぼらしいオフィスをご記憶だろうか？　この話の舞台はあれとおなじオフィスである。どうしてわかるのか、とは訊かないでもらいたい。作家にはそれぞれ独自のヴィジョンがあるものだ。

本編「二人の男、一挺の銃」の初出はＡＨＭＭの二〇一三年十月号である。

宇宙の中心《センター・オブ・ザ・ユニバース》

——ワシントン州シアトル、フリーモント地区にて

The Center of the Universe

ぼくにしゃべらせてよ、とピーティーがいう。

誰が頼んできた？　とフォックスがいう。

まだ誰も。だけどそのうち頼んでくるよ。準備しておかなくちゃ。

気を悪くしないでほしいんだがね、坊や、とストラボがいう。おまえさんはスポークスパースンとしては最悪の選択肢だ。カサンドラみたいなものだからな、神話の予言者の。警告しても警告しても、誰も彼のいうことを信じなかった。

そいつもイカレてたのか？　フォックスが尋ねる。

黙れ、とピーティーがいう。いいから黙れ。

夜が明けるかどうかの時間だった。ウォーリングフォードの上空にかかった雲の向こうから太陽がのぞいている。起きだすには早すぎたが、リンデン・アヴェニューの向かいの公園はそんなに居心地がよくなかったのだ、とくに霧が小糠雨《こぬかあめ》に変わったとあっては。

それに、新たな記憶のせいで眠ることができなかった。

おれはいまいましい夜のあいだずっと眠れなかったよ、とフォックスがいう。いつゲシュタポが現れて、引きずっていかれるかと思うとさ。

捜査官たちからうまく逃れるには、わたしは歳を取りすぎたよ、とストラボはいう。

だけど誰にも見つからなかった、とピーティーはいう。いまはもう気楽に坂をくだって、敵の縄張りから出ればいいだけだ。

人々はすでに家やアパートメントの建物を出て、車か徒歩で近隣のセンターへ向かっていた。

見ろ、働き蟻《あり》どもだ、とストラボはいう。きょうも楽しい小作労働をはじめるところだ、つまらないご主人さまに仕えてな。

チリンチリンとベルの鳴る音がして、ピーティーは猛スピードで坂をおりていく自転車をかろうじてかわす。

クソ野郎、とフォックスはいう。いまじゃ歩行者にはいまいましい歩道を歩く権利もないってのか？

ああいう男はやり手なんだよ、とストラボはいう。急いで出かけていってラテとかスシで燃料を補給するんだ、百万ドルの取引をするまえに。それにひきかえ、われわれはなんにも社会貢献をしていない。骨折り仕事をするでもない、罪をおかすでもない。自転車に乗ったよりよい人間たちの手でわれわれが地上から拭《ぬぐ》い去られたところで、社会は気にも留めやしない。

そんなこといわないでよ、とピーティーは昨夜のことを考えながらいう。

先ほどの男は、ぴかぴかの白い電動アシスト自転車をコーヒーショップのまえに停める。

見たか？　フォックスが尋ねる。

ああ、とピーティーは答える。スターバックスだ。ありがち。

あれをかっぱらってこいよ。あの無謀運転の自転車乗りめ、鍵をかけなかったぜ。

ぼくには見えなかったよ、とピーティーはいう。

見えてはいた、だが観察しなかった、とストラボはいう。鍵はうしろのラックにぶらさがっていて、なんの役にも立っていない。船の錨《いかり》があがったぞ、諸君。さあ、海賊になろうか。

それはどうかな、とピーティーはいう。

やろうぜ、とフォックスはいう。パイオニア・スクエアのそばの店を知ってる。何も訊かずに、あの自転車を現金で買い取ってくれるよ。

そこが問題なんだ、とピーティーは震えながらいう。自分たちの縄張りから出ることになる。

われわれが行くべき場所はこの街の外なんじゃないかな、とストラボはいう。シュガーマンからの金《シュガー》と、自転車を売りはらった金があれば、エヴァレットにだってタコマにだって行ける。で、この騒ぎがおさまるまで身元を隠しておけばいい。

そう簡単にはおさまらないよ、とピーティーはいう。あの女は死んだんだ。警察は誰かの尻尾を捕まえるまで探すのをやめないだろ。

ギリシャ酒場のそばに警官がいる、とフォックスはいう。左に曲がろう。三五番ストリートのほうが人けがない。

マンションばっかりだな、とフォックスはいう。このへんはいつからこんないまいましいマンションだらけになったんだ？

どうしてもっとふつうに悪態がつけないんだね？　とストラボは尋ねる。

正しい育てられ方をしたからさ。

おいおい、フォックス。おまえさんは狼に育てられたんだろう、神話のロムルスとレブスみたいに。

みんなどんどん通りすぎていくね、とピーティーはいう。ぼくたちに見向きもせずに。

もし見られたら、サツを呼ばれるのがオチだろ。

それは当然だろう、とストラボはいう。善良なる市民をホームレスのクズから守らないとしたら、警察なんかなんのためにあるんだね？

きのうの夜、あの女のことを守らなかった、とピーティーはいう。

それはわれわれもおなじだな、坊や。

ぼくたちにはやつらを止められなかった、とピーティーはいう。何が起こっているかわかったときには、もう遅すぎた。

おまえさん、やつらはよからぬことを企んでいるといっていたじゃないか。なにか、しらできたはずだよ。

あんただって何もしなかっただろ。

わたしはヒーローじゃないんだよ、とストラボはいう。ただの年寄りだ。

怖かったんだろ、とフォックスはいう。

そうだよ、そのとおり、とピーティーはいう。ウィドマークの顔を見ただろ。

ウィドマーク？

ブロンドのやつ。昔のリチャード・ウィドマークみたいだっただろ。髪が黒くて子犬みたいな大きな目をしてたほうはサル・ミネオに似てた。

きみたち映画マニアときたら、とストラボはいう。なんという脳細胞の無駄遣い。

背の低い男がお好みなんだな、とフォックスはいう。

ちがうよ、ぼくは……くそ！　Ｕターンしなきゃ。ぼくはあの橋の下には絶対に行かないぞ。

おまえほんとうにイカレてるな、とフォックスはいう。警察が怖くて、橋が怖くて、スターバックスが怖いんだから。

怖いわけじゃない。嫌いなだけだ。

赤のＰＴクルーザーがせまい駐車スペースに押し入り、家族連れの観光客が飛びだしてくる。カメラをレインコートや傘で覆い、全員がいっせいにしゃべりだす。

一家の父親が、笑みを浮かべながら近づいてくる。

すみません、トロールがいるのはここですか？（シアトルのフリーモント地区にある巨大なパブリックアートのトロール像について訊いている）

いや、とストラボはいう。ここにいるのはミノタウロスですよ。

黙ってて、とピーティーはつぶやく。トロールはあの黒い橋の下です。

だからこいつはＵターンしたんですよ、とフォックスはいう。大きな悪いトロールが怖いから。

観光客は顔をしかめる。〈フリーモント・トロール〉って名前だと思ったんだけど。本物のフォルクスワーゲンを手に握っているやつ。

それです、とピーティーはいう。

だけどあれはオ、ー、ロ、ラ、橋だな。どうして向こうのフリーモント橋の下じゃないんです?

おれたちをなんだと思ってるんだよ、とフォックスはいう。道案内かなんかに見えるのか?

観光客一家の父親はぐっとうしろにさがる。まるで初めて相手が見えたとでもいうように
——あるいはにおいのせいで。行くぞ、子供たち。トロールはあっちだってさ。

ここは大嫌いだ、とピーティーはいう。あんなにでかいトロールの像を橋の下に置こうなんて、どれだけ病的な発想だよ?

モンスターとあまり接した経験のない人間がつくったんだろうね、とストラボはいう。わざわざ記念像なんかで奨励しなくても、本物のモンスターなど腐るほどいるのに。

ウィドマークとミネオとか、とピーティーはいう。あいつら、あいつらは本物のモンスターだった。

ああ、そうだな、とフォックスはいう。いまのやつらに、あの映画スターたちが観光客仲間に何をしたか教えてやれよ。

あの女は観光客じゃなかった。

当て推量だ! どうしてわかるのかね、マエストロ?

フォックスがあの女のアドレス帳を拾っただろ、覚えてる? 中身は全部地元の住所と電話番号だった。

だけど自分の名前を書いてなかった、間抜けだな、とフォックスはいう。

だって自分の住んでる場所は覚えてるだろ。

はは、コメディアン・ピーティーか、とフォックスはいう。

われわれはあの女を助けるべきだった、とストラボはいう。

無理だったよ、とピーティーはいう。

法的観点からすれば、沈黙は同意になるんだよ、坊や。

今度はいまいましい弁護士かよ、とフォックスはいう。ああ、くそ。曲がり角を見ろよ。

警官が大挙して押し寄せ、三四番ストリートのまんなかの分離帯を取り囲んでいた。

噂をすれば影が差す、とストラボはいう。すべて王のパトロールカーで、すべて王の臣だ。

あの女を見つけたんだ、とピーティーはいう。

まあ、ちゃんと隠れてたわけじゃないからな、とフォックスはいう。灰色のゾンビたちのうしろに横たわってただけで。

そういう無知をさらすな、ストラボはいう。あれもフリーモントの芸術作品の一つだ。〈都市間電車《インターアーバン》を待つ人々〉というんだ。

六人の石膏像は、きょうはTシャツを着ている。フリーモント・モイスチャー・フェスティバル——コメディ&バラエティ、世界一の祭典、と書いてある。

警官がまわりにいるのに、どうやってシャツを着せたんだ？　とフォックスは尋ねる。

無理だよ、とピーティーはいう。きっとシャツはきのうの夜から着ていたんだ。だけどぼくたちは像のうしろにいたから見えなかったんだよ。

それも当て推量だ、とストラボはいう。

制服警官たちが像のまわりを忙しなく動きまわり、三四番ストリートの両側に小さな人だかりができる。みな小糠雨のなかで立って見ている。

ぼくたちも見られてるかな？　とピーティーは尋ねる。

警官を見てる分には大丈夫だ、とフォックスはいう。みんな見てるから。

猫だって王様を見るかもしれない、とストラボはいう。しかし好奇心は猫も王様も殺す。アビーを殺したのはなんだった？

誰もアビーを殺してないよ、とピーティーはいう。

あそこに横たわっている若い女のことだ。

あれはアビーじゃない、とピーティーはいう。おかしなことをいうな。

おれはおまえの夢の女に会ったことはないけどさ、とフォックスはいう。だけどきのうの夜、あの女がアビーに似てるっていったのはおまえじゃないか。それでおれたちはクイーン・アン地区じゅうを歩きまわってあの女を追いかけるはめになった。

あの女のうしろにくっついて歩くパレードみたいにな、とストラボは同意していう。しかし獣どもが襲いかかったときに助ける者はいなかった。

なに見てんだよ？　とフォックスは歩道の野次馬に向かっていう。見世物はあっちだ、間抜け。おれを見んな。

また余計なことをいって、とピーティーはいう。さあ、行くぞ。

ため息橋を渡るのかね？

目立ちすぎる、とフォックスはいう。フリーモント・アヴェニューを北へ戻ろう。

フリーモントを出たいよ、とピーティーはつぶやく。ここはぼくたちの場所じゃない。

おいおい、よせ、走るな、とフォックスはいう。観光客の国でおれたちみたいな三人が走っていたら、それだけで逮捕相当の理由になるだろ。

昔、このへんに住んでたんだ、とピーティーはいう。

宇宙の中心《センター・オブ・ザ・ユニバース》だな、とストラボはいう。ともかく支柱にはそう書いてある（やはりフリーモント地区の名物で、「宇宙の中心はここ」と主張する支柱が立っている）。

サイレンが聞こえるか？　とフォックスは尋ねる。あの女を運んでいくんだな、ようやく。

あの女が誰であれ、いまじゃスターだ、とストラボはいう。おまえさんたちの好きな映画俳優みたいなもんだ。

なんか食べようぜ、とフォックスが提案する。このパン屋なんかどうだ？

ウィンドウのなかを見てよ、とピーティーはいう。

誰かが夏至祭りの写真を貼っていた――巨大な張りぼての人形と、裸の自転車乗りたち。

どうりでぼくの頭もおかしくなるわけだ。こんな場所でどうしたら正気を保てる？

アビーは正気だった、とストラボはいう。だから死んでしまった。

ここの食べ物はみんなひどく健康的だな、とフォックスはいう。スターバックスに行こう。

絶対にいやだ、とピーティーはいう。あそこのやつらには、ぼくが苦労して稼いだ金は一ドルだって渡したくない。

苦労して恵んでもらった、だろう、とストラボはいう。

おなじことだ。

あまり理性的に頭を働かせていないようだな、坊や。

ははは。

大きな企業なんだから責められないだろう、おまえさんの元妻が……誰だっけ？　部長だったか何かと結婚したからといって。

コーヒー・キングだ、とフォックスはいう。コーヒー司令官。

あのろくでなしはぼくからアビーを盗んだんだ、とピーティーはいう。

アビーがそいつと結婚したのは――

コーヒー名人だ。

シッ。アビーがその男と結婚したのは、おまえさんが精神科の病院に入ったあとだろう？　おまえさんが健前な精伸を取り戻すまで、アビーが待っていてくれるとでも思ったのかね？

うるさいな。

で、どうすんだよ？　とフォックスは尋ねる。スターバックスか、このパン屋か、それとも飢え死にするか。選べよ。

ほかに何かないの？　とピーティーは尋ねる。

行き先といえば、とストラボはいう。なぜあのボガートとデ・ニーロは――

ウィドマークとミネオだよ。

なぜあの二人はクイーン・アン地区を夜中にぶらぶらしていたんだね？

街の反対側に出るためだろ、とフォックスはいう。

どうしてそんなことがぼくにわかる？

探偵ごっこをしていたのはおまえさんだろう、坊や。

ピーティーはため息をつく。オーケイ。あの二人はぼくたちみたいなホームレスじゃなかった。分類するならヤッピーとパンクのあいだのどこかだ。だからたぶん、麻薬を求めてた？

ちがうね、とフォックスはいう。あいつらはまさに探してたものを見つけたんだよ。独り歩きの女だ。めちゃくちゃにぶちのめせる誰かだよ。去年だって、ホームレスの女が二人殺されただろ。

それは知らなかった、とピーティーはいう。

どちらもアビーに似ていなかった、とストラボはいう。だから気がつかなかったんだろう。

新聞の一面に載ったわけでもなかったしな。

きのうの夜のことなんか、起こらなければよかったのに、とピーティーはいう。

＊

いつもの縄張りからこんなに遠く離れなければ、それが起こらなかった可能性はあった。ふだんならパイオニア・スクエアのそばにいたはずなのだから。汚いとか頭がおかしいとか文句をいう人間が誰もいない場所だ。

けれどもきのうの朝は、シュガーマンに出くわしたのだった。ピーティーがもっといい生活をしていたころに知っていた建築業者で、安い労働力を探していた。

グリーンカードを持っているやつなら誰でもいい。ここの市民か？　だったらなおいい。このトラックに乗って、クイーン・アン地区で竹を植えるための溝を掘って一日を過ごしてくれ。集まった半ダースの雇い人のおかげで、予算を下まわる金額で、予定より早く仕事が済んだ。シュガーマンは特別手当を手に入れ、とても喜んで、全員分のピザとビールを買って公園にピクニックに連れていってくれた。

夜中近くになってそのパーティーがおひらきになると、バス停まで案内するよ、そこから乗ればおれたちの本拠地に戻れるから、とフォックスがいったのだが、その後すぐにピーティーがニッカーソン・ストリートでブルネットの女を見つけ、恋に落ちたのだ。

べつに恋に落ちたわけじゃない、とピーティーは二人にいった。ただちょっとアビーに似てるっていっただけだ。

五十歳より下の白人のおてんば娘なら誰でもおまえの失われた天使に似てるっていうんだろ、とフォックスはいった。

その女は五十よりずっと下だった。たぶん二十五くらい。ブルネットの髪をうしろであげてピンで留めていた。緑のタイトなワンピース。五センチのハイヒールを履いて、すこしばかりよろめいていた。

天使はかなり聞こし召しているようだ、とストラボはいった。

酔ってない人間なんている？　とピーティーは尋ねた。

今度はストーカーかよ？

あの女が無事に家に着くのを見届けたいだけだよ。

ここは家じゃないぞ。駐車場を横切ってるだけじゃないか。

われわれがあとをつけていることに気がついたら、とストラボはいった。助けを求めて悲鳴をあげるだろうな。

トールサイズのカプチーノにワンショット追加って頼んだらどうだ？　とフォックスはいった。そうやって出会ったんだろ、あのビッチとは。

そんなふうに呼ぶな。

おっと。通りの反対側にいるあの二人を見ろよ。あいつらも女を見てる。おまえの恋人から見て六時の方向だ。

どういうこと？

女のうしろってことだよ。

男が二人、年のころは緑の服の女とおなじくらい。背の高いほうはブロンドで痩せていた。やつれているといってもいいくらい。そして神経質そうに震えていた。赤い上着を着て、青いジーンズを穿《は》いている。

その友人は頭一つ分背が低く、黒い髪をしていた。こちらは肩を丸めて歩いていた、まるで彼だけに感じられる風が吹きつけてでもいるかのように。二人とも緑の服の女を見るのに気を取られていて、自分たちのうしろに人がいることに気がついていなかった。

四番アヴェニューへ向かってるな、とフォックスはいった。ピーティーが絶対に行かないゾーンだった。

ピーティーはつまずいて立ち止まった。

それでいい、とストラボはいった。バスを捕まえて家に帰ろう。分別は、苦いとはいえ勇気の一部だ。

ぼくはあとをつけるよ。あいつら、よくないことを企んでる。

今度はなんだよ、いまいましい騎兵にでもなったつもりか？

われらがピーティーは騎士道精神を持った男だ、とストラボはいった。見えない鎧《よろい》を着た救済者だ。応援歌が必要だな！

どこへ行くのと、ミルダーがモルダーにいった
それはいえぬと、フェスルがフォーズにいった
ミソサザイを狩りに行くんだと、赤鼻のジョンがいった
ミソサザイ狩りだと、みんながいった……

頼むから黙ってくれ、とピーティーはいった。自分の心の声が聞こえないよ。

沈黙の声ってやつだろ。はは。

無教養なやつらめ！　これは中世の民謡なんだ。われわれの伝統の一部だよ。

そうだな、けど通りの向こうの変態どもに聞こえてもいいのかよ？

あいつらはなんで彼女をつけているんだろう？　とピーティーはいった。

アビーのケツを拝みたいんだろ、とフォックスはいった。おまえとおなじだ。

あの女はアビーじゃない。それにそんなふうにいうな――ああ、くそ！

ちょうどフリーモント橋を渡ろうとしていたのに、跳ね橋があがりはじめた。

いったいなんだって夜のこんな時間に船が通るんだよ？　とピーティーはいった。

おそらく家に向かっているんだろう、とストラボはいった。ほかの大勢の分別ある人々とおなじように。

ピーティーたちは運河に映る街の灯と、明るい青に輝く橋を眺めた。

向こうを見てごらん、とストラボはいった。

右のほうでは、オーロラ橋が頭上高く伸びていた。

黒い大蜘蛛《ぐも》の巣のようだ、とストラボはいった。

詩なんかうんざりだ、とフォックスはいった。

ようやく跳ね橋が落ちてもとどおりになった。ピーティーたちは長い道のりを渡った。

連中はどこだ？　とストラボは尋ねた。

くそ、とフォックスはいった。ゾンビたちのうしろを見てみろ。

誰もいないけど、とピーティーはいった。

映画スターたちじゃない、アビーのそっくりさんだ。

おちつきなさい、とストラボはいった。堪え性のない若造どもめ！

緑の服の女は、ゾンビたちの像のうしろで仰向けに倒れ、空を凝視《ぎょうし》していた。

死んでる、とフォックスはいった。

ラーナーとロウはどこだ？　とストラボは尋ねた。

誰だって？

スリルを求めて殺人をおかした者たちのことだ。そんなやつらに追われたくない。

とっくに逃げたよ、とフォックスはいった。おれたちもそうするべきだ。

女のハンドバッグはぱっくりと口をひらいて歩道に落ちており、中身が漏れだしていた。彼女の喉とまったくおなじように。

携帯電話をいただいていこう、とフォックスはいった。

駄目だ！　そいつは追跡できるんだ、とストラボはいった。悪党どもは財布を持っていったのか？

黒い革が像の陰に落ちていた。フォックスはそれを拾った。

アドレス帳だ。

どうしてまだここに突っ立ってるのさ？　とピーティーは尋ねた。

ああ、まったくだ。森へ帰ろう。

おまえさんはヒーローなんだろう、坊や、とストラボはいった。彼女を助けるべきだったな。

＊

あいつらだ。

あ？　とフォックスはいう。

誰だ？　だろう、とストラボが言葉を正す。

ウィドマークとミネオだよ、くそっ。フリーモント・アヴェニューの向こう、楽器店のまえだ。

二人は〈ダスティ・ストリングス〉の正面に立っている。背の高いブロンドは、スピーカーから流れてくるハープの音色とは無関係なビートに合わせて弾んでいる。パートナーのほうは両手を黒いレインコートの奥に突っこんでいる。

見える？　とピーティーは尋ねる。

ああ、見えるよ、とフォックスはいう。本物だ。

しかしありえないだろう、とストラボはいう。犯行現場に戻ってくるなんて。

まえにあんたがいってたじゃないか、とフォックスはいう。スリルを求めて殺人をおかした者たちだって。これもそのいまいましいスリルの一部なんだよ。おそらく角の向こうに行ってきたんだろう、警官たちがやつらの散らかしたものを片づけるところを見るために。

ちくしょう、とピーティーはいい、通りを渡りはじめる。

戻れ！　イカレちまったのか？

そうだよ。

ピーティーは、たいして意識もせずに車の流れを縫って歩く。クラクションを鳴らされるが、無視する。

ピーティーは映画スターたちのまえで足を止める。フォックスとストラボの姿は見えない。まったくたいした友達だよ、とピーティーは思う。いつもどおりだ。

なんか用か？　とウィドマークが尋ねる。

なんであんなことしたんだ？

二人はピーティーを凝視する。ピーティーはポーカーフェイスで見つめ返す。ほんとうは吐きそうな気分だったけれど。

ミネオは壁までさがる。ウィドマークはただ眉をひそめる。何をしたって？

女を殺した。

おいおい、とミネオは目を丸くしていう。

ウィドマークはピーティーの袖をつかんでぐいと引き寄せ、においに顔をしかめる。一体全体なんの話だ？

女の喉を切っただろう。ぼくは見たんだ。

おいおいなんてこった、とミネオはいう。今度はミネオのほうが吐きそうな顔をしている。

聞けよ、この変人、とウィドマークはいう。そういうでっちあげをいいふらしてると、面倒なことになるぞ。みんなおまえがイカレてると思うだけだ。

なぜやったか教えてくれるだけでいいんだ、リチャード。

リチャード？　ウィドマークは目をぱちくりさせる。おれのことを誰だと思ってるんだ？

リチャード・ウィドマークだ、とピーティーはいう。〈死の接吻〉のあんたはすばらしかったよ。リメイクは嫌いなんだ。

サル・ミネオはかん高いキーキー声で笑う。

ピーティーは内心で悪態をつく。このブロンド男が俳優本人じゃないことくらいわかってるのに。フリーモントの町がぼくを混乱させるんだ、空想の世界に搦《から》めとろうとして。フォックスとストラボに何が現実か教えてほしいのに、あの臆病者たちは尻尾を巻いて逃げてしまった。

おまえイッちゃってるな、とミネオはいう。みんなおまえのいうことなんかひとことだって信じやしないぞ。

あの女のアドレス帳を持ってる、とピーティーはいう。

そのひとことで、二人はつかのま動きを止める。

だから？　とウィドマークは尋ねる。それはおまえが女を殺した証拠じゃないのか。

あんたは財布だと思ったんだろう、とピーティーはいう。それでハンドバッグから引っぱりだして、歩道に捨てた。きっと指紋がついているだろうな。

映画スターたちは視線を交わした。おまえが持ってたんじゃないのかよ、とミネオはいう。

シッとウィドマークはいい返し、まわりを見る。雨は上がり、通りに人が増えている。ウィドマークは一方の腕を軽くピーティーの肩にまわす。

あんたの名前は？

ピーティー。

オーケイ、ピーティー。ちょっと一緒に歩こう、全部説明するから。

ピーティーは身をくねらせて腕から逃れる。あんたと一緒にはどこにも行かない。

おれたちのことを誤解してるよ、ピーティー。何を見たつもりでいるのか知らないけど——

あの女が自分で招いたことなんだ。女自身が問題の一部なんだよ。

ピーティーは眉をひそめる。どういうこと？

ウィドマークはくすくす笑う。考えてみてくれ、ピーティー。いままでの人生でうまくいかなかったことを全部思いだすんだ。裏切者やら、投げつけられた的外れな悪口やら、全部。覚えてるか？

覚えてる。

そういうことはみんなあの女のせいなんだよ、ピーティー。あの女と、あの女の同類のせい。あいつらがおれたちのすべてのトラブルの原因なんだ。

ウィドマークは肩をすくめる。でもまあ、もしあんたがほんとうのことを知りたくないっていうなら……

待ってよ。ピーティーはあたりを見まわすが、友人たちの姿はない。くそ。

全部説明できるけど、まわりに人がいたら駄目だ。一緒に来いよ、ピーティー。

フォックスとストラボならこの二人には近づくなというはずだが、いまここにあいつらはいない、そうだろう？　あんなやつらなんて知ったことか。

ピーティーは映画スターたちにはさまれて歩き、そのあいだもウィドマークはなんの気なしに、気軽にしゃべりつづける。まるで昔みたいだ。誰かが、正気の誰かがこんなふうに、友達みたいにしゃべりかけてくるのは、ほんとうにものすごく久しぶりだ。

三四番ストリートで右に曲がり、灰色の石膏《せっこう》のゾンビたちから、犯行現場から離れ、運河に沿ってつづく舗装された小道へ向かう。ピーティーはフォックスとストラボを探して何度も肩越しにふり返るが、二人の姿はない。

オーケイ、ピーティー、とウィドマークはいう。ほんとうのことをいおう。あの女が死ななきゃならなかったのは、悪いやつらのために働いていたからなんだ。

悪いやつらって？

ウィドマークは声をたてて笑う。当ててみろよ、ピーティー。あんたは頭がいいんだろう。トラブルメイカーが誰か、とっくに知ってるはずだ、そうじゃないか？ いってみなよ。

ピーティーは息を深く吸いこんだ。映画スターたちに見られている。ピーティーは一人きりだ。突然、まちがったことをいったらどうしようと、ひどく怖くなる。

スターバックス？

ミネオがまた笑う。両手で顔を隠し、肩を震わせている。

静かにしろ、とウィドマークはいう。真面目な話だぞ。そのとおりだよ、ピーティー。あの女はスターバックスのスパイだった。

あの悪党ども。あいつらはぼくの妻を盗んだんだ。

あいつららしいな。だけどピーティー、あいつらがほんとうは何をしてるか知らないだろう。ウィドマークはいぶかしげに目を細くして、身を寄せる。連中はおれたちをコントロールするために、飲み物にドラッグを入れてるんだ。

そうなの？

ああ、フォックスとストラボがここにいれば。あの二人は絶対に信じないだろう。ピーティー、あんたはあいつらのコーヒーを飲むのか？

昔は飲んでた。

だから脳みそがヤラレちまったんだよ、とミネオはいう。離脱症状だ。

おまえは口を出すな、とウィドマークはいう。あんたの身に起こった悪いことは全部スターバックスのせいなんだよ、ピーティー。全部、やつらの陰謀の一部だ。

ピーティーは唖然とする。以前には考えも及ばなかったところまで筋が通っている。

あの女は連中の計画を知っていたんだ。おれたちを助けてくれるようにって頼んだんだけど、あのクソ女は密告しようとしたんだよ。だからあれは正当防衛だった、わかるか？

うん、わかるよ。ピーティーはまたあたりを見まわす。三人はいまや緑たれこめる小道の奥まで達していて、もう一ブロック近く通行人を見かけていない。

よし、いいぞ。それで、残念なことに、あの女は自分が知っていることをおれたちに教えようとしなかった。陰謀に関わっている全員の名前と住所を知っていたのに。

ウィドマークは悲しげにかぶりを振る。しくじったよ、ピーティー。名前がわかれば、全員を捕まえることができたのに。おれたちがやつらを止められたのに！

名前ならわかるよ！　ピーティーは上着の内側に手を伸ばし、黒いアドレス帳を引きだす。

それだ、とミネオはいう。

おれたちに必要なのはそれだよ、とウィドマークは笑みを浮かべていう。それをジェリーに渡してくれ。

誰？

おれだ、とミネオはいい、アドレス帳をつかむ。よし、やれよ。これで完璧だ。

ピーティーはウィドマークに視線を戻す。ウィドマークはジャケットからナイフを出したところだった。

もうおしまいだ、ピーティー。

ちょっと待ってよ。

男らしく黙って死ぬもよし、小さな女の子みたいにキーキー騒ぎながら死ぬもよし。どっちを選ぶ？

ほかに何かないの？　とピーティーは尋ねる。

見えるところには誰もいない。小道のこの部分は、繁みや木立で運河から遮蔽《しゃへい》されていて、通りからも――

あ、あれはいったいなんだ？

ミネオが目を向けて笑う。ありゃあトピアリーの恐竜だよ。植物でできた、実物大のブロントサウルスだ。おまえをパクリと食っちまうぞ、ピーティー！

馬鹿者が、とストラボがいう。あれはアパトサウルスだ！

いままでどこにいたんだよ？　とピーティーは尋ねる。

誰だ？　ウィドマークが近づきながらいう。

いまだ、逃げろ！　とフォックスが叫ぶ。

ウィドマークが動き、ピーティーは左腕をあげる。ナイフは上着を切り裂き、前腕まで達する。死ぬほど痛む。

捕まえろ！　とウィドマークは大声をあげるが、ミネオは血を見て躊躇《ちゅうちょ》する。

そいつを放れ！　とフォックスが叫び、ピーティーはミネオの細い腕を血のついた両手でつかむと、円盤投げの選手のように振りまわして放る。映画スター二人は衝突し、歩道に倒れこむ。ナイフとアドレス帳が宙を飛ぶ。

走れ！

ピーティーは走る。昔はよくこの小道でランニングをしたものだった。ボウドイン・プレイスのあまり居心地のよくないアパートメントに住んでいたころ。ピーティーの頭がピーティーを裏切るまえ、まだ仕事があり、人生があったころ。

いまだって人生はあるだろ、とフォックスはいう。まあ、あいつらに捕まったらなくなるけどな。急げ！

包帯が必要だな、坊や。コートを使いなさい。

ピーティーは上着を切り裂き、血の出ている腕にきつく巻く。これがいくらか助けになる。ピーティーはまだ小道に沿って走っており、道は下りで、最終的には橋の下へつづいている。人混みに出るんだ、とフォックスはいう。左へ行け！

ピーティーはエバンストン・アヴェニューへと折れる。映画スターたちはナイフとアドレス帳を拾うために立ち止まったが、いまではうしろを追いかけてきているのが聞こえる。

狩りだ、とストラボはいい、また歌いだす。

　いかに切るかと、ミルダーがモルダーにいった
　それはいえぬと、フェスルがフォーズにいった
　ナイフとフォークを使うんだと、赤鼻のジョンがいった
　ナイフとフォークを使うんだと、みんながいった……

映画スターたちは息を切らしている。世界が地獄になるまえに、何千回もこの坂道を走ったピーティーとはちがうのだ。

ピーティーは笑っている。これがほんとうに起こっていることだから。植木でできた恐竜は実際にあったし、角のあの建物の上には巨大ロケットがほんとうにあるのだ。

ぼくの頭はおかしくない。ただ、忌まわしいフリーモントにいるってだけだ。

三六番ストリートでバスをかわし、よろめいて立ち止まる。

走りつづけろ！　とフォックスは怒鳴る。どっか具合でも悪いのか？

ピーティーのまえに男が立っている。六メートルの高さだ。見知った顔が、帽子の下から睨《にら》みつけてくる。

頭がおかしいのだ、とレーニンはいう。それこそこいつの具合の悪いところだ。

ピーティーは大男の視線に捉えられて動けない。

ただのいまいましいレーニンだろ！　とフォックスは大声をあげる。ロシアから持ちこまれた像だ！　数えきれないほど何回も見てるじゃないか！

いや、ちょっと待て、とストラボはいう。筋が通らない、そうだろう？　なぜ死んだ共産主義者の記念像を、こんな商業王国のどまんなかに建てなくちゃならない？　やはり、これは坊やの妄想だろう。

資本主義者の心をなくしたのだ、とレーニンはいい、誰かがうしろからピーティーにぶつかる。ピーティーはレーニン像の基部に倒れこみ、頭をぶつける。

ピーティーがコンクリート敷きの広場を転がると、ウィドマークがのしかかってくる。ナイフが持ちあがっていくのが見えるが、ピーティーの左手は上着にからまっている。刃を止めることができない。

動くな！

ウィドマークは動きを止め、顔をあげる。そしてピーティーから降り、ナイフを落とす。

ここにいてくれたとはありがたいですよ、お巡りさん！　ちょうどいま、この男が殺人を白状したところなんです。

その人から離れなさい、と警官はいう。警官はマット・デイモンにちょっと似ている。

ほんとうですよ、とミネオはいう。この男は、昨夜橋のそばで女を殺したっていってました。

マット・デイモンは目を見ひらく。死んだ女のことは耳にしていた。

それはほんとうか?

ぼくは誰も殺してません、とピーティーはいう。こ、、、この二人が殺したんです。ぼくを襲っているところを見たでしょう。

ナイフはこいつから取りあげたんですよ、とウィドマークはいう。

女がなぜ死んだのか、こいつに訊いてみてくださいよ、とミネオはいう。

警官は顔をしかめる。どこに銃を向けたらいいか迷っている。その女性はどうして死んだんですか?

黙っていろ、坊や、とストラボはいうが、ピーティーは自分を抑えられない。

スパイだったからです。スターバックスの。

ほらね? とミネオはいう。

ピーティーは意識をはっきりさせようとして頭を振る。二人は恐竜のそばでぼくに襲いかかりました。それでここまで逃げてきたんです、ロケットを通りすぎて、それからレーニンを見ました。

デイモンはうなずく。あなたは恐竜に襲われて、ロケットに乗ってここへ来たんですね。それは女性を殺したあとのことですか？

やれやれ、とストラボはいう。この巡査はこのへんの出身じゃないね。

マット・デイモンは一方の手に手錠を、もう一方の手に拳銃を持っている。両手を上に……

腕をどうしたんですか？

手錠におまえの血がつくのをいやがってるよ、はは。

裁判長、とストラボはいう。わたしの依頼人は、心神喪失状態にあったことによる無罪を主張しています。

ピーティーは地面に仰向けに倒れ、泣きだす。

い、い、い、おまえを逮捕する、とレーニンはいう。

＊

刑事は白髪交じりの頭と細い口ひげを除けばビル・コスビーそっくりで、顔をしかめている。コスビーはただのテレビスターで、映画スターのほうが格が上だから渋い顔をしているのだろう、とピーティーは思う。

ミスター・ゴッテスマン、とコスビーはいう。あなたはあの二人がミズ・マンテロのあとをつけているのを見たけれど何もしなかった、そういうことですね。

怖かったんです。〈街の野獣〉に出てくるあの人を見ましたか？

誰ですって？

ピーティーはリチャード・ウィドマークについて説明する。コスビーはさらに顔をしかめる。

ミスター・ゴッテスマン、いま自分がどこにいるかわかりますか？

ピーティーはあたりを見まわす。ぼくはシアトルのまんなかにあるメキシカン・スタイルの広場に座っています。大勢の観光客に見られていますね。パラソルに手錠でつながれ、レーニンの巨大な尻を見ながら、医者に応急手当をしてもらい、警官に尋問されています。これはどこまでが現実なんでしょう？

コスビーは肩をすくめる。全部ですよ。

ピーティーは、フォックスがまた姿を消すまえにいっていたことをそのまま口にする。ぼくに妄想癖があるからといって、ナイフを持った男たちに追われていた事実がなかったことになるわけではありません。

刑事はそれについてじっくり考え、映画スターたちに目を向ける。二人は広場の反対側にあるタコスショップのそばに立っており、マット・デイモンと話している。

あなたは、ミズ・マンテロがコーヒー会社のスパイだったといっていましたね。

い、い、いや、あの二人がぼくにそういったんです。

コスビーはため息をつく。

オーケイ。ではこれから起こることを話します。あなたはまだ逮捕された状態です。警察があなたを病院に連れていき、その腕を診《み》てもらいます。その後、おそらく判事が尋問を命じるはず――

病院は駄目だ、とフォックスはいう。病院に行くと記憶を消される。わかってるだろ。

考えるんだ、ピーティー、とストラボはいう。警官に真実を見せたまえ、真実こそがわれわれを自由にするだろう！

こういうことなんです、ビル、とピーティーはいう。ぼくがあの女のあとをついていったのは、元妻のアビーに似ていたからです。あの二人には近づきませんでした、怖かったから。だけどぼくは女を殺していません。それが起こったとき、跳ね橋があがったせいで近づけなかったんです。

跳ね橋？　ミズ・マンテロはクイーン・アン地区から来たんですか？

全員そうです。だけど跳ね橋があがって——

そんなことといってなかったじゃないですか。

誰にも訊かれなかったから、とピーティーはいう。

いま訊いてます。たどった道を全部教えてください。

ピーティーは教える。コスビーはうなずき、立ちあがる。

コスビーが、ベストック巡査、と呼びかけると、マット・デイモンが急いでこちらへやってくる。

ニッカーソン・ストリート沿いに銀行があって、あそこは正面に防犯カメラを設置している。昨夜のテープがほしいと銀行の連中にいってくれ。コスビーは映画スターたちのほうを見て、声を大きくする。ミズ・マンテロがそこに映っていればすぐにわかる。もし誰かがあとをつけていれば、それが誰かもわかるだろう。

ミネオは泣きだす。ウィドマークが黙れというが、もう遅すぎる。

コスビーはピーティーに向きなおる。私の名前がビルだと、どうしてわかったんですか？

クレジットに書いてあるから。

＊

ピーティーは保険に入っていないからといい、ふだんならそれで医者にかからずに済むのだが、今回はどうしてもといわれ病院に連れていかれる。

おまえはヒーローだからさ、とフォックスはいう。

そのとおり、とストラボはいう。正真正銘、ヘラクレスかアドニスだ。

救急隊員がピーティーをストレッチャーに固定し、救急車まで転がしていこうとしていると、べつの警官が近づいてくる。この警官は誰にも似ていない。

あれ、ピーティーじゃないか？

この人を知っているのか？　とコスビーが尋ねる。

ええ。おれはダウンタウンの診療所の警備を担当していまして。この人はそこに通ってた患者なんです。おれを覚えているかな、ピーティー？　レイゼンビー巡査だ。

ピーティーは首を横に振る。

きみは薬の治療をやめたんだったよな？

仕方なかったんだ。友達がいやがるから。

どの友達だい？

フォックスとストラボ。

それはきみの友達じゃないよ。頭のなかに声が聞こえているだけだろう。きみには友達なんていないじゃないか。

それはどうも。

いや、そういう意味でいったわけでは、とレイゼンビーはいう。まいったな。

どなたかに知らせますか？　と救急隊員が尋ねる。

何を？

あなたが病院に向かうことを。

いや、誰もいないから。

元妻には知らせなくていいのかい？　とコスビーが尋ねる。

元妻、とレイゼンビーはくり返す。

アビーという名前だと聞いたが。

いやはや。レイゼンビーは首を横に振る。アビーはこの人の妻じゃありませんよ。ときどきホームレスの人々にコーヒーを無料《ただ》であげていた親切なバリスタです。アビーが店を辞めていなくなったとき、ピーティーはスターバックスを相手にひと悶着起こしたんですよ。店の窓に石を投げて、しばらく拘留もされてます。そうだったよな、ピーティー？

あいつらがぼくからアビーを奪ったから。

レイゼンビーはピーティーの怪我をしていないほうの腕をぽんぽんとたたいた。もう大丈夫だ、ピーティー。薬はどんどんよくなってるから。医者のいうことをちゃんと聞いていれば、すぐに現実の世界に戻れるよ。

ほかに何か選択肢はないの？　とピーティーは尋ねる。

著者よりひとこと

アカシック・プレスは、ニューヨーク市のブルックリンを拠点とする非常に小規模な出版社としてスタートを切った。二〇〇四年に『ブルックリン・ノワール』(*Brooklyn Noir*)を刊行。区内の異なるエリアを舞台としたオリジナル短編のアンソロジーである。そしてこのアイディアは好評を博した。

現在では〈ノワール・シティ〉シリーズの本は九十冊を超え、舞台は南極大陸を除くすべての大陸をカバーしている。

リストに『シアトル・ノワール』(*Seattle Noir*)が加わると聞いたとき、頭のなかに声が聞こえるホームレスの男性を描くことを思いついた。舞台はパイオニア・スクエアにしたかった。一番よくホームレスの人々を見かけるエリアだからだ。ところが不運にも、そこはすでにべつの作家に取られていた。

わたしはおおいに不満に思った。この短編を、ほかのどこに当てればいいというのだ? わかった!《ユーレカ》 フリーモントなら、現実の把握《はあく》に揺らぎのある男の話にぴったりだ。フリーモントに行けば、誰だってそんなふうに感じるからだ。作中に描いたおかしなもの——トロールやレーニン像やロケット——は、みんな実在する。

本編を書いているあいだに、わたしはフリーモントまで車を走らせ、ピーティーが歩いた道をたどった。運河のそばの小道に沿って歩きながら、殺人者たちがピーティーを襲うのにうってつけの場所を探した。どの方角からも隠れた場所でなければならなかった。

その場所が見つかったときには思わず大笑いをした。そう、トピアリーの恐竜二体のすぐそばだったからだ。これほど完璧な場所はほかにないだろう。

ところで、本編は〝予想外の結末のある短編〟としては本書中で最良の例である。〝予想外《ツイスト・エ》の結末《ンディング》〟はすべて意外なものだが、意外なオチだからといって必ずツイストを含むとはかぎらない。予想外の結末に出会うと、人はたいてい最初に戻って、作家が読者に対してほんとうにフェアだったかどうか確認したくなる。

本編の場合――わたしはフォックスとストラボが実体を持っているとにおわせるようなことを書いていないだろうか？　二人は肩をすくめたり、微笑んだりといった、しゃべる以外のことをしなかっただろうか？　確かめてもらえればすぐにわかると思う。

これがノワールであることにはすでに触れた。クラシックなノワールなら、プロットはこうだ――何者でもない人間が何者かになろうとして、そのために自滅する。なんらかのかたちで犯罪が関わり、たいてい美しい女も関わってくる。本編もこの定型にかなり寄せてあるが、一つだけ皮肉な変更がある。終盤に出てくるおせっかい焼きたちは、ピーティーがヒーローだから助けたいという。しかしピーティーには、彼らの望む投薬が人格を破壊するかたちで自分を治療するとわかっている。ピーティーは勝者であると同時に敗者であり、それがまさにノワールらしいところでもある。

この『シアトル・ノワール』の刊行記念パーティーは、作家として楽しかった経験の一つだ。

二〇〇九年に、いまはなき〈シアトル・ミステリ・ブックショップ〉でひらかれ、寄稿したほとんどの作家が集まった。全員がいくつかのテーブルに分かれ、それぞれ輪になって座り、百冊の本にサインをした。なんと愉快だったことか。

　これもいっておくべきだろう——本編は本書のなかで一番古い小説だ。わたしの作家としての成長（あるいは衰退）をたどろうと思うなら、ここからはじめて「列車の通り道」まで進むとよい。

赤い封筒

The Red Envelope

「きみはそれを爆発させようとしているのかな、アイク?」

自分が話しかけられていることに気づくのに、一瞬の間《ま》を要した。ぼくはエスプレッソマシンをいじるのをやめて、店内を見まわした。

〈ニュー・ロージズ・コーヒーハウス〉には、客は一人しかいなかった。その男性客はカウンターそばのボックス席に、ブラックコーヒーの大きなマグに覆いかぶさるような格好で座っていた。

「ぼくの名前ならトマスだけど」ぼくは男性客にいった。「アイクじゃなくて」

男性客は真面目な顔でうなずいた。「アイゼンハワーの支持者のように見えたもんでね。ぼくはドワイト・デルガルド（アイクはアイゼンハワーの愛称。ちなみにドワイトはアイゼンハワーのファーストネーム）。で、そうやって圧力ノブをひねりつづけていると、そのマシンはまっすぐに天井を突き抜けて、スプートニクと一緒に飛んでいくと思う」

いったいなんだってエスプレッソの専門家のような口をききたがるんだ?　と問い詰めたかったが、考えなおした。第一に、この男は唯一の客だった。第二に、おそらくほんとうにぼくよりマシンのことを知っていそうだった。何しろ、ぼくのほうは二週間まえに初めて見たばかりなのだから。

アイゼンハワー云々《うんぬん》のほうが腹立たしかった。確かに、ぼくにとって初めての大統領選があった二年まえ（当時現職だった共和党のアイゼンハワーが民主党候補のスティーヴンスンを破って再選を果たした一九五六年のこと）にはかの司令官の再選を支援したし、おまけにぼくのクルーカットや白い半袖シャツ、細いネクタイといった格好が、アイオワ大学にいたころならまだしも、このグリニッチ・ヴィレッジでは通用しないとわかってはいたが、見知らぬ他人からそういうご意見を頂戴することには、扱いづらいコーヒーポットと同程度の新鮮さがあった。

それでも、客はいつでも正しいものだ。この男性客は、黒い髪をシーザーのような髪形にしていた。まあ、ジュリアスだかアウグストゥスだかがヤギひげを好んだとは思えないけれど。グレイのタートルネックにカジュアルな黒のジャケットをはおっていて、立ちあがると下半身も黒で統一してあるのが見えた。年のころは四十前後、唇の端から煙草がぶらさがっている。

「リッチーが来るのを待つことにする」ぼくはいった。

「それがいい。ミスター・レネシーは泡を立てる名人だから。きみは新しいオーナーだね」

「そのとおり。トマス・グレイだ」ぼくたちは握手をした。

デルガルドは笑みを浮かべた。「ああ、ぼくも詩人なんだ」

「え？　こっちは詩人じゃないけど」

「同名の詩人がいるだろう。十八世紀英国の詩人。〈田舎の墓地で詠んだ挽歌〉とか？」デルガルドは目を天に向けて暗唱した。

紋章の誇り、権勢の栄《さかえ》、
美の、また富の、与えたものすべてを、
避けがたい「時」が待っている。
栄誉の道はみな墓場につづいているのだ（『墓畔の哀歌』グレイ作、福原麟太郎訳）。

ぼくは首を横に振った。英国の詩は、ぼくが取った経営管理の授業では重要ではなかった。

「知らない？ 無知が喜びとなるところ、賢きは愚かなり。これもミスター・グレイの言葉で、つまり――」デルガルドはあくびをした。「失礼。こんなに遅くまで起きていることはあんまりないもので」


ぼくはデルガルドをまじまじと見つめた。「いまは朝の九時だよ」

「そうだね。ふだんは九時よりまえにおねんねするんだ。だけどきょうは約束があって」

ちょうどぼくの一日がはじまるときに、デルガルドの一日は終わろうとしているのだ。

こちらに来て、慣れるべきことがたくさんあった。ぼくが育ったエイムズにもコーヒーハウスがあって、デイジーの店と呼ばれていた。夜が明けるころに開店して、熱いコーヒーとパンケーキと卵料理を出し、午後二時には閉店した。

マンハッタンにあるヘンリー伯父さんの店は、それとはちょっとちがうスケジュールで動いていた。夜中の十二時にコーヒーを飲もうと思うなんて、ぼくには考えられなかった。

「きみはヘンリーからこの店を相続したんだね」

「そう。ヘンリーは母の兄だった。ぼくが生まれるまえにアイオワを離れたんだけど、遊びにきたときに何回か会ってる」

「ヘンリーはすばらしい心《ハート》を持った立派な男だった」デルガルドは顔を曇らせた。「こんないい方をすべきじゃなかったかな？　心臓《ハート》のせいで命を落としたのだから」

ぼくはうなずいた。ヘンリーは理想的な体重を五十キロ近くオーバーしていたので、ある晩マクドゥーガル・ストリートで倒れて亡くなったと聞いても、誰もそんなには驚かなかった。

「きみの伯父さんは詩の愛好家だった」デルガルドは首を傾げた。「ステージを使った朗読イベントはつづけるつもりかい？」

「まだいろんなことを変えるつもりはないんだ」ぼくは請けあった。もともと店は利益を出していたのだから。ぼくがビジネススクールで学んだことがあるとすれば、壊れていないものを直すな、というのがその一つだった。

「しかし営業時間は変えた。朝もあけることにした」

「ちょっとは新しいこともやってみないと」

「それもいいね。すこしばかり提案をしゃべってもいいかな、トム」

「トマスと呼んでもらいたい、もしよければ」

「じゃあ、トマス。ぼくはデルガルド、またはデルと呼ばれている」デルガルドは煙草のパックを差しだした。「ゴロワーズでもどう?」

「え、なんのこと?」

「フランスの煙草だよ。パリ左岸を思わせる香り」

「遠慮しとく。ステージのことだけど――」

だがデルガルドの視線はぼくを通りこした先へ向いていた。「おっと。約束の相手だ。じゃあ、またあとで」

新しくやってきたのは、三十代とおぼしき赤毛の女性客だった。クリーム色のスーツのスカートは長めで、コーヒーポットをこっそり持ちこめそうな特大ハンドバッグを手にしていた。

「おはよう、サム」女性客はデルガルドにそう声をかけた。この男はさっきドワイトと名乗らなかったっけ?

女性客が紅茶を注文したのはありがたかった。ようやくエスプレッソマシンの取扱説明書を見つけたのだが、イタリア語で書かれていたのだ。

その後、店がきょうも一日明るくぴかぴかに見えるようにと掃除に取りかかったが、二人からは目を離さなかった。詩人が朝の九時からどんな仕事をするっていうんだ? 俳句を詠《よ》むとか? ソネットを一ダース書く注文を受けるとか?

デルガルドはポラロイド写真をひとつかみ取りだし、クリーム色の服の女性客はそれをぱらぱらめくりはじめた。女性客の表情から判断するに、かわいい小さなウサギちゃんの写真というわけではなさそうだった。険悪な顔つきからはじまって、表情はすぐに怒りの色合いを増し、やがて白熱した憤怒があらわになった。

最後にはスナップ写真をテーブルにたたきつけ、大きなハンドバッグをひらいた。それからバッグの奥深くを探って財布を見つけると、紙幣を何枚か乱暴に引っぱりだした。女性客はそれをバンとテーブルに置き、写真をバッグに詰めこんで出ていった。いや、怒りに任せて大またで歩き去った、というほうが正しいかもしれない。

紅茶には手をつけていなかったが、店に対する批判というわけではなさそうだった。

デルガルドは小さく口笛を吹きながら紙幣をきちんとまとめた。

「それを片づけてもいいかな？」ぼくは尋ねた。

デルガルドの手が反射的に紙幣を押さえた。「ああ、紅茶か。どうぞ。ぼくは嫌いだから」

デルガルドはぼくがソーサーを持ちあげるのをじっと見ながらいった。「たぶん、なんの話だったんだろうと思っているだろうね」

「ぼくの仕事ってわけじゃないから。もちろん、厳密にいえばこの店はぼくの仕事で、それがオフィスとして使われたみたいだけど」

「賃料を払っているからね」デルガルドはカップを指差していった。「ご覧のとおり、ぼくはときどき友人たちにちょっとした便宜を図っているんだよ」

「さっきの友達はあまりうれしそうに見えなかった」

「肯定の返事を受けとりたがらない人間もいるものだよ」デルガルドは肩をすくめた。「あの女は夫が浮気していると思ったんだ。ぼくはその考えを裏づける写真を提供しただけ」

「ああ。だから怒ってたのか」

「答えのほしくない質問なんかしなきゃいい。バーナードにはそういったんだ」

「バーナード？」

「あの女の夫。写真に写っていた男だ」

「ふーん……えっ？　その人は写真に撮られているのを知っていたの？」

「ぼくは小さなポラロイドカメラしか持っていないんだ、トマス。そんなカメラでトリック写真なんか撮れないよ。そもそも、ちゃんと明かりのついた部屋じゃないと何も写らない」

「だけど、バーナードはなんで写真なんか撮らせて――」

「エンパイア・ステートと呼ばれるこのニューヨーク州で、どうしたら離婚できるか知ってるかい？」

「いや」

「だったら教えるけど、離婚を成立させることのできる理由は非常に少ないんだ。不倫はその数少ない理由の一つなんだが、鉄壁の証拠が必要だ。バーナードとその妻がともにほしがっているのはそれなんだ。理解できた？」

「そういう写真を撮ることに、詩的な要素が豊富にあるの？」

デルガルドはその質問をおもしろがっているようだった。「芸術家というものは、棒で壁に絵を描くことを初めて知ったときからずっとヌードを題材にしてきた。それに、詩とセックスが切っても切れない関係にあるのはまちがいない。詩と縁がないのは金だよ、だからぼくはときどきこういう便宜を図るわけだ。詩を書くだけで食っていけるビート詩人なんて、ファリンゲッティとギンズバーグくらいのものだよ」

デルガルドは眉をひそめた。「きみのそのぼんやりした顔つきから判断するに、この二人を知らないんだね」

「ビート詩人って？」

「ぼくもビート詩人だよ、トマス」

「ああ、ビート族ってことか」

デルガルドは顔をしかめた。「いや、それはちがう。そんなものは存在しない。いわゆる〝反体制の若者たち〟なんてものは、自称ジャーナリストが空っぽの頭から引きずりだした幻想に過ぎない。わかったかい？」

「わかった」

デルガルドは立ちあがった。「そろそろ自分のちっちゃな屋根裏部屋に帰ったほうがよさそうだ。会えてよかったよ、トマス」

「こちらこそ。そういえば、さっき名乗ったとき、ファーストネームをドワイトっていってなかった？」

デルガルドは新しい煙草に火をつけた。「いったよ」

「だけどクライアントはサムと呼んでいた」

「小さなことも見逃さないんだね」

「それで、どっちがほんとうの名前なのかな?」

デルガルドは笑みを浮かべた。「さて。以前はドワイトだった。それからサムになった。あしたはどうなるか、お楽しみに」

＊

まだ名前のことを考えているうちに、コックのリッチー・レネシーがぶらぶらと入ってきた。うちのコックは背が高くて痩せた男で、球根みたいなかたちの頭のてっぺんは砂色のクルーカットだった。リッチーを見ると、ターキーを焼くときにソースをかけるのに使う大型のスポイトを思いだした。

リッチーは完全に無人の店内を見まわしていった。「ミスター・G、新しく決めた早朝の営業はどんな調子?」

もしも皮肉が禁制品なら、リッチーはまちがいなくお尋ね者だ。あるいはまったく口をきかないかも。いや、口をきかなくてもお尋ね者になるだろう。眉を動かすだけで皮肉を伝えることができるのだから。

「もうすこし様子を見るよ。さっきまで何人かお客がいたし。そのうちの一人はデルガルドって名前だった」

「それで思いだした。まえに、ヘンリーがやってたころの常連客について聞きたがっていただろう?」

「そうだっけ?」

「ツケをためるだけためて、めったに払わないお客たちのことだよ」

「ああ、そうだった。それはやめさせなきゃね、リッチー」

「どうやらスタートを切るチャンスを逃したみたいだな。デルは一番払いの悪い客のうちの一人だ」それからリッチーはエスプレッソマシンのほうを向いて顔をしかめた。「なあ、あんたこれを爆発させようとしてたのか？」

＊

ニューヨークにやってきた新参者のご多分に漏れず、ぼくも懸命に足場を築こうとしていた。故郷で何をしようと、グリニッチ・ヴィレッジでの暮らしに備えるのは無理だった（地名の読み方さえ知らなかったのだ。グリーンウィッチと読んでリッチーに大笑いされた）。

次にデルガルドに会ったら、請求書と最後通牒《つうちょう》を突きつけてやることに決めた。もう無料《ただ》のコーヒーはなしだ。未払いの勘定を払うか、それがいやなら、ポラロイド写真を売るためにはべつの場所を探してもらうしかない。

しかしその会話は予定とはちがうものになった。なぜなら、一週間後にデルガルドがまたぶらりとやってきたときには、うちの店は犯罪現場になっていたからだ。もっとはっきりいえば、店の裏口のすぐ外で誰かが殺されたのだ。

＊

自分の店のまえが警察車輛に取り囲まれているところを見つけた誇り高きオーナーの心持ちを想像してみてもらいたい。それがデルガルドに出会った二晩後のことだった。

その晩、ぼくは政治関係のイベントに出かけていて、そのイベントの主賓《しゅひん》二人を〈ニュー・ロージズ〉に連れ帰る約束だった。警察の車が目についたとき、二人はそれでも一緒に来てくれようとしたのだが、来店はまたの機会にと説得した。

警官が一人、用心棒のようにドア口に立っていた。身分証明書を呈示してようやく自分の店に入ることを許された。警官の上司のところへ連行されるあいだに、半ダースほどの警官たちがぼくの顧客や従業員に何やら訊いているのが見えた。

ガンダースン警部補は、ぼくがいままでに会ったことのある人のなかで一番髪がなく、一番顔色の悪い男だった。しかもひどく不機嫌そうだった。まあ、いままでリッチーと話をしていたのなら、無理もない。なにせリッチーは〝人を動かす〟達人のデイル・カーネギーにすら子犬を蹴らせることができそうな男なのだから。

「あなたがこのイカレた店の所有者ですか？」警部補はうなるようにいった。妙にかん高い声だった。

「そうです、トマス・グレイといいます。何があったんですか？」

「殺人が起きました」

「殺人？」ぼくはリッチーを見た。「いったい誰が――」

「グレイさん！」ガンダースン警部補はぼくのまんまえに顔を突きだしていった。「わ、わたしがお話しします。どこか邪魔の入らないところへ行きましょう。隠れ家のようなところはありませんか？」

ぼくは警部補をヘンリー伯父さんのオフィス――いや、自分のオフィスだ、早く慣れなければ――へ案内した。ぼくは机の向こうの椅子に座ったが、警部補はもう一つの椅子に座る気はないようだった。おそらく、上から睨《にら》みつけるほうが効果があると思ったのだろう。警部補は正しかった。

「最後に被害者と会ったのはいつですか？」

「被害者は誰なんです？」

「アンドルー・イェイツです」

ぼくはぽかんと口をあけて警部補を見た。「ほんとに？」

「いや。じつはニキータ・フルシチョフです」

ここは笑うところなのだろうか。

ガンダースン警部補は鼻を鳴らした。「アンドルー・イェイツ、自称アーティスト。あなたは被害者の作品をそこいらじゅうの壁に飾っている」

「いや、飾ってません」

「ちがうんですか？　もしかして、どこかの野蛮人が侵入して絵を壁にかけたとか」自分でそういって半分信じかけているようだった。「ありそうだな。こんな絵をわざわざかける人間がいるなんてちょっと信じがたい」

ぼくに何がいえるだろう？　同意するしかなかった。イェイツの作品よりひどい絵を見たことがないわけじゃないけれど、それをソファの上にかける気はなかった。

「この絵画は、伯父がまだ生きていたときに飾ったものです。ぼくは伯父が亡くなってからここを引き継ぎました」

「そうなんですか？」これは警部補の注意を捉えた。「伯父さんの死因は？」

ぼくは心臓発作のことを話し、警部補は詳細を書き留めた。きっとあとで検死記録を見て確認するつもりなのだろう。そんなことをしてもなんにもならないのに。

あとになってわかったのだが、そこが問題だった。この事件について警察がしたことは全部なんにもならなかった。ぼくが二回めにビート詩人に会ったのは、そういう状況のときだった。

＊

デルガルドは請求書をくしゃくしゃに丸めた。「冗談だろう、トマス。ぼくに払うつもりがないのはわかっているはずだ。無理強いするなら、ぼくを失うことになるよ」

「失う？　リッチーの話では男性用トイレにゴキブリが出るらしいんだけど。それだって失っても、痛くもかゆくもない」

昆虫に喩《たと》えられると怒る人もいる。しかしこの詩人は笑みを浮かべただけだった。耳にした比喩《ひゆ》が気に入らなかったことなど一度もなさそうだった。

「ゴキブリは、ぼくとちがってきみの商売の助けにはならない。リッチーに訊いてみるといい。ステージを使ったイベントのとき、ぼくの舞台を見にくる人々がいるんだよ」

「ここはグリニッチ・ヴィレッジだ。エンターテイナーに金を払う必要なんかない。ドアに鍵をかけておかなければ、勝手になだれこんでくる」

「そんな、客を追いはらってしまうような連中の話をしたってしょうがないだろう。ぼくは集客力の固まりなんだよ。しかしそこに興味がないというなら、借金をべつの仕事で返すのはどうだろう?」

「ありがとう、デル、だけどぼくには不倫をしている配偶者はいないし、詩もとくに必要としていない」

「きみにはほかの誰よりも詩が必要だと思うけどな。しかしぼくが考えていたのはほかのことだ。街に戻ったとたんに、誰もがきみの殺人の話をしているのが耳に入った」

ぼくは顔をしかめた。「ぼくの殺人じゃない。いかなる意味においても」

「だがそれで困っている、そうじゃないか? ぼくが事件を解決してあげるよ。まえにもやったことがある」

「それは警察の仕事だと思う」

デルはにやりと笑った。まるで手のうちにA《エース》を全部持っているかのように。「もちろんそうだ。で、これまでのところ警察の調子はどうだい?」

痛いところを突いていた。殺人のあった夜からずっと、刑事たちは――それこそエンターテイナー志望の連中のように――店に入り浸って、気まぐれにお客に質問を浴びせ、無料《ただ》でコーヒーを飲めて当然のような顔をしていた。こうしてぼくたちが話をしているいまも、ドアのそばで刑事が一人、砂糖を三つ入れたコーヒーをちびちび飲んでいた。ぼくは警察に敬意を払うように育てられたけれど、もうそれも忘れていいんじゃないかと思いはじめていた。

「オーケイ」ぼくはいった。「取引成立だ。殺人事件を解決したら、ツケはチャラにする。それで、どうやるつもり？」

「話してくれ」

「ぼくが？　犯罪を解決する方法なんかまったく知らないよ」

デルガルドは首を横に振った。「ちがう、何があったか話してくれという意味だ。ぼくは街にいなかったんだから。覚えてる？」

覚えていた。ジャズ・フェスティバルでのデルのすばらしいパフォーマンスについて二十分も聞かされてからようやく請求書を渡すことができたのだから。

「それなら」ぼくは事件のことを思い浮かべた。「何を話せばいい？」

「殺人があった夜のことでわかっていることを全部」

そこでぼくはガンダースン警部補とのチャーミングな会話の一部始終を話して聞かせた。

「やれやれ」デルガルドはいった。「きみも殺人を見逃したんじゃないか」

「だから、ずっとそれをいおうとしていたんだよ」

デルガルドはため息をついた。無能な助手という重荷を背負わされた男さながらに。「じゃあ、生贄《いけにえ》の子羊からはじめよう。死んだ画家だ。アンドルー・イエイツ？　そういう名前だっけ？」

ぼくはうなずいた。「会ったことはないの？」

「ないと思う。新聞に出ていた顔に見覚えがなかった」

「ぼくも一度しか会ってないんだ。ほんの顔見知り程度でしかない知り合いのおかげで、こんなに大きなトラブルに巻きこまれるなんて信じられないよ」

「そう？　知り合いの若い女《チック》を何人か紹介してもいいが」

「チックって？」

デルガルドは顔をしかめた。「よく考えたら、それはしないほうがよさそうだな」

それからカフェの壁にかかった絵を眺めまわした。絵は二ダースくらいあった。どれも小さく、隣に値札がついていた。

「これは売れているのかな？」デルガルドは尋ねた。

「いくつかは。イエイツの死後に」

詩人は煙草に火をつけた。「アートを巣に持ちこみたがるハゲタカもいるってわけだ」

「これがほんとにアートならね」

アンドルー・イエイツの絵画はどれもカラー写真のネガのように見えた――色はついているのだが、まちがった色なのだ。森には紫色の枝を生やした青い木々が繁り、その上に黄色い空が広がっている。すべてが入念に観察され、技巧を凝《こ》らして描かれ、わざと歪《ゆが》められている。どういう狙いがあるのだろう？

＊

コーヒーハウスを引き継いだ数日後、イエイツが店に現れたときにぼくがしたのがまさにこの質問だった。そのときのことを、ぼくはデルガルドに説明した。

イェイツは背が高く、細くてなよなよした体つきの三十代後半の男だった。髪はだらしなく、黒い顎ひげを生やしていた。

「それこそがアートの目的なんだよ、トマス。人が毎日のように見るものを、まるで初めて目にしたかのように見せることが」

ぼく自身は、アートの目的は壁の染みを隠すことにあると思っていたけれど、イェイツには自分の意見を述べる権利があった。

「わたしがあなたの絵で好きなのもそこよ、ハニー」フラニー・シャラップが口をはさんだ。「あなたの絵画は、アートのあるべき姿の比喩になってる。世界を見つめなおすための絵画。ネオ・フォービズムね」

フラニーは美術評論家として生計を立てていた。これもまた、アイオワではなくてもいいたぐいの職業だった。フラニーはフリーランスでさまざまな出版物に寄稿しており、市内の多くの新聞に書いてもいた。ニューヨーカー誌にも二回載ったことがあり、それについてしゃべるのを遠慮したりはしなかった。フラニーも〈ニュー・ロージズ〉の常連客だったが、デルガルドとはちがってその場で勘定を支払った。中年で、やや太めで、いつも夏らしい明るい色のワンピースを着ていた。この日は日光のような黄色だった。

フラニーはヘンリー伯父さんの友人で、伯父さんのために壁に飾るアートを選んでいた。リッチーはこんなふうにいっていた。「いわゆる相互扶助ってやつだった。フラニーはキュレーターの役割を果たした。キュレーターってのは尊大な人間のことをいうフランス語なんだけどな。で、ヘンリーのほうは、未来のヴァン・ゴッホが自分の傑作を世に知らしめたいとかぐずぐずいいにやってくるとフラニーに教えた」

よさそうな話に聞こえたので、フラニーにはキュレーターの仕事をつづけてほしいと伝えた。

「わたしもあなたの絵が大好き」ミミ・ウィルスンが口をはさんだ。ミミはぼくと同年代の小さなミソサザイみたいな女で、囁《ささや》くような声でしゃべった。移民に英語を教えているらしいが、みんなよくミミの声が聞き取れるな、とぼくは思った。「昔からずっとアーティストになりたかったの？」

イェイツは椅子の背にもたれ、笑みを浮かべた。「いいや。子供のころはカウボーイになりたかった。大きくなって、それが選択肢にならないとわかったときには、戦争がやってきた。まったくね、その経験のおかげですべてがちがって見えるようになったんだよ。戦争が終わると、スケッチの詰まったアタッシェケースを抱えてキャンプ・ウォルドポートを立ち去り、そのスケッチを売るためにロスアンジェルスに行ったんだ」

「飛ぶように売れたんだろうね」J・K・スケリーがいった。スケリーも、リッチーがいっていた〝未来のヴァン・ゴッホ〟の一人だった。小太りの四十代の男で、まえにイェイツの作品を〝幼稚園児のスケッチ〟といっていたことがあったが、本人を目のまえにしたいまは皮肉を用いることにしたようだった。しかし幸か不幸か、皮肉に関してスケリーはリッチーの足もとにも及ばなかったので、イェイツはまったく気づいていないようだった。

「いやぜんぜん。ぼくの絵なんか誰もほしがらなかった。画廊に並んでいる絵を見て、自分でもその理由がわかったよ。だから才能を伸ばすために美術学校に通ったんだ」

「伸び放題に伸びて崩れてしまったりしていないといいが」冷笑を浮かべたまま、スケリーはいった。

「それで、はるばるニューヨークにたどり着いた」イェイツは大きな笑みを浮かべていった。

「今回がニューヨークでの初めての展覧会なんだ。全部ここにいるフラニーのおかげだよ」

「それに、トマスとその伯父さんのおかげ」フラニーはいった。

ベン・ティールは鼻を鳴らした。「ど田舎から引きずりだしてこなくたって、街には画家なんか腐るほどいるのにな」

＊

「ちょっと待った」デルガルドはいった。「この映画には登場人物が多すぎる。ベン・ティールというのはいったい誰だ？」

「筋骨隆々とした大柄な男で、南北戦争の将軍みたいな口ひげを生やしてる。二十代なかばだと思う。ガーメント地区で働いてる。やっぱり常連なんだ」

デルガルドは笑みを浮かべた。視線はぼくを通りこした先へ向けられている。「常連といえば、ぼくの常連客が来たようだ」

その女の名前はクレアだった。姓は聞いたことがない。ブロンドの髪を優雅に結いあげ、ぴっちりした黒のセーターを着ていた。そのセーターが要所要所で引っぱられて伸びている様子はなかなか興味深かった。女優志望という噂だったが、本人は演技の授業やオーディションの話はほとんどしなかった。

クレアはデルガルドの頰に軽くキスをして、隣の椅子にすべりこんだ。「こんにちは、トマス。二人でなんの話をしているの？」

「きみの友達が、どうやって殺人事件を解決するつもりか説明していたところだ」

「あら！」クレアは歓声をあげた。「デル、ほんと？　そういう話は聞いたことがあるけど、あなたが実際に事件を解決しているところは見たことがない」

詩人は肩をすくめた。「見せたかったんだけど、殺人者がみんなストライキ中だったみたいでね。ここのところいい案件がなかった」

「ほんとうにまえにも解決したことがあるの？」ぼくは尋ねた。

「コツがわかっているからね。探偵の思考は詩人の思考に近いんだ。詩というのは、観察と、細部を正確に描写することがすべてだから」

「いますぐそれをするの？」クレアは目を丸くして尋ねた。

「取り組んでいるさいちゅうだ。〈ホーン＆ハーダート〉の自動販売機でパイを一切れ買ってくるのとはわけがちがうんだよ」

「あそこの自販機の食べ物はすごいよ」ぼくはいった。「きのうも食べたけど——」

「あんなものを食べて、その話ができるくらい生き延びた」デルガルドはいった。「心からお祝いをいうよ」

「食べ物の話はやめて」クレアはいった。果てしないダイエットのさいちゅうなのだ。クレアがどこを小さくする必要があるのか、ぼくにはわからなかったけれど。「解決すべき殺人事件があるんでしょ、お二人さん。取りかかって」

デルガルドはため息をついた。「確か、南北戦争の将軍の話だったたね」

ぼくは頭のなかで会話をさかのぼって、垂れさがった口ひげに行きあたった。「ああ、そうだね。ベン・ティールだ。ベンもイェイツが好きじゃなかった」

「後期印象派的な絵画が気に食わないんだね」

「ミミ・ウィルスンがイェイツに関心を寄せてるのが気に食わないんだよ」

「それはミミを責められないんじゃない」クレアはいった。「アンドルー・イェイツはそこそこ整った顔立ちをしているもの。アーティストってピカソとか、なんとか・ダリみたいな変人ばっかりだと思ってたけど。アンドルーはちがった」

デルガルドは興味を持ったようだった。「女性受けのいいタイプ？」

クレアは考えこむような顔でオレンジジュースを一口飲んだ。「まあ、アンドルー自身が特定の誰かを狙っているようには見えなかったけど、ああいうタイプを好きな女はいっぱいいる」

クレアは微笑んでつづけた。「わたしは詩人のほうが好きだけど」

デルガルドはその言葉には無頓着な様子で尋ねた。「ほかに誰がイェイツを嫌ってた？」

「ちょっと考えさせてくれ。J・K・スケリーはもういったっけ？」

「ライバルの画家だね、ああ、聞いた。スケリーとティールは、イェイツが殺された夜はここにいた？」

「知らないよ。ぼくはいなかったんだから。いっただろ?」

デルガルドはいらいらとテーブルを押してうしろにさがった。「きみが一番しくじったのはそこだよ。どこにいたんだっけ?」

「親戚がスピーチをするところを見てた。市議会議員に立候補するんだよ」

「ワオ!」クレアは目を見ひらいていった。「あなたはロックフェラー一族か何かなの?」

「そんなたいしたものじゃない。ヘンリー伯父さんからここを譲り受けたあと、ヴィクター・ボンドっていう遠縁の親戚についてまとめたファイルをオフィスで見つけたんだ」

「ロックフェラーじゃなくて残念だ」デルガルドはいった。「ボンドなんて聞いたこともない」

「ちょっと待った。ヴィクター・ボンドは弁護士で、もう何年も共和党のために舞台裏で働いてきたんだぞ。立候補できるだけの訓練は受けてきたし、今年がチャンスなんだ」

「ヘンリーがその名前を口にするのも聞いたことがないんだが」

「そうなんだ。どうやらヘンリー伯父さんはヴィクターに会わないことに決めていたらしいんだよ。ファイルのなかの書類には、マッカーシズムに加担していると書かれてた。たくさんの感嘆符つきで」

「なんのこと?」クレアは尋ねた。

「ジョー・マッカーシーだよ」デルガルドはいった。「いまは亡き、嫌われ者の上院議員だ、ウィスコンシン選出の。アメリカの有力者の一人だった。その後、権力にひどく固執して、反共産主義を格好悪いだけのものにしてしまったがね。きみの親戚のヴィクターはマッカーシーの支持者なのか?」

「ぜんぜん。ヴィクターの政治観はとても良識的だよ」

詩人はうなずいた。「きみの話を聞いていると、右派ではあるが、非常識な人物ではなさそうだ。それで、イェイツにはどうつながるんだ?」

「つながるかどうかはわからない。ぼくが知るかぎり、彼らは彼に会ったことはない」

「また代名詞か、トマス。殺人事件の解決を手伝う気なら、きちんと報告することを覚えてもらわないと」

「どの代名詞が――ちょっと待った。誰が殺人事件を解決したいなんていった? ぼくはただ、警官たちに出ていってもらいたいだけだ」

「いまは誰もが出ていってしまったようだけど」デルガルドにそういわれてみると、確かにその夜の店はがらがらだった。「もしかしたら、警察のために働いて副収入でも手に入れたほうがいいんじゃないか」

「アニメの〈ディック・トレイシー〉みたいに」クレアはにっこり笑っていった。ほんとうに魅力的だった。

「とにかく、一度に一つずつ話そう」ぼくはそういって、その一つがなんだったか思いだそうとした。「代名詞だ」

「そうそう。きみは〝彼らは彼に会ったことはない〟っていってたけど、誰が誰に?」

「ああ。ぼくの親戚とその妻のヘレンが、イェイツに会ったことがないといいたかったんだ」

「わかった。きみは彼らに会うことにしたんだね、たとえ伯父さんの幽霊に反対されようとも」

「幽霊には投票権がないからね。もちろん、シカゴはちがうけど」

「どういうこと?」クレアがそういったので、デルガルドが説明するあいだ、すこし間ができた。シカゴには民主党の集票組織があって、故人も投票者として登録する習慣があるんだよ、とデルガルドは話した。

ジョークというのは説明されると台無しになる。

説明が一段落すると、ぼくは話を本筋に戻した。「そう、それで電話をかけたら、二人はぼくに会いたがった」

「親族の再会か」デルガルドはいった。「固く結びつき、息の詰まるような絆。二人がイェイツに会っていないことが確かなら、わざわざ彼らの話を聞く必要はないな」

「わたしは聞きたいわ」クレアがかわいらしく口を尖《とが》らせていった。「もしかしたら、その人が次の市長になったりするかもしれないじゃない」

デルガルドはぼくに向かって手を振った。寛大にも、ボンド夫妻の話をすることを認めてくれたわけだ。

「オーケイ、さっきもいったとおり、ヴィクターは街なかの大きな法律事務所の一つで弁護士をしている。妻のヘレンはオールバニーの旧家の出身で、資産家だ。ヘレンのおじいさんがエリー湖の船舶関係の元締めとかなんとか、そういう話だった」

「玉座の背後のコインってわけか」デルガルドはいった。

ぼくはうなずいた。「それも、大量のコイン」

＊

ぼくはボンド夫妻の家に招待された。訪ねてみると、二人が住んでいたのはアメリカ自然史博物館からそう遠くないところにあるアパートメントで、そのアパートメント自体、博物館といってもいいような建物だった。恐竜やライオンの剝製《はくせい》の代わりに、アンティークのテーブルや張りぐるみの椅子でいっぱいだった。あの家の居間にあった三十センチ四方の東洋風の敷物は、ぼくのコーヒーハウスより資産価値が高いんじゃないかと思う。

メイドの案内で家に入ったあと、最初に会ったのは体のどこにも直線のない五十がらみの男だった。なで肩で、たるんだ顎の上には丸々とした頰。ポチとあだ名をつけたくなるような、おどおどした犬みたいな見かけの男だった。「ジム・インゲルスです」男は不機嫌そうに自己紹介をした。「選挙対策本部長です」ぼくたちは握手を交わし、次いで居間へ向かった。

一方、ヴィクター・ボンドはハンサムでほっそりした四十歳の男で、知的な目をして政治家らしい笑みを浮かべていた。政治家の笑顔というのは、マンハッタンの政治家でもエイムズの市長でも変わらなかった。

ヴィクターはいかにも高価そうな、座り心地の悪そうな椅子に腰かけていたが、ぼくが居間に入ると立ちあがった。「トマス？」

「そうです」ぼくたちは握手をし、ヴィクターはぼくをヘレンに紹介した。

ヘレンはおそらくヴィクターよりいくつか年上だったが、とてもきれいにしており、これから市長の妻とお茶を飲みに出かけるところといってもおかしくない格好だった。

ぼくたちはふつうの親戚らしい世間話をした。アイオワの冬はご記憶のとおり惨《みじ》めなものですよ、とぼくは請けあい、それからなぜぼくが街に出てきたのかという話になった。

「ヘンリーがニューヨークで暮らしていたのを知らなかったなんて残念だ」ヴィクターはいった。「いまやもう故人とは」

「伯父さんのほうも、あなたがたのことは最近になってやっと知ったみたいで」ぼくは〝マッカーシズム〟のメモ書きには触れないことにした。

「しかしじつをいえば、ヘンリーと私はあまり合わなかったんじゃないかと思う」ヴィクターは笑みを浮かべたままいった。「ヘンリーはすこしばかり左寄りだと聞いたことがあってね」

「亡くなったかたを悪くいっては駄目よ、あなた」妻が小声でいった。

「ヘンリーは悪口をいわれたとは思わないさ、こんなのはものの数に入らないよ」ヴィクターは肩をすくめた。「私はいま、人から注意を向けられているときにどんなふうに話すべきか学んでいるところなんだ。市議会選挙に出馬する――それはもう耳に入っているかな?」

ぼくはうなずいた。「すばらしいと思います。あなたの政策は至極まっとうに思えましたし。ぼくが電話をかけたあと、ミスター・インゲルスがいくつかファイルを送ってくれたんです」

「選挙運動のシンボルバッジも届いたかい?」

「いえ」

ヴィクターは上着から一つ取りだした。**ボンドと絆を**《ボンド・ウイズ・ボンド》と書かれていた。

話が〈ニュー・ロージズ〉に及ぶと、ヴィクターはほんとうに興味を持ったようだった。

「ヴィレッジのそういうコーヒーハウスのことはよく聞くよ」

「ビート族のたまり場ね」ヘレンはそういって、身を震わせた。

ビート族についてデルガルドがいっていたことをヘレンに話そうかとも思ったが、やめておいた。このときの会話には口にされなかったことがたくさんあった。親族の集いなんてたいていこれと似たりよったりだろう。

「すみません、サー」ジム・イングルスがいつのまにか居間に来ていた。興奮しているらしく、しゃべると喉ぼとけが大きく上下に動いた。「党の委員長からお電話です」

ヴィクターは立ちあがった。「出たほうがいいな」

ヘレンは寛容な笑みを浮かべてヴィクターを見送った。

「お二人の出会いはどんなふうだったんですか?」ぼくは尋ねた。

ヘレンはぼくに視線を戻したが、心ここにあらずといったふうだった。「出会い? ああ、大学を卒業したとき、両親に連れられてポートランドのそばへ休暇旅行に出かけたの。ヴィクターはそこで狩りのガイドの手伝いをしていた」

「一目惚れだったんですか?」

ヘレンは真面目に考えこんでからいった。「ふうむ。ちがうわね、すくなくともわたしのほうは何日かかかったと思う。でも、ヴィクターはハンサムで、戦争の英雄だったから」

「それについてはまだ聞いていませんでしたね」

ヘレンはうなずいた。「ヴィクターは太平洋で海軍艦艇の指揮をとっていたの。わたしの父は第一次大戦のときに騎兵隊にいたものだから、わたしがヴィクターとつきあいはじめたときには当然喜んだ」

ぼくは自分の父親のことをヘレンに話した。ぼくの父は歩兵隊にいて——

＊

「退屈だ」デルガルドはいった。「話を先へ進めてくれ」

「あら、いいじゃない」クレアはいった。「とってもロマンティックで」

「資本家階級の交尾の習性が？　ぼくはそうは思わない」

「もう」クレアは腕を組んだ。

ぼくも口をはさまずにいられなかった。「ほんとうにロマンティックなんだよ、デル。メイン州の森のなか、あらゆる場所から何キロも離れた奥地でそんなふうに出会うなんて——」

「熊と蚊《か》ばかりの場所だろう。それに、この未来のロックフェラー一家は、殺人の夜ここにいなかったっていっていたじゃないか。またもや不在者！　そもそもどうしてボンド夫妻の話をしているんだ？」

「わたしが聞きたいっていったから」クレアはいった。「それで、あなたとちがってトマスは紳士だからよ、フランク」

ぼくは訊き返した。「フランク？」

デルガルドは肩をすくめた。「クレアはシナトラが好きなんだ」

ファーストネームを服とおなじように変えられる感覚についていくのはむずかしかった。デルガルドがいつも黒とグレイばかり着ていることを考えれば、この男にとっては名前のほうがよほど容易に変えられるものらしい。

「とにかく」ぼくはいった。「ボンド夫妻が殺人のあった夜にここにいなかったというのはちがうよ。ぼくが政治イベントに出かけたって話したのを覚えてる？　あれはヴィクターのイベントだったんだ。ここから数ブロックのところでスピーチをしてた」

デルガルドは顔をしかめた。「共和党員が握手をしたがるような人間は、ヴィレッジにはいないと思うが」

「サン・ジョヴァンニ教会での会合だった」

「リトル・イタリーか。オーケイ、それならわかる」

「ヴィクターはすばらしい話し手だった。ほんとうに聴衆を──」

「退屈だ」デルガルドはいい、今回はクレアもうなずいた。

「わかったよ。ボンド夫妻はスピーチを聴けるようにとぼくを招待し、ぼくはそのあとここに寄ってくれるようにと二人を招待した。壁に看板までかけたんだよ」両手で看板のかたちを示してみせる。「〝市議会議員候補、ヴィクター・ボンドに会おう〟。下に日時を添えて」ぼくはため息をついた。「すごくうまく書けたのに。無駄になって残念だった」

「きみを教えたアイオワ州立大学のマーケティングの教授ならまちがいなく褒めてくれるだろうさ」デルガルドはいった。

「ぼくが行ったのはアイオワ大学だ。エイムズは確かにぼくが育った場所だけど、そこにあるアイオワ州立大学は農学部の――」

「すばらしい」デルガルドはエスプレッソについていたスプーンでテーブルをたたいた。苛立たしい癖《くせ》の一つだった。「しかし混乱してきたよ。きみの親戚は実際に来たのか、それとも来なかったのか？」

「来たよ。ただ来ただけじゃなくて、イベント会場からリンカーンで送ってくれた。だけど店の外に警察車輌が見えたもんだから、ぼくをそばで降ろしてそのまま帰ったほうがいいとこっちからいったんだ」

　クレアは目を見ひらいた。「そんな。二人は何があったか知りたがらなかったの？」

「もちろん知りたがった。ぼくと一緒に来るといってたよ。だけど実際には――」

「実際には」デルガルドはいった。「つきあう価値のあるほどの政治家なら誰でも自分の写真が新聞に載ることを好むが、犯罪現場で姿を見られるのは避けたがる」

「まあそういうこと」ぼくは同意していった。

「それなら、きみの保守派の親戚たちはただの偽の手掛かり《レッド・ヘリング》だ」詩人はため息をついた。「事件当夜にここにいた誰かに話を聞くことができれば、この調査ももうすこし早く進みそうなものだが」

「それなら簡単だよ」ぼくはいった。「ねえ、リッチー、ちょっと来て」

　リッチーはコーヒーカウンターの向こう側でヴィレッジ・ヴォイス紙を読んでいた。「いまちょっと忙しいんだけど」

「ファイファーなら待ってくれるだろ」ぼくはいった。この新聞の人気漫画家の名前を思いだせて気分がよかった。

「ファイファーはおれにはお上品すぎる。どっちかというと、〈ナンシー&スラゴ〉のさりげない社会的主張のほうが好きだね」リッチーはぼくの隣に腰をおろし、いやらしい目つきでクレアを眺めた。「で、いったいなんの騒ぎ?」

「アンドルー・イェイツという男の死について突っこんだ調査をしているところで」デルガルドがいった。「きみの証言が必要なんだ」

「自白したら新聞を読みに戻ってもいいかい?」

「その新聞には求人欄もあった?」ぼくは尋ねた。

リッチーはため息をついた。「わかったよ、ボス。何を知りたいんだ?」

「イェイツが死んだ夜のことを話してほしい」

「暗かった」リッチーはいった。「思い返すに、月が欠けつつあった。気温は十度台で、雨の気配が――」

「ほんとにいますぐ職探しをしてもらったほうがよさそうだ」ぼくはリッチーにいった。

リッチーは肩をすくめた。「わかったってば。あんたはだいたい七時ぐらいに政治がらみの大騒ぎに出かけていった。暴徒に立ち向かわせるために、シェリーとおれを残して」

「シェリーって誰?」クレアがそういうのと同時に、ぼくも尋ねた。「暴徒ってなんのことだよ?」

「シェリーは遅番のウェイトレス」リッチーは禿《は》げ頭を掻いた。「暴徒はJ・K・スケリーとフラニー・シャラップからなる一団だった」

「それで、その一団は何をしていた?」デルガルドが尋ねた。

「フラニーはエスプレッソのダブルを飲んでいた。スケリーはホットココアを抱えてた」

「二人が何を飲んでいたかはどうでもいいんだ、リッチー」ぼくは装えるかぎりの忍耐を装っていった。「問題は何をしていたか。二人で話していたのか? イェイツの絵に感心していたのか?」

「裏の路地で鈍器を探していたのか?」デルガルドがつけ加えた。

「それが殺人の凶器なの? ううっ」クレアはうめいて身を震わせた。なんとも目に心地よい眺めだった。

「芸術に関するこまごまとした事柄について議論していたよ」リッチーはいった。「つまり、スケリーが滔々《とうとう》と説明していたんだよ、フラニーがイェイツみたいな才能のかけらもない俗物の機嫌を取るのでなく、やつの絵を壁に飾るべき理由をね。イェイツの絵は、暗室で気分の悪くなった写真家の作品みたいだっていってた」

「おもしろいな」ぼくはいった。「イェイツの絵を最初に見たとき、ぼくもおなじようなことを思ったよ」

「そいつはすごく笑える」リッチーはいった。「だってスケリーのやつは、あんたのことをピカソとピサロの区別もつかないブルジョアの俗物だっていってたんだから」

確かに、たまたまその二者の区別はつかなかったが、そういわれて不愉快であることに変わりはなかった。「もちろん弁護してくれたんだろうね」

「そりゃあもう。やつに決闘を申しこんだよ。しかしフリントロック式の銃に弾丸《たま》をこめるまえにほかの客が来ちゃって」

「口には気をつけたほうが――」

「ほかの客というのは」デルガルドはいった。「誰だ？」

「観光客が何人か。服装から判断するに、中西部のどこか小汚い場所から来たんだろう」リッチーはちらりとぼくを見て、笑みを浮かべた。ぼくはまだ服装に関するリッチーの基準を満たしていないらしい。「まあ、関係ない。その連中の集まりがおひらきになったのは、イェイツの頭がおひらきになるよりずっとまえだったから」

「ううっ」クレアはいった。「死を冗談のネタにしないで」

リッチーは肩をすくめた。「真面目に受け止めたからといって死を遠ざけることはできないよ、かわいこちゃん。それに、冗談のネタにしたからといって死が近づいてくるわけでもない」

なかなか深遠だった、リッチーの言葉にしては。

「じゃあ、観光客はいなくなったんだね」デルガルドが先を促した。

「そうだ。しかし連中が出ていくまえに、ミミ・ウィルスンがやってきた。どうやらそのまま出ていくつもりだったようだけど」

「なぜ?」

「立ち止まって、まわりを見て、ドアのほうへ戻っていったからさ。だけどそこにイェイツがやってきた」

「ミミはイェイツを探していたのかな?」ぼくは尋ねた。

リッチーは妙な目でぼくを見た。〝おれはまたアイオワのスピード制限を超えちまったかな〟とでもいいたそうな目つきだった。「いや、ちがうよ、トマス。たまたま、だったと思う。実際、ミミはイェイツのそばを通りすぎようとしてたよ。だけどイェイツが呼びとめたんだ。二人は正面入口のそばのテーブルについた。ミミは紅茶を飲んで、イェイツは――」

「きみが飲み物の注文を完璧に記憶できることはもうわかった」デルガルドはいった。「ものすごく感心してる」

「そうね」クレアはいった。「じゃあ、リッチー、わたしは何を飲んだ?」クレアは空っぽのグラスを両手で隠して尋ねた。

「オレンジジュース。もう一杯どう? 店のおごりで」

「ちょっと待て」店というのはぼくのことだ。

「話を進めよう」デルガルドはいった。「イェイツがフラニーに、あるいはフラニーがイェイツに気づかなかったのは驚きだな」

「お互いが見えなかったんだ。イェイツとミミは、さっきもいったとおりドアのそばにいたし、芸術家気取りのお二人さんは店のぐっと奥にいた。ま、イェイツとミミもすぐに、そっちにいればよかったと思うことになるんだが」

「ふーん？　なんで？」

「ミミの友達の負け犬が入ってきて、腹を立てたからさ」

「ベン・ティールのこと？　何に腹を立てていたんだい？」

「ティールのやつは立ち止まってそれをおれに説明したりはしなかったよ、トマス。しかしたぶん、ミミがイェイツと一緒にいるのを見たからじゃないか」

「ベンとミミはつきあっているの？」クレアが尋ねた。

「ティールの夢のなかではね」リッチーはいった。「とにかく、ティールはミミに向かってわめきはじめた。無礼な呼び方をしたりして。で、イェイツが割って入った」

「喧嘩になったのか？」ぼくはいった。「二人は店内で喧嘩をして、きみはそれをぼくにいわなかったのか？」

リッチーはあきれたようにぐるりと目をまわした。「流血沙汰にはならなかったよ、ボス。ティールは、おまえらはお似合いだといい捨てて立ち去った」

「それをガニーには話したかい？」デルガルドが尋ねた。

「ガニーって誰？」ぼくは尋ねた。

「ガンダースン警部補だよ、きみのいい方だと」

「あの刑事をそんなふうに呼んでいるのか？　ガニーだって？　なんで警部補を知ってるんだ？」

デルガルドは肩をすくめた。「いっただろう、こういうごたごたを片づけるのを、まえにも手伝ったことがあるって」

「それに」リッチーがうれしそうにいった。「ガンダースンはデルの義理の兄貴なんだ」

これがクレアの注意を引いた。「警部補はあなたのお姉さんと結婚したの？」

「いや。ぼくがガニーの妹と結婚していたんだ」デルガルドはどうでもいいというように手を振った。「長い話だ」

「結婚してたことがあるなんて聞いてないけど」クレアは睨むような目をしていった。

「話を先へ進めよう」ぼくはいった。「その喧嘩について、ガンダースンに話したのか？」

「いや、まあ」リッチーはいった。「噂話をするのは嫌いなんだ、あんたも知ってのとおり。だが公式な捜査だったし、おれはトマス・グレイ帝国の代表だったわけだから、あんたとしても捜査には全面的に協力してもらいたいだろうと思ってね」

リッチーならアメリカ国民の〈忠誠の誓い〉すら皮肉に聞こえるように暗唱するにちがいない。

「結構」デルガルドはいった。「だったら、もしその喧嘩に関係して何かあるとすれば、いまごろは警察が見つけているはずだ」

「それがきみの調査のやり方なのか？」ぼくは尋ねた。「そこは警察がもう見たから、ぼくは見ない？」

「ぼくは一人の人間に過ぎないんだよ、トマス。確かに、聡明な人間ではあるが、聡明さというのは限界をわきまえることも含むものだ。ぼくたちは隙間を見つける必要がある。警察が見逃したであろう欠落部分をね。無視された細部がいくつかあるはずだ」

「たとえば結婚の話とかね」クレアがいった。

「リッチー」ぼくはいった。「クレアにオレンジジュースを出して。店のおごりで」

クレアが飲み物にありつくと、デルガルドはまた話しはじめた。「それで、ベン・ティールがいなくなることで店内に品位が戻ったあと、何があった？」

「騒ぎがフラニーとスケリーの注意を引き、二人はミミがどうしたか見に出てきた」

「ミミは動揺していた？」

リッチーはすこし考えこんだ。「いや、不機嫌だった。ティールを不愉快なやつと思っているようだったね、実際に不愉快だったわけだが。四人は一緒に座って、おしゃべりをした」

「それから何があった？」

「あのジャズ・トリオがやってきた。あんたが客を苛立たせるために雇ったバンドだよ」

ぼくはむっとしていった。「あのバンドはなかなかいいと思ったんだけど」

「あー、まあねえ」リッチーは、そのバンドが駄目なことはぼくの称賛によって証明されたといわんばかりに肩をすくめた。「モールディ・フィグだな」

「なんだって？」

「もう」クレアはいった。

「モールディ・フィグというのは古いスタイルのジャズを演奏する人のことだ」デルガルドが

説明した。「ディキシーランド・ジャズとか、そういったたぐいの。クールとはいえないが、オハイオではたぶんまだ売れているんだろう」

「アイオワだよ」ぼくはいった。

「ジャズ・バンドを探すなら手伝えるよ」デルガルドはいった。「ジャズならちょっと詳しい――」

「で、そのバンドはどうなんだ?」ぼくはぴしりといった。「メンバーたちは容疑者なのか?」

「それはない」リッチーはいった。「事件が起こったとき、バンドのメンバーはステージにいたから」

「いつ事件が起こったか、どうしてわかるんだい?」デルガルドは尋ねた。

「イェイツが奥のトイレに行くのが見えたからさ。それにシェリーが悲鳴をあげるのが聞こえた。ごみを捨てに裏口から出ていって、イェイツの死体を見つけたんだ」リッチーはぼくを見た。「シェリーにボーナスを出すべきだね。危険手当だ」

「考えておく」ぼくは嘘をついた。「バンドはそのあいだずっとステージにいたんだね?」

「そのとおり。しかしほかに誰が店を出ていったかは訊かないでもらいたい。あんたのバンドがキーキー音をたてはじめると、大勢の人間が逃げようとしたからね」リッチーはそういって震えた。

「じゃあ、誰かがイェイツのあとを追って外に出て、パイプで殴ったんだね」デルガルドはいった。

「ああ、やだ」クレアはまた身を震わせた。「もうおかしくもなんともない」

「あとすこしだけ」デルガルドは万年筆のキャップを外し、紙ナプキンに走り書きをした。

「オーケイ、トマス。これがきみの宿題だ」

そういわれてぼくは驚いた。「いったいなんの話？」

「きみには、容疑者たちと話をしてもらいたい」

「ちょっと待ってよ。犯罪を解決できるっていったのはそっちだろう」

「今週は忙しいんだ。ギンズバーグが朗読会のために街にいるし、ぼくの詩の小冊子をつくりたいという出版社がいてね。それに、きみはこの界隈《かいわい》を探索したいといっていなかったっけ？」

「いったよ、だけど――」

「もっとよくお客さんのことを知りたいともいっていた、そうだろう？」

「もちろん、だけど――」リッチーに目を向けると、ぼくの上着を持っていた。「それは？」

「外は寒いから。風邪をひきたくないだろう？」

ぼくがデルガルドに行けといわれるまえに、リッチーは上着を取りに行っていたのだ。

詩人は寛大にも、話を聞く順番はぼくが決めていいという。「ただ、四つの質問は必ずするように」

「え、もう過越《すぎこ》しの祭りの季節なのか？」リッチーが尋ねた。

「その晩餐ですることになっている四つの質問じゃないよ。それぞれの容疑者に一つずつ質問を用意したんだ」デルガルドはぼくのほうへ紙ナプキンを押しだした。「読めるかい？」

「各人のために質問が一つずつ」リッチーはいった。「おれのまちがいだったな。それならユダヤ教じゃなくて、禅だ」

デルガルドの筆跡は意外にも読みやすかったが、質問の内容はよくわからなかった。「ほんとうにこれでいいのかな。質問はどれも犯行と無関係に見えるけど」

「きみの問題はね、トマス、詩人じゃないところだ。物事はすべてつながっているんだよ」

ぼくはデルガルドが寄こしたナプキンのまっさらな角をつまんだ。「もしかしたらすべてつながってるのかもしれないけど、これはちがうんじゃないかな。誰にどの質問をするかは決まってるの？」

デルガルドは顔をしかめた。ヤギひげのせいで悪魔のような顔に見えた。「あたりまえだろう！　それぞれの質問のそばに名前が書いてある。もしそれがわからないなら――」

「フランク」クレアがデルガルドの腕に手を置いていった。「あなたをからかっているのよ」

デルガルドは改めてぼくを見た。「オーケイ、アイオワくん。一本取られたよ。さあ、答えをもらってきてくれ」

デルガルドはドアのところまで見送りに来た。「わかっているかもしれないが、念のためにいっておいたほうがいいかな。この四人のうちの一人が殺人者かもしれないから、気をつけてくれ。いいかい？」

「わかってるよ」ぼくはクレアをふり返った。リッチーが何かいったのだろう、クレアはくすくす笑っていた。「リッチーとシェリーは？　あの二人も容疑者じゃないの？」

「それはもちろんだ。二人についてはぼくが調べておく」

それはよかった。もしぼくがリッチーを尋問したら、自分のほうが殺人を自白してしまいそうだった。

「彼女はなかなかの女だろう?」

ぼくはぱっと視線を逸らした。人の恋人をじろじろ見ていたことに気まずさを覚えた。「クレアはとても魅力的だと思う」

デルガルドは満足そうにうなずいた。「きみも恋人がほしい?」

「なんの話だよ?」

「ここはマンハッタンだ、トマス。きれいな女たちはここに引き寄せられる。ウサギがレタスに引き寄せられるみたいにね。この街にはクレアみたいな娘が大勢いる。もしよければきみにも一人紹介するよ」

＊

すこしひんやりとはしたものの、十月の気持ちのいい一日だった。グリニッチ・ヴィレッジの木々についていうべきことがあるとすれば、それは紅葉がすばらしいところだろう。

リッチーがたまたまJ・K・スケリーのスタジオの場所を知っていた。ハウストン・ストリート沿いだった(ニューヨーカーはその通りの名前を〝ヒューストン〟でなく〝ハウストン〟と発音するんだ、とリッチーがいったとき、ぼくはからかわれているのだと思った。結局そうではなかったが、もしかしたら街全体がぼくをからかっているのかもしれない)。

〈ニュー・ロージズ〉はラガーディア・プレイスとブリーカー・ストリートの交差点のそばにあるので、ハウストン・ストリートまで歩くのは楽なものだった。通りの読み方はどうであれ。目的のスタジオは、倉庫を仕切っていくつもの小さなオフィスに改造したような建物だった。スケリーは一つのスペースをほかの二人の画家と共有していた。しかしぼくにとって幸運なことに、そのときスケリーはそこにいて、ほかの二人はいなかった。

スケリーはドアをあけ、荒く息をつき、こちらを睨みながらいった。「なんの用だ?」

「ミスター・スケリー? 〈ニュー・ロージズ・コーヒーハウス〉のトマス・グレイです。覚えてますか? あなたにいくつか訊きたいことがあるんですが」

スケリーは目をぱちくりさせた。広い宇宙のどこで絵を描いていたのかは知らないが、現実世界に戻ってくるのに時間がかかっているようだった。

「コーヒーハウス」スケリーは低い声でいい、かぶりを振った。「そうか! コーヒーハウスか。わたしの絵を飾りたいんだね」

それは質問でなく、宣言だった。

「まあ、それも考えています。入ってもいいですか?」

また間があった。それからようやくスケリーはドアをあけた。「さあ、どうぞ! おいでいただけて光栄ですよ、ミスター・ロージズ。まあ、座ってください」

薄汚いスツールから塗料の容器をどけるのかと思ったが、スケリーはそうする代わりに布張りをした古風な木の椅子からぐいとカバーを取りのけた。その椅子は、隣にあるアンティークらしき猫脚のダイニングテーブルとセットになっているらしい。どうやらスケリーか同室の画家の一人が持ちこんだようだった。絵を買ってくれそうな人間や画廊のオーナーの相手をするときに特別に使うのだろう。

スケリーは白のスモックを着ていて、画家か肉屋のように見えた。袖に赤いものがついていたので、そのどちらでもおかしくなかった。

それからの十五分はゆっくりと過ぎた。このうえなくゆっくりと。スケリーは描くことだけに忙しい一年を過ごしたようだった。無数のキャンバスを埋め尽くしたはいいが、絵はまったく売れていなかった。キャンバスは、ほかの二人が自分たちの作品を詰めこんだ場所以外のすべてのスペースに積みあげられていた。

もしこれがスケリーの魂の表現なら、いますぐ聖職者に——できれば悪魔祓《ばら》いを得意とする聖職者に——助言を求めたほうがよさそうだった。ぼくが所有する壁にスケリーの絵画をかけるつもりはいっさいないとフラニーに警告すること、と頭のなかにメモをした。

しかし、さしあたっては解決すべき殺人事件があった。

「ほんとうに、あの、すばらしい作品ですね、ミスター・スケリー。相応の検討をするつもりではいますが、それより先にお話ししておきたいことがあるんです」

スケリーの眉がぐっとさがった。「なんですか?」

「じつは、ぼくはいまもまだ、アンドルー・イェイツが亡くなった夜に何があったか調べようとしているんです」

スケリーは思ったより早く理解した。「わたしがあの間抜けを殺したと思うんですか？」

「もちろんちがいますよ。あなたが何か見たかもしれないと思っているだけです」

「べつの間抜けと話をするべきですね。イェイツを殴ろうとしたやつ」

「ベン・ティールのことですか？」

「あなたがそういうならそうなんでしょう。まあ、あの男の名前がなんであれ、イェイツのあの自惚《うぬぼ》れた、傲慢《ごうまん》な顔にパンチを当ててくれればいいと思っていましたが、そんな幸運には恵まれなかった。もう警察にも話しました。あの男が犯人ですよ」

「だけどティールが店を出たとき、イェイツはまだ生きていました。あなたがイェイツを最後に見たのはいつですか？」

「あの騒音がはじまった何分かあとですよ」バンドの演奏はそんなにひどかったのだろうか？

「イェイツはもっとアートを生みだそうと手洗いに行った」スケリーはうすら笑いを浮かべた。

「わかりますか？　そんなものなんですよ、あの男のいうアートなんて――」

「わかりました。誰か、イェイツのあとにそちらへ向かった人は？」

スケリーはすこし考えてからいった。「誰も見なかったと思いますけど、わたしはあなたのところのコックと話をしていたもので」

「なんの話を？」

「まあ、あれやこれやですよ」スケリーは目を逸らした。「わたしの絵についてはいつ決めるおつもりですか？　ほかからも申し出があるんですが」

「そうでしょうね」

リッチーはスケリーと話したとはいっていなかった。スケリーはリッチーと話した内容を明らかに隠したがっている。そのせいで余計に興味が湧いた。

次にしたいくつかの質問は無駄に終わった。それからデルガルドのナプキンのことを思いだした。

ぼくはポケットからそれを引っぱりだしてこっそり見た。「あと一つだけ。あなたは第二次大戦中、何をしていましたか?」

自分でも馬鹿みたいだと思った。デルガルドのひらめきはたいていわけがわからない。これも事件とどう関係があるのかわからなかったが、ぼくはやりかけたことは最後までやるように育てられたのだ。

スケリーも質問の目的がわからないようだった。「わたしのアートを判断するためにそれを知る必要があるってことですか?」

「退役軍人の日《ベテランズ・デイ》が近いですからね。何か特別なことができないかと――」

「ほかの大勢の絵描きと一緒に過ごすのはちょっとね。ここでそれをしなきゃならないのだって充分いやなのに。見てくださいよ、このクソの山を」スケリーはほかの二人の作品に向けて手を振った。「間抜け連中ですよ」

「だけど第二次大戦中は――」

「戦車の操縦手でした。パットン将軍について、イタリアまで行きましたよ」

「そうなんですか？」ぼくは微笑んだ。「ぼくの父は歩兵隊にいました。バルジの戦いで戦死したんです」

「善良な男たちが大勢亡くなりましたね。わたしもアペニン山脈で頭をやられて」スケリーは自分のこめかみを指差しながらいった。「戦艦で送り返されました」

スケリーは、ぶつかりあう緑色と灰色で埋め尽くされたキャンバスのほうへ手を振っていった。「この絵はそのときの経験から生まれました。〈モンテ・カステッロの夜明け〉というタイトルです」

＊

なぜ自分がまだグリニッチ・ヴィレッジをふらふら歩きまわっているのか、ぼくにはよくわからなかった。ぼくがやろうとしているのは本来なら警察の仕事だし、デルガルドがやると約束した仕事でもあった。しかし認めてしまえば、あの詩人は正しかった。この調査のおかげで〈ニュー・ロージズ〉を出て近隣を散策する機会ができた。

それに、ちょっと隠しておきたい気もするが、ぼくは探偵役を楽しんでいた。うまくこなしていた、とすらいえるかもしれない。子供のころに聴いた探偵もののラジオ番組が身に染みついていたのかもしれない。

フラニーはゲイ・ストリート沿いのエレベーターのない建物に住んでいた。大勢の子供たちが今年の必需品の新しいおもちゃ、フラフープで遊んでいる横を通りすぎて、建物に入った。フラニーのアパートメントは四階だった。

きょうのワンピースはきらきらしたグリーンだった。露のおりた牧草地みたいだったが、それはいわないことにした。「入って、トマス。ビールでもどう？　ワインのほうがいい？　ねえ、トマス？」

ぼくはフラニーのアパートメントを見まわしていた。じつのところ、ぽかんと眺めていた。ふつう、美術評論家の家に何があると思うだろうか。ぼくはアートを目にするものと思っていた。しかしちがった。

本棚が二つあって、大判の本が詰めこまれていたが、そのまわりの壁は明るいグレイで、何もかかっていなかった。

「どうかした？」フラニーは尋ねた。

「ああ。ビールをもらえるとありがたいな。あなたの部屋に感心していたんだ。とても、その、片づいているなって」

フラニーは冷蔵庫に向かいながら声をたてて笑った。「レンブラントの絵でもあると思った？　ジャーナリストの収入じゃそれは無理。かといって安っぽい複製画や粗悪な絵画を壁に飾る気にはなれないし。だからアートは本だけにしているの。さあ、どうぞ、ハニー」

フラニーはきちんとしたグラスに罎《びん》からビールを注ぎ、黒いレザーの椅子があるほうを指し示した。

「訪ねてきてくれてうれしいわ、トマス。わたしもアンドルーの相続人を調べようとしていたの。残された絵画と、売れた絵画の代金を受けとってもらわなければ。残った絵を何年もずっと奥の部屋に置いておくなんていやでしょう?」

ぼくは顔をしかめた。あの部屋には余分のコーヒー豆を置いておく場所すらないほどなのだ。

「それは考えていなかったよ。ガンダースン警部補が何か知らないか確認しておく」

「助かるわ。でもね、あの絵は来月までは飾ったままでもいいのよ。わたしのところの新人の絵が届くまでは。ああ、彼の作品はあなたもきっと気に入るはず! 新表現主義の絵画と似ているけれど、もっと陰鬱《いんうつ》な感じなの。ほんとうに暗くて、気が滅入るような——」

「すばらしいね」ぼくはグラスのうしろに隠れていった。「フラニー、正直にいうと、ぼくがここへ来たのは、アンドルーが殺された夜に何があったか調べるためなんだ。ぼくのコーヒーハウスが関わってると世間に思われたら、閉店に追いこまれるかもしれないからね」

「あら」フラニーは心配そうに眉をあげた。「そうね。何かわたしにできることがある?」

そしてまたおなじ話を聞くはめになった。スケリーがどの画家の文句をいっていたかについては、まえよりも詳しく聞かされた。

「ベン・ティールが入ってきたとき、何があったか覚えてる?」

「忘れるわけがない。かわいそうなあの女の子を殴り倒すつもりかと思った。それに、アンドルー! 鎧《よろい》を身にまとった騎士みたいだった、二人のあいだに割って入った様子ときたら。拳を握ることすらしなかったなんて、信じられる? アンドルーはこういってた。〝きみと喧嘩をするつもりはないよ、ベン。とにかくおちついてくれ〟」

「それで、ティールはおちついたのかな?」

「ぜんぜん。ベンはアンドルーのことをパンジー呼ばわりして出ていった。パンジーの意味はわかる、ハニー？」

ぼくはうなずいた。「アイオワでも、おかま野郎って意味で使われてる」

フラニーはにっと笑った。「それは知らなかった。だけど典型的なマッチョ思考よね。だいたい、もしアンドルーがほんとうにゲイなら、ミミと一緒にいたからってベンは何が気に食わないのかしら？」

「いい質問だ。ところで、ティールのほかに誰かイェイツに恨みを持っていた人はいない？」

「恨みねえ」フラニーは眉を寄せた。「個人的には無差別の路上強盗と思いたいところだけど。不良少年とかヘロイン依存症者がうろうろしてるっていうのはよく聞くし――」

「財布が手つかずだったらしいんだ。だから警察は、まあ、個人的な怨恨を考えてる」

「いわせてもらえば、わたしなら個人的な犯行のときに頭を強打しようとは思わないわね」フラニーは身を震わせた。「でしょ？　そうじゃない？　アンドルーはハンマーか何かで殴られたって聞いたけど」

「ぼくは配管用のパイプだったと聞いてる」

「ハンマーとか、パイプとか。ワグナー市長にはさっさと路地の整備を終えてもらわないと。わたしはずっとそういってるのよ。こんなにあちこちで工事をしていれば、殺人だって簡単になるでしょう。で、ハニー、あなたの質問はなんだっけ？」

「個人的な恨み」

「そうだった」フラニーはビールを一口飲んで、灰色の壁を凝視《ぎょうし》した。「そうね、スケリーがいる。もちろんただの仕事上の妬《ねた》みだけど。アーティストがどんなものかはあなたも知ってるでしょ」フラニーは眉をあげた。「いえ、知らないかも。運がよければね。なんでも個人攻撃と受け止めるような人種よ」

「スケリーがイェイツを脅しているのを聞いたことは？」

「脅す？　ないない。ただ能無し呼ばわりするだけ。たいていはアンドルーがわからない用語を使ってね。アンドルーはディレッタントといわれるのをいい意味だと思っていたんだから」

「自分の絵を飾ってもらえないことをスケリーがとくに不満に思う理由はある？　お金に困っているとか」

フラニーは声をたてて笑った。「スケリーは画家なのよ、ハニー。当然お金には困ってる」

フラニーはイェイツに恨みを持っていそうな人間をほかに知らなかったし、リッチーやミミにも興味がなさそうだった。

まだデルガルドのナプキンの質問が残っていた。「もしよければ、あとひとつ訊きたいんだけど。そもそも、アンドルーのことをどうやって知ったんだい？」

「さて、どうだったかしら。アンドルーの作品の写真が何枚か入った小包が送られてきたんじゃなかったかな。そう、それだわ」

「それってふつうのこと？」

「わたしの美術批評はニューヨーカー誌にも二回載ってる。次のジャクソン・ポロックについてのホットな情報なら、送られてこない日のほうが珍しいくらい。大半はごみ箱に直行するわけだけど、アンドルーの作品は気に入ったのよ」

「誰が送ってきたの？」

「えー、ぜんぜん思いだせない」フラニーは考えこむように天井を見つめた。「そう、可能性としては……」

フラニーは立ちあがり、窓の下に置かれた使い古しのファイルキャビネットへ向かった。

「いつか整理しなきゃって思ってるんだけど……ああ、ビールをもう一本どうぞ。あれはこのなかのどこかにあるはず」

ぼくが二本めの壜を半分ほど飲んだころ、フラニーは一番下の引出しまでだいたい見終わっていて――中身を小さな敷物の上に散らかしながら――目当てのものを掘りあてた。

「は！　イェイツはYだから最後ね。ちゃんとアルファベット順に綴《と》じたなんて、自分でも驚きだわ」

フラニーはお宝を掲げた。「なんか変だと思ってた。見て」

それはおよそ二十二センチ×三十センチのふつうサイズのマニラ封筒だったが、フラニーのいうとおりだった。標準的な封筒ではなかった。マニラ紙でなく普通紙でできており、色は赤だった。

「見苦しい色合いね」フラニーはつぶやいた。

フラニーの名前と住所が表に鉛筆で走り書きされていた。差出人の記載はなし。ブルックリンの消印で、日付は五月五日。三セントの切手が四枚貼ってある。

ぼくにとってはなんの手掛かりにもならなかった。もちろん、デルガルドが何を探しているかもわからなかった。そこに苛立ちを覚えはじめた。

「なかを見てもいい？」

「どうぞ、ご遠慮なく」

画面印刷の紙が三枚出てきた。全部で六ページ。そのうちの五ページは、ぼくが聞いたこともない美術雑誌からアンドルー・イェイツの記事を切り抜いたものだった。六ページめは丸一枚の絵画。モデルたちに服を買ってあげる余裕のない男が描いた絵だった。

「トマス？」

そのページを、すこしばかりじっくり眺めすぎていたかもしれない。

「ああ。送り主の名前がないけど、どうやって連絡を取ったの？」

「どうやったんだっけ？」フラニーは記事を見た。「これだわ！　アンドルーはコロラドに住んでいて、記事に彼が出品したデンヴァーの画廊が出ていたの。その画廊に手紙を送って、転送してもらえるように頼んだ。そういえば、あそこの人たちはアンドルーが亡くなったことを知っているのかしら？」フラニーはリーガルパッドにメモをした。「きっとあの人たちが相続人を知っているはず」

「アンドルーは、あなたから連絡があって驚いていた？」

「びっくり仰天して、興奮していた。これをわたしに送ったのが誰なのか、アンドルーにもわからないんですって」

それは興味深い。結局のところデルガルドは自分が何をしているか心得ているのでは、という考えが初めて頭をよぎった。もしかしたら、この記事をフラニーに送ったのは犯人だったのかもしれない。それどころか――

「まあ、だけどね」フラニーが、ぼくの頭のなかのウィニング・ランを遮っていった。「アンドルーはアーティストってもののご多分に漏れず、火のついた売春宿みたいに取り散らかった人だったの。自分であの記事を五十部くらい発送しておいて、次の日にはすっかり忘れてしまったってこともあるかも。もう一本ビールをどう、ハニー？」

＊

ミミがどこにいるかはわからなかったが、ベン・ティールなら電話帳に載っていた。ティールをあとまわしにしたのは、ガーメント地区から帰宅するまで待とうと思ったからだ。怒ると暴力的になるからといって先延ばしにしていたわけではない。嘘じゃない。

ドアをあけたとき、ティールは一方の手にローストチキンを持ち、ナプキンをベルトにたくしこんでいた。「ああ、あんたのことは知ってる。なんの用だ？」

ぼくがおきまりの説明をすると、ベンは首を横に振りはじめた。「もう警察に話したよ。あんたにまで話さなきゃならない義理はない」

「そのとおり、そんな義理はない」ぼくはいった。「ついでながら、ぼくがまたきみを店に迎えいれなきゃならない義理もない。つまり、出入り禁止だと思ってもらいたい」

ぼくが階段に到達するまえに、ティールは決心を変えた。「ちょっと待って。くそ、待てったら！」

これで疑いが確信に変わった。ベンのアパートメントから数ブロック以内にコーヒーハウスはたくさんあるが、ミミ・ウィルスンが出入りしているのはうちだけなのだ。リッチーが淹れるエスプレッソがティールの気持ちを変えたとは思えなかった。

「さあ、入って」ベン・ティールはドア口から出てきた。

ガーメント地区でどんな仕事をしているにせよ、ティールはかなり腕がいいにちがいなかった。ティールのアパートメントはフラニーのところの二倍、ぼくが押しこめられている部屋の三倍の広さだった。

テレビのまえのテーブルで、ニュース番組の〈ハントリー・ブリンクリー・レポート〉を見ながら食事をしていたようだった。ベンはテレビを消し、手振りでぼくにソファを勧めた。

「無礼なふるまいをするつもりはなかった。だけど警察は、おれがあの阿呆を殺したと思ってるような態度だったから。おれが！」ティールはさも驚いたといわんばかりにかぶりを振った。

「まあ、イェイツが亡くなる数分前に意見の不一致があったような話をぼくも聞いてる」

「そうじゃない。おれはべつの人間に怒っていて、あの男はたまたまその場にいただけだ」

「そのべつの人間っていうのはミミ・ウィルスンのこと？」

ティールはぼくに疑わしげな目を向けた。「ミミについて何を知っている？」

「うちの店の常連客だってこと。ときどき店できみと一緒にいるところを見かける」

「ミミはおれの彼女だから。つまり、おれ抜きであそこに行くべきじゃない。ましてや、べつの男と同席すべきじゃない」

「きみたちがカップルだとは知らなかったよ。つきあってどれくらいになるの？」

ティールはローストチキンを皿に戻した。「まあ、まだつきあっているとはいえないかもな。だがもうすぐだ。ミミはおれが好きなんだから」

「それで、きみもミミが好きなのかい？」

「もちろんだ！」

「好きな女の子を殴ろうとすることはよくあるの？」

「殴ろうとなんてしていない！　おれはただミミと話そうとしただけなのに、あの阿呆が邪魔したんだ」

「きみがミミを殴るまえに、イェイツが割って入ったって聞いたけど」

「そんなの嘘だ！」ティールがそう叫ぶと、暴風にあおられたカーテンのように口ひげがふくらんだ。「誰から聞いたんだ？」

「その場にいた人たちから。アンドルー・イェイツのことはどう思ってた？」

「さっきもいっただろ、あいつは阿呆だった。なんでミミがあんな男としゃべろうと思ったのかさっぱりわからない」

「ミミには自由に人としゃべる権利もないの？」

ティールはこれには答えないことにしたようだった。「それに、おれはあの男のせいで怒っていたわけでもない。おれが頭にきていたのは、ディナーデートをするはずだったのにミミがすっぽかしたからだ」

「ふーん？　どこに行くはずだったの？」

「〈ホワイト・レール〉だ。おれは三十分待ったが、ミミは現れなかった。それであんたのカフェに行ってみて――まあ、ちょっとカッとなった」

「きみがミミに絶対許してもらえないことをしでかすまえに、イェイツが止めてくれたのは幸運だったよ」

またもや答えはなし。

「店を出て、どこへ向かったんだい？」

「家だ」ベンは手を振って答えた。「ここだよ。警察にもそう話した」

「あとひとつだけ。これはきっと警察に訊かれてないと思う」もうデルガルドのナプキンを見る必要はなかった。質問は覚えていた。「一九五六年の選挙では誰に投票した？」

まるでぼくが引っぱたきでもしたかのように、ティールはさっと身を引いた。「それが、い、いったい何にどう関係があるっていうんだ？」

デルガルドに訊いてくれ、といいたくなった。しかしそうはせず、謎めいて見えるように努力した。「公言するのが恥ずかしいなら――」

「恥ずかしくなんかない。おれはスティーヴンスンに投票した。下っ端役人とか馬鹿で有名な男を選んだほうがよかったとでも？」

ということは、ベンは民主党支持者なのだ。驚くにはあたらない。この界隈にはそういう人間がうようよいる。

「いや、いいんだ。ご協力、どうもありがとう」ぼくは立ちあがった。

ベン・ティールも立ちあがった。かなり〝あがった〟感じがした。ぼくより頭ひとつ分身長が高かったから。「あの夜あそこにいた全員と話をするつもりなのか？」

「見つけられるかぎりね」

「一人は飛ばしてくれ」ティールはぼくのそばに詰め寄った。近すぎた。「ミミは除外してくれ、いいな？　彼女を煩《わずら》わしてもらいたくない」

ミミはぼくよりかなり背が低かった。この男が頭上にそびえるように立ったら、ミミはどんな気持ちがするだろう。

「ありがとう、助かったよ」二人でドアまで歩くあいだ、ぼくはそうくり返した。そして廊下に出るまで待ってからいい添えた。「もううちのコーヒーハウスに来ないでもらいたいって話は覚えているかな？」

「ああ。それで？」

「それはまだ有効だから。店に近づかないでくれ」

ベンが悪態をつくのをうしろに聞きながら、ぼくは廊下を進んだ。

＊

噂をすれば影が差す。コーヒーハウスに戻ると、ミミがリッチーとおしゃべりをしていた。

ぼくもコーヒーを飲んで話をするために座った。

「いいえ、ベン・ティールと一緒に夕食に出かける約束なんて絶対にしてない。〈ホワイト・レール〉だろうと、ほかの場所だろうと」ふだんの囁き声が、激したハスキーボイスに変わった。「もう予約したからノーの返事は受けつけないっていうの。ノーの返事を受けつけないような人は、ほかに何をいっても聞かないって知ってた？」

「アンドルー・イェイツと喧嘩になりそうだったって聞いたけど」

「そうね、ふっかけようとしてた。だけどアンドルーは拳を握りさえしなかった。一歩も引かなかったけど、降参するみたいに両手をあげて、〝きみと喧嘩するつもりはないよ〟といった」ミミは肩をすくめた。「ベンでさえ、防御の構えすら見せない相手に殴りかかっても誰も感心しないってわかったみたい。それでくるりと向きを変えて出ていった」

「そのあとティールに会った？」

「まだ一度も。もうたくさんよ」ミミはコーヒーを一口飲んで唇をなめた。「どうしてそんなに心配しているの？　お店が警察にせっつかれてるとか？」

「店のすぐそばで起こった殺人事件が解決していないとなると、商売にいい影響はないからね。いくつか質問してもいいかな？」

「ええ。なんか楽しい。あなたは探りを入れるのが上手だし」ミミは微笑んだ。「テレビの探偵みたい。なんて名前だったかな。ああ、マイケル・シェーンね！」

それはどうだろう。シェーンなら、おそらくもう次の質問を準備していただろう。一方ぼくは、黙ってしばらく考えなければならなかった。

「きみとアンドルーは、ティールが来るまえは何を話していたの?」

「仕事のことを訊かれて。わたしが移民に英語を教えているのは知ってるでしょ? それからニューヨークのことをあれこれ。アンドルーは〈エド・サリヴァン・ショウ〉の観覧入場券がどうしたら手に入るか知りたがってた」

ミミは、イェイツを襲う理由のある人物には心あたりがないという。「ベンを除けばね。それに、ほんとうはベンにだって理由なんかない——二重にないはずなんだけど。だってアンドルーとわたしのあいだには何もないんだし、仮に何かあったとしても、ベンにはいっさい関係ないんだし」

ミミの話は、その場にいたほかの人のアリバイを立証する助けにはならなかった。ミミが空になったコーヒーカップの縁に指を走らせてその指をなめるころには、ぼくのほうもデルガルドの質問を残すだけになっていた。四つの質問のなかで一番間の抜けたものに思えたが、ぼくは義務を果たした。

「あとひとつだけいいかな。ヒッチコックの新作、〈めまい〉はもう観た?」

ミミは灰色の目を見ひらいた。「まだ観てない。すばらしいとは聞いてるけど。あなたは?」

「まだ」

「すごく観たい。ヒッチコックの大ファンなの」ミミはすこしの間のあとにつづけた。「サスペンスの神さま、だものね?」

オーケイ、ぼくは輝けるドン・ファンというわけじゃないが、ミミが映画に誘ってほしがっているのはわかった。

デルガルドのやつめ。

これがデルガルドの計画なのか、思いがけない副作用なのかはよくわからなかった。しかしこういう状況に放りこまれるのはありがたくなかった。

「そうだね」ぼくはいった。「近々観られるといいね」

ミミは椅子にかけたままうなだれた。それからハンドバッグをひらいていった。「そうだ、わたしの電話番号を教えておくわ。あなたがまた何か質問を思いついたときのために」

ミミは花柄のメモに番号を走り書きした。「もう行かなきゃ。お話しできて楽しかった。答えが見つかるように祈ってる」

もっと気のきいた受け答えができればよかったのにな、とぼくは思った。どんな男だってぼくよりはましだろう、とも。

*

オフィスへ行き、しばらくのあいだ考えこんだ。それからキッチンへ行って、リッチーがハンバーガーのバンズを熱心にこねているところを見つけた。

「きみに質問がある」

「さぞ知恵がつくことだろうね」

「まえに、ミミ・ウィルスンはアンドルー・イェイツを探しにきたのかって訊いたんだけど」

ようやくリッチーの関心を捉えることができた。「それで?」

「それで、きみは答えるまえに妙な目でぼくを見た」

「こんな目だっけ?」リッチーは一方の目を細くし、もう一方の目を大きく見ひらいて、そのままの顔で視線を天井から床まで行き来させた。

「真面目に話してるんだけど。どうしてそんな反応をしたんだ?」

リッチーはため息をついた。「だってミミが探していたのはイェイツでもティールの馬鹿でもないと思ったから」

「ミミが探していたのはぼくだと思った。そういうこと?」

リッチーはにやりと笑った。「ワオ。ミミはようやくきみの気を引いたんだな。ストリップでもやらなきゃ駄目なんじゃないかって話してたんだよ」

「どうして何もいわなかった?」

「デルガルドが、アイオワ産の揺るぎない純朴さに手を加えるのはまちがってるっていうからさ。デルガルドの言葉そのままだよ。で、デートに誘うつもり? 付き添いが必要?」

「リッチー。ぼくの目を見て」

リッチーは眉を寄せ、いわれたとおりにした。

「ぼくは笑ってる?」

「いや」

「だったら、ぼくがおもしろがってない可能性があると考えたほうがよくないか?」

「わかったよ、ミスター・G」リッチーはバンズの作業に戻った。

「あともうひとつ。スケリーは、アンドルー・イェイツが死ぬ直前にきみと話したといっていた。何を話した？」

「なんだっけ？　ああ、そうだ。スケリーはうちにお茶があるかどうか知りたがったんだよ」

「それならもちろんあるだろ。メニューにだって書いてあるじゃないか」

「いや、それはない。スケリーがいったのは葉っぱのことだから」リッチーは眉をあげた。

「マリファナって意味だけど」

「そんなことは知ってるよ。うちは麻薬は売らないといってくれたんだろうね」

「当然だよ、ボス」

「そういうものが、このへんでほんとうに買えるの？」

リッチーは肩をすくめた。「ここはニューヨーク・シティだからね。金さえあればユニコーンの角だって買える」

「だけど、なんでスケリーは〈ニュー・ロージズ〉にそれを探しに来たんだ？」

「ああ」リッチーはため息をついた。「たぶん、ヘンリーがときどき手を出していたからじゃないかな」

ぼくはリッチーを凝視した。「ぼくの伯父は麻薬の売人だったのか？」

「公園でヘロインを売ったりしていたわけじゃないよ、ボス。ヘンリーはときどきマリファナを吸うのが好きで、友達と分けあうこともあるというのは周知の事実だった。だけどスケリーのことはそこまで信用していなかった。そのへんの目は確かだったよ」リッチーは肩をすくめた。「映画とちがって、葉っぱのせいでヘンリーがイカレた殺人者になることはなかった。驚きだね」

「じゃあ、みんなそれをこのコーヒーハウスで吸っていたの？」

「まさか。たいてい路地に出て吸ってたよ」

「イェイツが殺された場所で」

「まあそうだね」

「イェイツはそうやって誘いだされたんだろうか？　マリファナを勧められて？」

リッチーはクルーカットの頭をこすりながらいった。「それは筋が通ってるね、ボス。もしかしたらほんとうのところ、葉っぱのせいでイカレちまった殺人者がいたのかも。で、スリルを求めていたとか」

「このことは警察に話した？」

「いや、警察が知る必要のあることとは思えなかったから」

それに異論はなかった。「だけど容疑者たちは？　ここにドラッグがあったことを知っているのは誰だ？　路地でマリファナが吸えるのを知っていたのは？」

「ああ、だいたいみんな知ってたよ」リッチーは懐かしそうに微笑んだ。「ヘンリーはあれがすごく好きだったからねえ」

「頼むから、いまはもう置いていないといってくれ」

「心配ないよ、ボス。最初に電話で話したときからわかっていたからね、あんたはクソ真面目な——」リッチーは咳ばらいをした。「いや、つまり、あくまで法と秩序を守る人だと思ったからさ。だからヘンリーの友人何人かが供給を断ち切った」

「もうぜんぜん置いてないのは確かなんだね？　警察がうろうろしてるのに——」

「おちつけって。全部燃やしたよ。さて、このバンズは放っといたら勝手にできあがったりはしないんだがね」

リッチーには仕事のつづきをやってもらうことにした。オフィスに入ろうとしたところで、ぼくはぴたりと足を止めた。全部燃やしたって？　おい。

机まで戻ると、ミミの電話番号が書かれた花柄のメモが目についた。

誤解しないでもらいたい。アイオワにいたころだって、デートの相手くらい山ほどいた。オーケイ、山ほどはいないとしても、まあいくらかは。そこが問題だった。ミミは故郷の女の子たちと似すぎている。かわいらしくて、はにかみがちで、内気なところが。

デルガルドによれば、街にはクレアみたいに華やかで快活な女がいっぱいいるという話だった。そんなにいっぱいいるなら、一人くらい紹介してもらったっていいだろう。

ぼくは花柄のメモをごみ箱に入れた。

＊

数分後、ガンダースン警部補が足音高くオフィスに入ってきたとき、最初に思ったのはマリファナのことだった。マリファナについて聞きつけて、ぼくを逮捕しにきたのではないか。

結局はべつの問題だった。「一体全体あんたは何をしているんだ、グレイ?」

ぼくが帳簿を調べているのは一目瞭然だったが、警部補が求めている答えがそれでないことはわかった。「何かあったんですか、警部?」

「こっちがそれを訊いているんだよ。きみは容疑者たちにうるさく質問してまわっているそうじゃないか。カンザスあたりじゃ自警団の誰かがドラマみたいにディロン保安官を演じるのもいいのかもしれんが、ここではお断りだ」

「誰かから苦情があったんですか?」ぼくは尋ねた。

「あんたは自分の仕事だけ気にしていればいい」警部補はいった。「つまり、この穴ぐらのことだよ、殺人事件の捜査じゃなくて。わかったかね?」

穴ぐらだろうとなんだろうと、あんたのところの刑事たちがそこにたむろしているんだから、ぼくが代わりに出かけていって彼らの仕事をするのはフェアなんじゃないか。そういってやろうと思わなくもなかったが、うなずくだけにしておいた。

「それからもうひとつ」ガンダースンはいった。「デルガルドという男には会ったかね?」

ぼくは思わず口をあんぐりとあけた。「ええ、まあ」

「やつには近づかないように。あの男は頭がおかしい。危険だ」

義弟のことを、ずいぶんないいようではないか。元義弟だが。そういえば、ニューヨークでは離婚の根拠にできる事柄が非常にすくなく、極端なことをいいたてるしかないとデルガルドがいっていたっけ。

青白い顔をした警部補は踵《きびす》を返してドアへ向かった。

「警部補、デルガルドのファーストネームはなんですか?」

「汚泥《マッド》」そういって、警部補はそのまま出ていった。

＊

「おちつけよ」詩人はいった。十一時ごろになってようやく現れたので、ひとしきり文句をいってやったところだった。

「わかったよ、トマス。ミミがもっときみのことを知りたがっているんじゃないかと思ったことは認める。それで、べつにかまわないじゃないかと思ったわけさ。理由はほかにもあるが」

「ほかって?」

デルガルドはにやりとしていった。「ミミにする質問をそれしか思いつかなかった。だがバランスを考えると、それぞれの容疑者にひとつずつ質問が必要だった。わかった?」

ぼくはデルガルドを放りだしてやりたかった。できれば窓から。しかしそれよりもまず警官たちを放りだしたかった。だからデルガルドに自分がしてきた事情聴取の話をした。

デルガルドはヤギひげをこすりながら、無表情に聞いていた。何かわかったことがあるのかどうか、いや、ちゃんと注意を払っているかどうかすら怪しかった。ぼくが話し終えると、デルガルドはスプーンでテーブルをたたき、つかのま虚空を見つめてからいった。「ティールがチキンを食べていたといったね」

「いった」

「それはティールが自分で調理したものだろうか？」ぼくは拳をテーブルにたたきつけた。「知るわけないだろう？　手づくりならなんだっていうんだ？」

「すべてはつながっているんだよ。〈ホワイト・レール〉は安い店ではない。あの男は食事にどれくらい金をかけているんだろう。しかしまあ、気にしないでくれ」

「それで、そっちは何を調べたんだ？」

「ぼく？」デルガルドは笑みを浮かべた。「ベン・ティールが生活のために何をしているかわかったよ。婦人服のデザインだ」

「ほんとに？　そういうタイプには見えないな」

「そうだね。フロイト博士なら、なぜティールが女性に対してあんなに横柄な態度を取るのかこれで説明がつく、というだろう。自分がヘミングウェイみたいな男であることを証明しようとしているんだってね」デルガルドはまたゴロワーズに火をつけた。「ああ、リッチーとシェリーは除外していい。多数の目撃証言により、二人の疑惑は晴れた」

「それを聞いてうれしいよ」うちの店で殺人犯が調理をしたり給仕をしたりしているとは思いたくなかった。

「一番重要なのは、あの赤い封筒だ。実物を見たいんだが」

「いってくれればよかったのに。フラニーがくれたよ。オフィスにある」

デルガルドは顔を明るくした。「それはすばらしい。きみにもまだ見どころがあるかもしれないね、トマス」

その言葉を無視して、封筒を取りに行った。

ぼくが戻ると、デルガルドはナプキンでテーブルをごしごし拭いていた。「ここに置いてくれ」

いわれたとおりにすると、デルガルドは封筒を――まず表、次いで裏を――入念に調べた。

「とても興味深いね。じゃあ、なかに貴重な品が入っているかどうか確かめてみよう」

デルガルドは入っていた記事を最初から最後まで読み、最後のページの裸婦の絵も観察した。

「何かわかった?」ぼくは尋ねた。

「んん? ああ、もちろんだよ。殺人者が誰かは明らかだ。ただ、矛盾がないか調べていただけだ」デルガルドは笑みを浮かべた。「ショウのさいちゅうに、馬鹿みたいに見えるのはいやだからね」

「ショウって?」

「ああ。きみが必要になるのはそこだ」デルガルドはやろうとしていることを話した。

ぼくは話を聞きながら五回か六回くらい〝頭がおかしいんじゃないのか〟といったが、デルガルドは肩をすくめただけだった。「まあ、未解決殺人事件の呪いが店の上に垂れこめたままでいいなら、ぼくはかまわないけどね。しかしきみの伯父さんなら――」

「わかった、わかったよ。やるよ」

「結構」デルガルドは赤い封筒をぽんとたたいた。「もしかして、オフィスに金庫があったりしないかな？」

「あるよ」ヘンリー伯父さんは金庫の横の壁に解錠するための数字を貼りつけて、金庫の存在意義を台無しにしていた。ぼくはその数字をはがし、解錠のための数字の組み合わせを変える方法をなんとか探そうとがんばったが駄目だった。まあ、仮に取扱説明書がそのへんにあったとしても、きっとイタリア語で書かれているだろう。

「それはよかった。この封筒をしまっておいてくれ。こいつは今回の犯罪の核心だから」

どうしてそういうことになるのか、ぼくにはさっぱりわからなかった。赤い紙だから、何か共産主義者と関係があるとか？　それとも、ブルックリンで投函されたことに何か意味があるのだろうか？　ブルックリンに通じる橋はまだ渡ったことがなかったので、ぼくにはすべてが謎めいて見えた。

「じゃあ、容疑者全員をここに集める必要があるね」ぼくはいった。「ああ、くそっ」

「どうした？」

「ベン・ティールに、二度と来ないでくれっていっちゃったんだ。それなのに招待しなくちゃならないなんて」

「それならガニーにやらせるよ。刑事からの権柄ずくのご招待だ」

それで思いだした、疑問に思ったことがあったのだ。「警部補は明らかにきみを嫌っているみたいだけど」

「燃え盛る橋の下には、たくさんの歴史があるんだよ、あいにくとね」

「きみのファーストネームがほんとうはなんなのか警部補に訊いたら、教えてくれなかった。なぜだ?」

デルガルドはちらりと笑みを浮かべた。「まあ、こういうことだ、トマス。ぼくの、いわゆるクリスチャンネームはあまり関係がない。じつはガニーの名前が恥ずかしい代物なんだよ。だからあの男は黙ってるんだ」

「わかった。あしたの午後八時だね」ぼくは立ちあがった。

「ちょっと待って。きみの親戚にも来てもらいたい」

「ボンド夫妻? なんで?」

デルガルドはゴロワーズをふかしてフランス風に肩をすくめた。「市議会議員に立候補しようという人物に紹介してもらえる機会なんてそんなにないからね。もしかしたら、いつか駐車違反を握りつぶしてもらえるかもしれないだろう?」

＊

デルガルドの計画についてリッチーに話した。「楽しそうだね」リッチーはいった。「だけどヘンリーは墓のなかでめまいを起こすだろうな」

「ふーん? なんで?」

「あんたの伯父さんならここでデルにそんな真似はさせないはずだからね。デルのことは好きだったが、店に警官やら犯罪者やらが大勢出入りするのはいやがったと思う」

「そう? この手のことならまえにもやったってデルはいっていたけど」

リッチーはうなずいた。「だけど場所はここじゃなかった。ペリー・メイスンみたいな弁護士の役を演じるために、いつも誰かの家の客間に人を集めなきゃならなかった。それがここでできるようになるとは、あのビート詩人も出世したもんだ」

「それで思いだしたよ。デルガルドがほんとうにそんなに大物の詩人なら、どうしてうちの店なんかに入り浸ってるんだ？　黒い服を着て韻文《いんぶん》を口にする人間なんて、ほかにあんまり見かけないけど」

リッチーはにやりとした。「あんたにはまだそれがわかってないのかな？」

「あのさあ、そういわれるのはもう心底うんざりなんだよ。ニューヨーク・シティはパズルか何かなの？　うまくはまるまでピースをより分けたりしなきゃいけないような？」

「すくなくともそれはもうわかったみたいだね。デルがここに入り浸っているのは、ほかの詩人が来ないからだよ。連中に、昼間の仕事をしているところを見られたくないんだ」

「昼間の仕事って？」

「犯罪を解決したり。浮気の現場を押さえたり。あまりにもふつうの勤め人のようで、名声に響くんだってさ」

「だったらどうしてそんな仕事をするんだ？」

「それしかうまくできる仕事がないからだよ」

「ここにいるとほんとに頭が変になりそうだ」

「それなら、店の名前を変えなくてよかったな」

「店の名前？　どういうこと？」

「ニュー・ロージズは神経症《ニューロシス》とかけてあるんだ。それがヘンリーのユーモアのセンスなんだが」

リッチーはうすら笑いを浮かべた。「まだわかってなかったんだね？」

＊

「よくわからないな」ジム・インゲルスがいった。選挙対策本部長が顔をしかめると、悩んだバセットハウンドみたいに見えた。

ぼくはヴィクターの選挙運動の事務所に来ていた。インゲルスが、ヴィクターの自宅への招待など口にすることさえ考えられないと電話ではっきりいったからだった。

「なぜミスター・ボンドが――ましてや夫人まで――わざわざグリニッチ・ヴィレッジまで、どこかの素人が殺人事件を解決するところを見に行かなければならないんですか？」

「だから、来てくださいとお願いしているんですよ」ぼくはいった。政治家が〝お願い〟に弱いのは知っていた。「ぼくは商売に影響が出るまえにこのごたごたを片づけたいんです」

「二人がどんな助けになるというんです？　殺人があった晩にそこにいたわけでもないのに」

「わかりません。でも、ぼくが雇った調査員が重要だというので」

「何が重要なんだい？」ヴィクターがいった。オフィスからひょいと顔を出していた。「やあ、トマス。また会えてうれしいよ」

インゲルスがぼくの計画について話しはじめたが、ぼくはその上にかぶせるようにしてヴィクターに説明した。被害者が兵役経験者だったことも強調した。「あなた自身も戦争の英雄なら――」

「ミスター・ボンドはとてもお忙しいんです」インゲルスがぴしりといった。頭越しに本人に話しかけられて喜ぶ代理人はいない。

ヴィクターは顔をしかめた。「戦争の英雄とは！　ヘレンと話したんだね。確かに太平洋で補給船を指揮したけど、あの海は広いんだ。日本軍の飛行機を見かけることさえなかったよ。正直にいって、史上最も退屈な軍歴なんじゃないかな」

最初のアプローチが失敗したので、ぼくはイベントをべつの方法で説明しようとした。「一種の意思表示になりますよ。たくさんの人々が街の暴力を心配している。今回の集まりはそれについて率直に話すいい機会になる。解決策を提示することも、気遣いを表明することもできます」

インゲルスは苛立ちと称賛の混じった目でぼくを見た。完璧に当を得た発言だった。不安を抱える市民と犯罪について語りあう機会をみすみす逃す政治家などいるだろうか？

「その夜は確か、空いていたね？」ヴィクターは尋ねた。

「今後の予定についてお話しする予定でした、サー。私たちは――」

「だったら、行きのタクシーのなかで三人で話しあえばいい。それに――」ヴィクターはぼくに笑みを向けた。「ようやく親戚が経営する店を見られる」

「ですが、ミセス・ボンドは――」

「アートに関わる時間がなくなったと文句をいっていたからね。カフェでのちょっとした上演を、きっと楽しむだろう」

この親戚はデルガルドの夕べをシェイクスピア劇か、ロジャース&ハマースタインのミュージカルのようなものと勘ちがいしているのではないだろうか。まあ、それはヴィクターの問題だった。
＊

「どういうふうになるんだい？」翌日の午後、リッチーが訊いてきた。〈ニュー・ロージズは貸切につき閉店です〉と書いた看板をドアに掲げたところだった。

「何が？」

「法廷なのか、それともパーティーなのか？　食事は出すのか？　警察が費用を支払うのか？」

そこが難問だった。ガンダースン警部補が全員にリッチーの有名なグリルドチーズサンドをおごることはないだろう。ガンダースン警部補がうちの店にこれだけの人が集まるのに、コーヒーと紅茶さえ用意しないのは考えられなかった。問題は、無料で出すべきか、売り物にするべきかだ。

ガンダースンが連れてくるであろう警官全員の顔を思い浮かべ、その連中にいままでどれだけコーヒーをたかられたか考えた。

「全員、有料でいいと思う」ぼくはリッチーにいった。

「まったくそのとおりだね、ボス」

＊

七時ごろ、デルガルドが最初に到着した。ブロンドの女と一緒だったが、なんとそれがクレアではなかった。きょうの女はクレアより背が高く、がっしりとした体つきで、セーターからブーツまで黒ずくめだった。髪は男並みに短く、一方の肩にボンゴを一組載せていた。

「こちらはパフ」デルガルドが紹介した。「ぼくの伴奏者だ」

パフは会釈をしてぼくのそばを通りすぎ、ステージへ向かった。口をきくつもりはまるでないようだった。そう思うと、なぜデルガルドがパフをよいパートナーと見なしているのかわかる気がした。

ガンダースン警部補がその数分後に現れた。デルガルドのフランス煙草を箱ごと食いちぎりそうな様子で、元義弟と決して目を合わせようとしなかった。なんとか嫌悪感を抑えつけて、目の端からデルガルドの手助けを受けいれようとしているみたいだった。

次に来たのはベン・ティール。垂れさがった口ひげの下からぼくに薄笑いを向けてきた。

フラニー・シャラップとJ・K・スケリーは一緒にやってきた——フラニーはだぶだぶの赤い服を、スケリーは継ぎ当てのあるコーデュロイのジャケットを着ていた。袖に絵の具の染みがついていなければ、スケリーは大学教授のように見えたかもしれない。

ボンド夫妻は開始時刻の直前に到着した。ヴィクターは陽気な態度を堅持しており、ヘレンはまごついた様子だった。きっとヘレンはグリニッチ・ヴィレッジのコーヒーハウスに初めて来たのだろう。二度と来なくて済むなら毛皮のコートを十センチくらい切りとって差しだしてもかまわない、と思っているように見えた。ヘレンはハンドバッグをしっかり胸に抱えていた。まるで誰かに盗まれるとでも思っているかのように。あるいは、鼠《ねずみ》を撃退するために使うことになると思ったのかもしれない。

最後はミミ・ウィルスンだった。パステルピンクのワンピースを着ていて、いつもより肌の露出が多かった。ベン・ティールとぼくが自分の到着に気づいたことをちらりと確認したあとは、どちらのことも無視して警部補の隣に腰をおろした。ティールはミミのほうへ向かいかけたが、ガンダースンが目につくと考えなおした。

ぼくはまず、来てくれたお礼を全員に述べてショウの開始を宣言し、コーヒーか紅茶を買ってくれるよう促した。自分たちも金を払わなきゃならないと気づいた警官数人が、ぼくを睨みつけた。

その後、ガンダースン警部補が立ちあがった。その青白い顔を見て、最初は警部補が消化不良を起こしているのかと思った。だがすぐに、感じよく見せようとしているだけだとわかった。「ニューヨークの街を代表しまして、お越しくださったことにお礼を申しあげます。みなさんの善き市民としてのご協力に感謝します。こちらの紳士は――」そういいながらも、ガンダースン警部補はデルガルドに目を向ける気になれないようだった。「数日まえにここで起こった恐るべき犯罪の背後にある真実を明らかにしようとしています。みなさんには、ここにとどまるべき法的な理由はありません。しかしながら、ご協力いただければたいへんありがたく思います」ガンダースンは口をつぐんだ。つけ加えるべきことは何も思いつかないようだった。警部補は腰をおろした。

デルガルドとパフがステージにあがった。パフはうしろを向いて折りたたみ椅子に座り、膝《ひざ》のあいだにボンゴをはさんだ。

詩人はスポットライトのなかへ歩みでた。目をとじ、深く息を吸いこむと、五センチくらい身長が伸びたように見えた。この男は人まえに立つのが大好きなのだろう。

「こんばんは、みなさん。ぼくはエラリー・デルガルドです。奥にいるレディは友人のパフです。今夜は、みなさんにもいくつかの質問に答えてもらえることと思っています」

デルガルドが芝居がかったしぐさで右手をあげると、パフがスタッカートのリズムでボンゴを激しくたたいた。デルガルドが拳を握ると、音は唐突にやんだ。

最初の質問だ、人の子らよ
罪の重荷は誰のもの？
それこそ善き警部補の知りたいところ
その答えのため、彼は生きている
ぼく？　ぼくはべつの場所で生きている
べつの何かのために生きている
さて、ぼくの質問だ、人の子らよ
アートのための場所はあるか？
アメリカに——この国が生き、息づくこんにちの暮らしのなかに？
人々がほしがるアートはひとつ

ベンジャミン・フランクリンの絵
グリーンとグレイの紙幣
ひとりのアーティストがこの街に来た
フランクリン崇拝者の巣窟に
彼は美をわれわれに示したかった
折りたたんで財布にしまうことのかなわぬ美を
それが死に値するほどの罪だろうか？
それが――

「さっさと本題に入れ！」ガンダースン警部補が怒鳴った。

デルガルドはため息をつき、肩を落とした。「わかったよ、ガニー。きみのやり方でやろう。イェイツを殺す動機があったのは誰だ？　イェイツは初めて街に出てきたばかりだった。初対面で早々に嫌われるタイプの人間がいることは認めるが」デルガルドはガンダースンに笑みを向けた。「しかし聞いた話では、イェイツは悪いやつではなかった。そこで、最初の質問はこれだ。ここにいる善良な人々のなかに――」デルガルドは身振りで聴衆を示した。「イェイツがニューヨークに来るまえから知り合いだった人がいるか、だ」

「もうとっくに尋ねたよ」ガンダースンはいった。「全員、答えはノーだ。われわれは自分たちの仕事を心得ているんだよ、やれやれ」

デルガルドは説教師のように手をあげた。

自分の仕事は心得ている
そう、あなたはいう
だが、刑事の仕事とはなんだろう?
刑事は批評家、それだけだ
他人の仕事の粗探し
犯人は——
ああ、子らよ！　犯人こそアーティストだ
創造者だ
破壊こそ彼のほんとうの作品

「では、警察の仕事を手伝えるかどうか確認しようか、ガニー。ミスター・インゲルス。あなたは殺人があった夜ここにいなかったから、イェイツと知り合いだったかどうか、きっと誰からも訊かれていない。そうですね？」

選挙対策本部長はうなずいた。顎の肉が垂れているせいで、いっそうおどおどして見えた。

「実際、会ったことがありません」

「ミセス・ボンド、あなたもそうですか？」

ヘレンは苛立っているようだった。「ええ、もちろんです」

「あなたの夫もそうでしょうね。ミスター・B?」

ぼくの親戚は渋面をつくっていった。「そのとおり。先へ進めてくれたまえ」

デルガルドが一方の手をあげると、パフがことさら劇的にボンゴをバン・バン・バンと強打した。「さて、そこが問題だ。あなたのいうことが信じられない」

ヴィクターはアイオワの竜巻のようにいきりたった。「そんないいがかりを本気にする理由は――」

「理由はありますよ、確認できます。あなたとイェイツは戦争中に出会ったんでしょう。トマス、きみは首を振っているね」

いきなりショウに引きこまれて、ぼくはすこしばかり驚いた。「だって、イェイツは陸軍にいて、ヴィクターは海軍にいたんだよ。二人がおなじ場所に行く確率がどれくらいあるっていうんだ?」

「ほとんどない。かなり大きな戦争だったからね。しかしきみのいまの話にはいくつか問題がある」デルガルドは指を一本掲げた。「ひとつ。イェイツは陸軍にいなかった。ふたつ――」もう一本指を掲げる。「ボンド氏は海軍にいなかった」

ヘレンが憤慨していった。「ナンセンスだわ。トマス、あなたに悪気がないのはわかっているけど、この男は……。帰りましょう、ヴィクター」

しかし夫のほうは動かなかった。詩人から目を逸らしもしなかった。「この男が私について何をいうつもりか聞きたい」

賢明だ
この男にしゃべらせよう
この男は縄をなう、あとで自分を吊るす縄を
縄ならぼくも持っている、すべてをまとめるに足る縄を
だが、まずは結びめをほどかなければ

デルガルドはぼくに目を戻した。「トマス、なぜイェイツが陸軍にいたなんていうんだ?」

「本人から聞いたからさ」そのときの言葉をなんとかして正確に思いだそうとした。「イェイツはこんなふうにいってたと思う。〝戦争が終わってキャンプ・ウォルドポートを立ち去ったときには、スケッチの詰まったアタッシェケースを抱えて……〟」

「それで、きみはウォルドポートを陸軍キャンプだと思った」

全員がぼくを見ていた。「ちがうの?」

「ちがうね。ウォルドポートはオレゴン州の労働収容所で、良心的兵役拒否者が送りこまれて木材伐採人として働いたんだ。向こうでは木こりと呼ばれていた」

ミミが咳ばらいをした。きょう、口をひらくのはこれが初めてだった。「わたしのおじも良心的兵役拒否者だった。でも、歩兵隊で軍医として働いた」

「そういう人も大勢いた」デルガルドは同意していった。「しかし強硬派の人々、軍服を着るのを完全に拒否した人々は、労働キャンプに送られた」

みんながアンドルー・イェイツのことをどんなふうに説明したか思いだした。ティールとミミのあいだに立ち、殴られるのもかまわない様子で、自分の身を守ろうとすらしなかった。平和主義者のことはよく知らないが、アンドルーはそういう人々のひとりなのだろうと思えた。

「ウォルドポートはメノナイトの教会によって運営されていて、アーティストのキャンプとして名高かった。あそこを出て作家や画家になった人は多かった。アンタイド・プレスという独自の出版社も持っていた」

スケリーは皮肉な笑みを浮かべていった。「さぞ懸命に働いたんだろうね、本を書く時間があったなんて」

「仲間が五人死んだよ」ヴィクターがいった。みんな顔を向けてヴィクターを見つめた。ヴィクターは床を見つめていた。「怪我をした者はもっと多い。木材の伐採には戦争ほどの危険はないが、事務仕事ってわけでもないからね」

選挙対策本部長のインゲルスは両手で顔を覆った。仕事が消えてなくなったのだ。

ヴィクターの妻は、いきなり中国語をしゃべりはじめた相手を見るような目つきで夫を凝視した。「ヴィクター、何をいっているの? あなたは海軍にいたんでしょう」

ヴィクターはヘレンを見ようとしなかった。「きみに嘘をつくつもりはなかった。誤解だったんだよ」

「何があったかはわかると思う」デルガルドはいった。「あなたはヘレンに、自分はＣＯだったと話した。そうじゃありませんか？」

「正確にはちがう」ヴィクターはそういってため息をついた。「キャンプから解放されたあと、私はポートランドへ行った」

そういえば、親戚夫妻はメイン州で出会ったんだ、とデルガルドにいってしまった。オレゴンにもポートランドがあるのを忘れていたのだ。まあ、ふたつのポートランドのあいだの距離は五千キロくらいのものだ。

「狩猟のガイドをしている男のところで働いた。私はその男にいったんだ、自分はＣＯだったと。良心的兵役拒否者（conscientious objector）の意味でね。ところがその男は自分が海軍にいたものだから、艦長（commanding officer）のことだと思った」

ヴィクターは肩をすくめた。「説明をつづけるより、誤解されたまま流すほうが簡単だった。その後、きみときみのお父さんがやってきて、思いこみで私のことをとても誇りに――」

ヘレンは険悪な表情を浮かべていた。平和主義者なら絶対に賛同しないようなことを考えている顔つきだった。「じゃあ、あなたは何年もずっと、英雄のふりをしてきたのね」

「ふりなんかしなかった。その言葉を使わないでくれと、なんども頼みこんだじゃないか」

「だけどなぜ戦うことを拒否したの？　あなたは勇敢な兵士たちの話をしていたし、お父さんが第一次大戦で従軍した話も――」

「きみは私の父に会ったことがないだろう」ヴィクターはいった。「フランスでガスを吸いこんで亡くなったからだ。だが、何よりも父を害したのは、われわれを戦争に加担させるために政府や新聞がついた嘘だった。ドイツ人が銃剣で赤ん坊を刺し殺しているとか。敵の兵士を教会のドアに磔《はりつけ》にしているとか」ヴィクターは肩をすくめた。「ナチスに関するぞっとするような話が耳に入りはじめたときも、また宣伝組織が動きだしたのかと思ったんだ。今回はさまざまな非道が本物だったなんて、わからなかった」

「あとは帰宅してから二人で話しあってください」ガンダースン警部補はいった。「私が知りたいのは誰がイェイツを殺したかだ」警部補はデルガルドのほうを向いた。「ボンド氏がこの秘密を守るためにやった、そういうことか？」

デルガルドはぼくを見た。「どう思う、トマス？」

「それはできなかったはずだ」ぼくはいった。「ヴィクターは、イェイツが死んだときには教会で講演をしていて、ぼくもそれを聞いている。ミセス・ボンドもそこにいた。ミスター・インゲルスはいなかった」

全員が選挙対策本部長を見た。インゲルスの喉ぼとけが上下に動いた。「私ですか？　なぜ私がその人を殺すんです？　存在すら知らなかったのに」

「だけどボスの経歴は知っていた。そうじゃないかな？」デルガルドはいった。「トマスは、ボンド氏に戦争のときの話を振ったとき、あなたが話題を変えたといっていた」

インゲルスは首を振った。「労働キャンプのことは知りませんでした。ただ、ミスター・ボンドが戦争のことを話題にしたがらないのは承知していました」インゲルスはヴィクターを見た。「たぶん、軍法会議にかけられたとか、そんなようなことがあったのだと思っていました」

「あの晩はどこにいましたか?」ガンダースンが尋ねた。

「事務所にいました。べつのスピーチを書いていたんです」

「一人で?」

「ちょっと、ガニー」デルガルドがいった。「大事な事実を無視しているよ」

青白い顔の警部補が、欲求不満で歯ぎしりをしそうに見えた。「それは何かね、具体的には」

また手があがり、ボンゴが鳴った。

偶然の一致
ぼくは偶然が大好きだ
偶然は、チェスボード上の小さな隆起
そこに乗ればまわりが見える
グランドマスターがぼくらをどう動かそうとしているか見える
だが、偶然が多すぎれば?
誰かが、どこかで、テーブルを蹴っている

「誓っていうが」ガンダースンが口をはさんだ。「あと一分この調子なら、私が自分であんたを撃ってやる」

「わかったよ。こう考えてみて。ボンド夫妻は、イェイツのアートが壁にかかっている期間内に、たまたま〈ニュー・ロージズ〉を訪問する計画をたてた。そんな確率がどれくらいあると思う?」

ヴィクターはぼくを指差した。「私たちを招待したのは彼だ。トマス・グレイだよ!」

ぼくはごくりと唾を呑みこんだ。「だって伯父さんのファイルに名前があったから。それに、イェイツの絵は、ぼくがここに来たときにはすでに壁に飾られていた」

「そのとおり」デルガルドはいった。「では、なぜそれが壁に飾られていたのか? フラニー、ヘンリーにイェイツの絵を勧めたのはきみだ。そうだね?」

フラニーは明るい目を見ひらいて待っていた。「そうよ、ハニー。五月ごろ、誰かがイェイツの記事を送ってきたの。それでイェイツの作品が気に入ったからヘンリーに提案した」

「そしてトマスには、それを送ってきたのが誰かはわからないと伝えた」

「差出人の名前が書かれていなかったから」

「しかし幸運なことに、封筒を取っておいた」

フラニーはうなずいた。「記事を入れてしまっておくためにね。それはトマスにあげたけど」

「持ってきてもらえるかな」デルガルドはいった。

「ちょっと待った」ガンダースンがいった。「私も一緒に行く」

警部補はオフィスまでついてきた。ぼくは金庫のまえで立ち止まり、警部補を見た。

「何か?」

「向こうを向いていてください、警部補」

ガンダースンはわざとらしくため息をつき、腕を組んでみせてから、痩せた背中をこちらへ向けた。

ぼくは組み合わせ数字のとおりにつまみをまわし、金庫の扉をあけた。ガンダースンがすぐに寄ってきたので、もうここに葉っぱがなくてよかったと思った。

「私が持っていく」ガンダースンはそういってハンカチを引っぱりだすと、赤い封筒の角をつまんだ。

「どうぞご遠慮なく」たいして選択の余地もなかったので、ぼくは答えた。

「すばらしい」ぼくらが戻ると、デルガルドはいった。「ガニー、記事を出して見せてくれるかな?」

警部補はもう一枚ハンカチを見つけ、記事をつまみ出すと、テーブルの上に広げた。客人の大半がそれを見に集まった。

「《ロッキー・マウンテン・アーツ》からの三ページ」デルガルドはいった。「本人が送ったわけじゃないのはわかっている。イェイツはコロラドにいて、これが投函されたのはブルックリンだ。では、誰がこれをフラニーに送ったのか?」

誰からも提案はあがらなかった。

「答えが出てこない。〝誰が〟という点がわからないなら、〝なぜ〟を考えてみるといい。その誰かは、なぜイェイツをニューヨークに来させたかったのか?」

「殺すために」ガンダースンがいった。

「かもしれない。しかしその場合、なぜイェイツが街に来てから何週間も待ったのか？　ぼくは何かが変わったからだと思う。まさにあの夜、何かが変わった。さあ！　誰かわかった人？」

誰も口をひらかなかった。

デルガルドはぼくを指差し、ぼくは跳びあがった。「そこに座っている彼ですよ、みなさん！　殺人者ではなく、ただのきっかけですが。トマスが想定外の要素だった。トマスはあの晩、ボンド夫妻をコーヒーハウスに招いた。しかも夫妻が来ることをみなに知らせるための看板まで掲げた」

「ああ、そうだったね」ぼくはいった。ここへきてやっと、ぼんやりとではあるが、話の向かう先がわかってきた。

「夫妻が到着したときにイェイツがまだコーヒーハウスにいたら、キャンプ・ウォルドポートにいた平和主義者の仲間にすぐに気づいたはずだ。そしてイェイツのほうに戦時のことを話したがらない理由はなかった。だから秘密はその場で明かされていたことでしょう」

「だが」警部補が文句をつけた。「ボンド夫妻がイェイツを殺していないことはすでにわかっている」

「日光ほどにも明々白々だ。しかしボンド氏の戦時の経歴を秘密にしておきたいと強く願っていた者はほかにもいる。そうじゃありませんか、ミスター・ボンド？」

ヴィクターはずっと顔をしかめており、もともと彫りの深い顔がさらに陰影を深めていた。

ところがいま、頭上に電球が灯ったかのように表情が変わった。「ああ、なんてことだ！」

「わかったんですね」デルガルドは満足げにいった。

「あなただと思っていたよ」

「ちがいますよ。ぼくはその手のゲームにふけったりはしない」

「なんの話？」ミセス・ボンドがいった。一分ごとに怒りを募らせている。

ヴィクターは顔をそむけていった。「私は強請《ゆす》られていたんだ。戦時の経歴を暴露してやると脅されていた」

「いくら払ったんです？」ガンダースンが尋ねた。

ヴィクターはぐっと唾を呑んでから答えた。「ひと月に二百ドル」

「わたしのお金を？」ヘレンが喘《あえ》ぐようにいった。

ヴィクターはヘレンを見て、すぐに目を逸らした。「きみのためにしたことだ」

ヘレンの顔には、〝家に帰ったら見ていらっしゃい〟と書いてあった。

警部補にも、もう話の筋道が見えたようだった。「その脅迫者には、イェイツをボンド氏に会わせたくない理由があった」

「もちろんそうだね。イェイツが秘密を漏らしたら、その悪人の収入源はなくなるわけだから」

「だったら、なぜミス・シャラップに記事を送った？　なぜイェイツを街に呼び寄せるような危険をおかしたんだ？」

デルガルドは笑みを浮かべた。「誰か、善良なる警部補に説明してあげてください」

ぼくは黙っていられなくなった。経営学の基礎だ。「脅迫者は顧客基盤を増やしたかったんですよ」

ガンダースンは眉を寄せた。「もう一度いってもらえるかな?」

「被害者を増やそうとしたんです。イェイツはキャンプにいたほかの人々の名前も知っていたはず。そのなかには、戦時の経歴を隠そうとしている人がいたかもしれない」

「そのとおりだよ、トマス」デルガルドはいった。「例の赤狩りのためのブラックリストのせいで、ほんのちょっとでも——そう、たとえばアドレイ・スティーヴンスンよりも——左寄りに見えそうな過去があれば、たいていの人はそれを隠したがるようになったからね」

デルガルドは手を唇まで持っていき、煙草をくわえていなかったことに気づいて驚いたような顔をした。「どこまで話したっけ? ああ! さて、ここが重要だ。フラニー、封筒のなかにはほかに何か入ってた?」

フラニーは考えこむような顔をしていった。「いいえ、ほかには何もなかったと思う。あれで全部」

デルガルドが手をあげ、パフがまた悲しげな、取り乱したようなリズムでボンゴをたたいた。

「ああ、やれやれ」ガンダースンがうめいた。

それが重荷だ、人の子らよ

それが重みだ

罪の重みだ

デルガルドは封筒を指差した。「ガニー、切手の額を読みあげてもらえるかな」

警部補は封筒を持って腕を伸ばした。老眼をちょっと恥ずかしがっているようだった。「十二セント」

「ビンゴ!」デルガルドはいった。「なぜたった三枚の中身に、十二セントも切手が貼ってあるのか? 重さは五十グラムもないと思うが、まあ、送り手が用心深かったとしよう。五十グラムなら現在の郵便料金では八セントで送れる。夏が終わって料金があがるまえならたったの六セントで送れた」

誰もがデルガルドにむかって顔をしかめ、デルガルドもぼくたちに向かって顔をしかめ返した。「さあ、みなさん! なぜ封筒に余分の切手を貼ったのか? 誰かわかりませんか?」

大半が肩をすくめた。

デルガルドは笑みを浮かべた。「おめでとう! 全員正解です。そんなことをする理由はない。ゆえに誰もしなかった」

「つまり、封筒の中身について、ミス・シャラップは嘘をついているということかね?」ガンダースンが尋ねた。

「ちょっと、何をいってるの」フラニーがいった。

「ほんとうは何が入っていたんだ?」ヴィクターが尋ねた。

「わからない」デルガルドは陽気な口調でいった。「だがそれは問題ではない、なぜならイェイツの記事は入っていなかったんだから」

「話についていけないよ」スケリーがいった。

詩人はため息をついた。「つながりを考えるんだ。人生なんてみんなつながりでできているようなものじゃないか。まだ、ボンド氏とイェイツが鉢合わせしそうになった偶然について解明しなきゃならない。トマス、そもそもどうしてボンド夫妻をここに招待したんだい？」

ぼくは目をぱちくりさせた。「遠縁の親戚だって書いてある書類をヘンリー伯父さんのオフィスで見つけたからさ。ニューヨークにいる親類はその二人だけだから、会いたいと思って」

「しかしヘンリーは会わないことにしていた。なぜだ？」

「ヴィクター・ボンドの政治信条を知ったから。マッカーシー主義者とは会いたくないと思ったらしい」

ヴィクターは顔を赤くした。「私はマッカーシー主義者ではない！」

「あなたがそういうなら、そのとおりなんでしょう」デルガルドは穏やかにいった。「しかし、ヘンリーはどこからその考えを仕入れたんでしょうね？　リッチー、ヘンリーは図書館に足を運んでボンド氏のことを調べたんだろうか？」

リッチーは驚いた顔をした。「ヘンリーが？　それは絶対ない。本には近づかなかった」

「だったら、誰かに調べてもらったのかもしれない」デルガルドはいった。「調べ物ができる人を誰か知っていたんじゃないか？　たぶん、執筆で生計を立てているような人を？」

全員がフラニー・シャラップのほうを向いた。フラニーは何もいわず、ぎゅっと結んだ唇が細い線になっていた。

「わかったかな」デルガルドはいった。「ヘンリーは親戚のことを調べてくれとフラニーに頼んだ。フラニーがほんとうのことを報告したか、嘘をついたかはわからないが、いずれにせよ、ヘンリーはボンド氏に会いたくないと思った。しかしたぶん、フラニーはわかったことを全部ヘンリーに話したわけではなかった。つまり、ボンド氏が戦時の体験を隠していることは報告しなかった」

「中傷だわ!」フラニーはいった。

「それをいうなら名誉棄損だ。物書きなら、ちがいを知っておくべきだよ。どこまで話したっけ? そうだ、強請りがはじまったのはいつですか、ミスター・ボンド?」

「四月」

「伯父がヴィクターのことを知ったひと月後だ」ぼくはいった。

「ビンゴ。もしぼくの考えが正しければ、フラニーは自分が金蔓《かねづる》を握ったことに気がついた。そこで、ウォルドポートにいたことのあるべつの人間を探しはじめた。おなじキャンプにいた仲間のことを喜んでしゃべってくれそうな人間を。フラニーはイェイツを見つけ、ニューヨークに呼んだ。ヘンリーはボンド氏をコーヒーハウスに招かないことに決めていたので、危険はなかった」

「しかしそのうちに伯父は亡くなり、ぼくがルールを変えた」

「そのとおり。それで、きみがご親切にも掲げた看板を見て、フランニーはアンドルー・イェイツを追いださなければならないと気がついた。フランニーはなんとかいいくるめてイェイツを路地に誘いだし——」

マリファナのことはいわないでくれ。

「あとはハンカチを落とすとか、あるいは何かほかの理由でイェイツが身を屈めるように仕向けた。太いパイプがあったから、腕力はたいして必要なかった」

「で、この封筒はどこから来たんだ？」ガンダースンが尋ねた。

「どうやってイェイツのことを知ったか、説明する必要が生じるかもしれない。フランニーにもそれはわかっていた。イェイツのことを調べたときに見つけた記事があったし、自分のつくり話に合う時期に届いた——しかも差出人の記載のない——封筒も手もとにあった。郵便料金がちがっていたが、それには気づかなかったんだろう」

「全部嘘よ」フランニー・シャラップはいった。

「その場合には」ガンダースン警部補がそういいながら立ちあがった。「あなたの銀行口座に、四月以降毎月二百ドルの振込の記録がある、なんてことはないんでしょうな？」

フランニーの表情からして、どうやらあるようだった。

＊

その後、パーティーはおひらきになった。ヴィクター・ボンドはいつか夕食にと招待してくれたが、あの夫婦が一緒に社交的な催しを計画することは当分ないだろう。

ミミは誰にも——とくにぼくには——目を向けずに立ち去った。

フラニー・シャラップは輝く金属のブレスレットをつけて出ていった。

ブロンドのボンゴ奏者のパフは、出ていく途中で立ち止まった。そしてぼくと目を合わせ、真面目な顔でうなずいた。

「まだまだこれからね」パフはいった。ぼくはそれを褒め言葉として受けとることにした。もしビート族と呼ばれるような人が実際にいるとしたらパフがそうだろう、とも思った。

すぐに人がいなくなり、部屋には片づけをしているリッチーと、最後のエスプレッソをちびちび飲むデルガルドが残っているだけになった。

「なかなか印象的だったよ」ぼくはデルガルドにいった。

「んん？」デルガルドは顔をあげ、まどろみから覚めたばかりの男のようにまばたきをした。

「失礼。パフォーマンスのあとはいつも抜け殻になる」

「あれはパフォーマンスだったの？」

デルガルドはにやりとした。「もちろんだよ。ちょっとした即興詩のショウだ。こういう謎解きをやるのはそのためなんだ。ほんとうに注意を払って耳を傾ける聴衆を集めるためだ。それで、わが友トマス、ぼくはこれでツケを払ったことになったのかな？」

そのことはすっかり忘れていた。「そうだね。約束は約束だ」

「よかった。あしたからまた新しく借りをつくるとしよう」

「ひとつ質問がある。最初からフラニーを疑ってた？　だからどうやってイェイツと知りあったか尋ねたの？」

「いや。フラニーが目についたのは、封筒を見たあとだった。ほかの道化役者たちにああいう質問をしてもらったのはなぜか、わかったかい？」

「スケリーが戦時に何をしていたか知りたがったのは、キャンプ・ウォルドポートにいたかどうか確認するため。それから、ティールの政治信条を知りたがったのは――なぜだ？」

「もしティールが共和党支持者なら、ヴィクター・ボンドを知っていたかもしれないからさ。誰かがつながりを隠そうとしていたんだ。それがきみの親戚でないなら、脅迫者だろう。どうしてぼくをそんな目で見てるんだ？」

「そんなにキャンプ・ウォルドポートに詳しいのはなぜかなと思って」

「アンタイド・プレスはケネス・パッチェンの最初の詩集を出版したんだ。それに、最初のビート詩人、グレン・コフィールドの唯一の著書も」

「ふーん。ところで、あなたは戦時中に何をしていたの？」

「ぼく？」デルガルドはその質問に驚いたようだった。「まあ、歩兵隊はどうしても詩人がほしいってわけじゃなさそうだったから、陸軍省で翻訳の仕事をしていたよ」

「翻訳？」

　デルガルドは頭をうしろに傾けて、エスプレッソの最後の一口を飲んだ。「スペイン語。ロシア語。辞書があって、最初だけちょっと手伝ってもらえれば、ポーランド語もできる」

「そうか」充分に納得のいく答えだった。「まあ、とにかく、勝利の夜だったね、デル。クレアに見せられなくて残念だ」

「クレア？」デルガルドは、それが誰だか思いだせないかのように顔をしかめ、それからクレアが来たとでも思ったかのようにぼんやりあたりを見まわした。あのパフォーマンスはほんとうにデルガルドを抜け殻にしてしまったらしい。「クレアはボブのもとへ戻ったよ」

「ボブ・誰？」

「ボブ・スミス。ビル・ジョーンズ。忘れたよ。クレアの幼なじみで、いまはＩＢＭだかＩＴＴだかの下級管理職だ。もしかしたらＡＴＴだったかも。まあ、どれでも大差ない」

「ああ、ごめん」

「いいんだ。いつか彼は下級役員にでもなって、二人はウエストチェスターに中二階のある家を建て、三人の子供を持つだろう。クレアはステーションワゴンでＰＴＡの集まりに出かけ、ほかの母親たちを見まわしてこう思うんだ。〝わたしはこの人たちよりクールだわ、だってビート詩人とベッドで跳びはねたことがあるんだもの〟」

ぼくはデルガルドをまじまじと見た。「そんな気の滅入るような話は聞いたこともないな」

「いいや。彼女の人生をかなりマシに見えるようにいってみたんだが」

「気が滅入るっていうのはデルの人生のほうだよ。こういうことはよくあるの？」

デルガルドは立ちあがった。「きみは誤った思いこみをしている。ぼくがベッドで跳びはねることより多くを求めていたと思っているらしいが、べつに求めていない」

「そんなに浅薄だなんて、信じられないよ」

「ぼくの浅薄さの深みはきみの理解を超えているんだよ、若きトマスくん。どこへ行く?」

ぼくはオフィスのごみ箱へ向かっていた。「ミミの電話番号を探しに。もしかしたら、映画を観たいと思っているかもしれないからね」

著者よりひとこと

ニュージャージー州のプレインフィールド公共図書館にはすばらしい児童室があるが、わたしは十歳になったときには——シャーロック・ホームズに出会った一年後くらいだ——その部屋を使い尽くしていた。利用可能な本をすべて読んだわけではなかったが、興味のあるものは貪《むさぼ》り尽くしてしまった。

つまり、廊下をこっそり先まで進んで、天井が高く美しい大人用のセクションまで行かなければならなくなった。こっそり行ったのは、子供は入室を許されていなかったからだ。もし司書に見つかったら、『くまのプーさん』や『不思議の国のアリス』の世界へ追い返されていただろう。

図書館のスタッフから隠れるのに最適の場所はレファレンスデスクの真うしろのエリアで、そこはミステリのコーナーだった。そこでわたしは人生を変える瞬間を体験した——レックス・スタウトの小説を見つけたのだ。蘭を愛し、ビールをがぶ飲みする、巨漢の私立探偵ネロ・ウルフとの出会いだった。そのとき以来、ずっとスタウトのファンである。

一九七五年にスタウトが亡くなったあと、ファングループが〈ウルフ・パック〉という組織をつくった。誇らしいことに、わたしも会員である。二〇〇七年、ウルフ・パックはＡＨＭＭと手を組んで〈黒い蘭中編賞〉を設立した。スタウトが非常に効果的に用いた形式、中編小説を奨励する賞である。

二〇一〇年、わたしの友人で、すばらしいミステリの書き手でもあるジェイムズ・リンカーン・ウォーレンが、このコンテストに参加することに決めた。応募作品をまずきみが批評してみてくれと頼まれ、わたしは喜んで手を貸した。ジェイムズは受賞した。いやいや、わたしの慎ましい提案がおおいに貢献したなどというつもりはない。

だが、そこでわたしも考えた。自分でも挑戦してみたらどうだろうか。いやしかし、一万五千語の小説を書くことについて何を知っているというのか？

わたしの最初の小説 *Such A Killing Crime* は、一九六三年のグリニッチ・ヴィレッジが舞台だった。その舞台をもう一度書きたいとは思わなかったが、もう数年、ビート族の時代まで遡《さかのぼ》ったらどうだろうか？　探偵をビート詩人にしたら？　ネロ・ウルフの小説は、いつも探偵が容疑者を集め、殺人犯を明かして終わる。わたしの主人公が自由詩でそれをやるといい張ったらどうだろう？

愉快なものができるかもしれない、とわたしは思った。

そうなると、詩人につける名前が必要だった。以下は、作家が思いついたアイディアを絶対に粗末にしない理由の説明でもある。

この思いつきの一年まえ、わたしはミステリの世界大会、バウチャーコンに参加するためにサンフランシスコへ行った。お気に入りの都市を歩いていると、突然——

デルガルド。

という一語が頭に浮かんだ。看板かどこかに書いてあったのだろうかと思い、わたしはあたりを見まわした。しかし、なかった。唐突にただ浮かんだのだ——デ、ル、ガ、ルド。

その言葉が三回めにわたしの頭に飛びこんできたとき、誰かがわたしに何かを伝えようとしているのだと思った。わたしはノートを取りだし（つねに持ち歩いている）、それを書きとめた。きっと誰かの名前だろう。

その後何カ月か、むき出しの骨にいくらか肉づけをしようと試みた。このデルガルドという人物について、短編になることを望みつつ、たくさんのアイディアを走り書きした。どれも駄目だった。そこで、いつか使えるかもしれないアイディアを貯めておく大きなファイルに入れておいた。

だがここへきて、ビート詩人探偵に名前が必要になった。ごちゃ混ぜのアイディアのなかから一つが戻ってきた——あのデルガルドだ。そのときの気分とか、話している相手によってファーストネームを変える男。わたしの一風変わった探偵にぴったりだと思えた。

ネロ・ウルフの小説には、つねにべつの語り手がいる。年下で、ウルフより活動的だが聡明さでは劣る助手、アーチー・グッドウィンだ。黒い蘭中編賞を獲得するのにそういう助手が必須というわけではないが、まあ、いても害にはなるまい、とわたしは思った。

中西部出身、ビジネス専攻のこの助手にも、もちろん名前が必要だった。何か穏当で、記憶に残らないような、とはいえデルガルドにとっては重要な意味を持つ名前。わたしはイギリスの物書きのリストをめくり、トマス・グレイを発見した。友人のジェイムズが、田舎の墓地について書いたグレイの詩を思いださせてくれたので、自分が着々と目標に向かっている実感が湧いた。

キャラクターは容易に思いつく。フェアプレイの短編を書くに当たり、わたしにとって一番むずかしいのは、手掛かりの提示だ。本書のなかに本物の謎解きが一編しかない理由も、これでおわかりいただけるかもしれない。「赤い封筒」の事件では、ふたつの手掛かりを記憶のなかから引きだすことができた。

これに先立つ一年のあいだ、アメリカ北西部沿岸の文学に関する本を書こうと、調べ物をしていた。愚にもつかない理由がいろいろとあって、結局この本は出版されなかったが、キャンプ・ウォルドポートについて何かで読んだのが記憶に残っており、それをこちらで使うことができた。

また、わたしが子供のころ、両親がリーダーズ・ダイジェスト誌を購読しており、そこには読者から寄せられた実話の記事がたくさん載っていた。そのなかのひとつに、恋人を父親に紹介するのをためらっている女性の話があった。恋人が良心的兵役拒否者で、父親が海軍の男だったからだ。幸運にも、その二人の顔合わせは――COという用語にまつわる誤解のおかげで――円満に終わった。

「赤い封筒」は黒い蘭中編賞を獲得し、AHMMの二〇一三年七・八月号に掲載された。わたしは妻とともに東海岸へ飛び、年に一度の黒い蘭の宴《ブラック・オーキッド・バンケット》で賞を受けとった。かなりの冒険だった。ハリケーン・サンディが襲ってからひと月しか経っておらず、まだ多くの列車が運行を再開していなかったからだ。

レックス・スタウトはこういっている。ネロ・ウルフが成功したのはキャラクターが生まれたからだ、つくられたのではなく、と。デルガルドもそういうキャラクターだと主張するつもりはないが、わたしの描いたほかの多くのキャラクターに比べると、〝生まれた〟感じが強い。

現在はデルガルドものの中編第二作に取り組んでおり、これがいつかＡＨＭＭに掲載されることを願っている。みなさんにお読みいただける機会があるといいと思う。

いずれにせよ、わたしの小説に関心を持ち、お読みくださったみなさんにお礼を申しあげたい。ほんのつかのまでも、わたしの短編がみなさんをどこかおもしろい場所へ連れていけたならうれしい。

編訳者あとがき

ミステリ作家のシャンクスがしぶしぶ探偵役を務める連作短編集『日曜の午後はミステリ作家とお茶を』（二〇一八年刊、創元推理文庫）がご好評をいただきまして、ロバート・ロプレスティの短編集第二弾をお届けできることになりました。本書にはシャンクスは登場しませんが、軽やかでどこかオフビートなこの著者の持ち味はそのままに、すこしずつ雰囲気のちがう中・短編を九編集めてあります。

じつはシャンクスの短編集の刊行が決まった時点で、手もとにあったこの著者のほかの短編も八割がた読了していて、機会があればご紹介したいと思っていましたので、第一弾に重版がかかり、第二弾にゴーサインが出たときには、二十編ほどの短編それぞれのおよその分量とあらすじのメモ、そしてどの短編を採るかの素案がすでにありました。九編はわりとすんなり決まり、ではどういう順番で並べようかと考えていたところ、なんと著者からも「こんな並び順でどう?」という案が届きました。ご提案の並びから、著者がどの短編をとくに気に入っているかがなんとなく見えたので、そこを汲《く》みつつ、編集部と編訳者で相談して決めました。先頭から飽かず読めるようにと考えて並べてあります（が、もちろんどこから読んでも自由ですし、どんな順で読んでもお楽しみいただけます）。

今回も日本版の「まえがき」と「著者よりひとこと」執筆をご快諾のうえ（「ひとこと」は前回よりパワーアップしています）、短編の並びまで一緒に考えてくださった著者と、東京創元社編集部の佐々木日向子氏におおいに助けていただき、感謝しています。
「著者よりひとこと」がたいへん充実しているので、屋上屋《おくじょうおく》を架すだけのような気もしますが、以下に本書各編への「編訳者よりひとこと」を付します。ミステリとしての要《かなめ》の部分は明かさないつもりですが、これ以降は本編読了後にお読みになることをお勧めします。

「ローズヴィルのピザショップ」

意外に頑固で少々古風なところのある――アメリカ中西部の田舎町を体現したような――メアリーが主人公で、コミカルなドタバタも楽しいコージー風の一編です。ヴィンスのおかげで町のみんながすこしずつ生きやすくなるところ（著者はこれをヴィンスの〝贖罪〟といっていますが）に読み心地のよさがあるように思います。

ところで、著者が「ひとこと」で言及している *Greenfellas* は長編（未訳）で、編訳者はこれをひそかに「ロプレスティさんのゆるマフィア」と呼んでいます。マフィアの相談役である主人公が環境問題に強い関心を示すようになったのは孫が生まれたから。切れ者の主人公がマフィア生命を賭けて環境保護活動に奔走《ほんそう》するという、やはり独特にオフビートなマフィアものです。「ローズヴィルのピザショップ」の着想のもとになったというデュポンサークルの凡庸《ぼんよう》なピザショップは、マフィアの主人公がワシントンDCで待ち合わせに使った店として中盤に出てきます。

「残酷」
目先を変えて、ちょっとブラックな一編をここでご紹介しました。有能なのにくどいくらい不運に見舞われる主人公から、ウェストレイクの泥棒ドートマンダーを連想する読者も多いのではないでしょうか。

「列車の通り道」
ウェスタン風味のヒストリカルです。このあとがきを書いているいま、映画〈ゴールデン・リバー〉が公開間近で話題になっていますが（原作はパトリック・デウィット著、茂木健訳『シスターズ・ブラザーズ』創元推理文庫）、本編もこの作品と似た雰囲気の時代設定です。

著者も書いているとおり、孤児列車はアメリカの福祉事業のひとつとして実在したもので、一八五四年から一九二九年まで運行されていました。列車で運ばれ、さらにその後の過酷な体験を乗りこえた人々は、大多数が長らく口をつぐんできたため、この史実はアメリカ本国でもあまり知られておらず、孤児列車に乗った経験を持つ九十一歳の老婦人を主人公とした長編小説 *Orphan Train*（邦訳あり。クリスティナ・ベイカー・クライン著、田栗美奈子訳『孤児列車』作品社）が二〇一三年に刊行されたときには、全米でかなりの注目を集めたそうです。

本編は四十ページたらずの短編ですが、それでも読みごたえたっぷり。ＡＨＭＭ二〇一八年一・二月号では、この作品のイラストが雑誌の表紙を飾りました。

「共犯」

この著者には珍しくストレートな犯罪小説。主人公にまつわる仕掛けがあったり、いくつかの謎が後半で明かされたりと、ＡＨＭＭではなくＥＱＭＭに載ったのもうなずけます。短いながら印象的な人情譚、カッチリと決まったラスト、みずから〝神の役割〟を演じる主人公、といった要素からは、ローレンス・ブロックの昔の短編群が思いだされます。

「クロウの教訓」

ハードボイルドのヒーローを戯画化《ぎが》したかのような私立探偵マーティー・クロウは、この著者が書いた最初のシリーズ・キャラクターでした（『日曜の午後はミステリ作家とお茶を』の「著者よりひとこと」でもちらりと言及されています）。ただ、編訳者の手もとにあったのは、シリーズ八作めにあたる本編のみ……クロウ・シリーズの短編は一九九〇年代前半に雑誌に掲載されただけのものが大半で、入手困難だったのです。ところがあるとき著者から編集部経由でいくつかデータファイルが送られてきて、何かと思ったら未発表分を含むクロウもの九編でした。最初の六編は、雑誌を切り抜いて保管してあったものをスキャンしてＰＤＦ化したとおぼしきファイルで、たいへんありがたく思いつつ、役得役得とほくほくしながら全部読み、やはり最初に見つけた「教訓」が一番おもしろいという結論におちついて、そのままここに残した次第です。

ちなみに、クロウ・シリーズには苦い結末のものが多かったです。

「消防士を撃つ」

マイノリティの差別問題を扱った短編を著者はときどき書いているので、どれか一編取りあげたく思い、一年ほどまえのAHMMに載ったショートショート――現実の事件に材を取り、いまも残る黒人への差別や偏見を痛烈に皮肉ったもの――とどちらにするか迷ったすえ、〝家族〟というべつの大きな切り口もあるこちらを採りました。その結果、思いがけず著者自身の家族についても知ることになったわけです。

著者の姉、ダイアン・チェンバレンの著書には邦訳があります。『エスケープ・ベイビー』(小川高義訳)、『勇気の木』『癒しの木』(ともに羽田詩津子訳)という文春文庫の三冊で、やはり〝家族〟が大きなテーマのひとつになっています。『癒しの木』をぱらぱらめくってみると、「すばらしい兄弟姉妹、トム、ジョーン、ロブに」という献辞があるのですが、おそらくこの「ロブ」は本書の著者のことです。

「二人の男、一挺《ちょう》の銃」

日本の読者にとっては、映画〈おかしな求婚〉よりもジャック・リッチーの著作のほうがアクセスしやすいのではないでしょうか。『クライム・マシン』『10ドルだって大金だ』『ダイアルAを回せ』『カーデュラ探偵社』が二〇〇〇年代なかば以降に河出書房新社より、『ジャック・リッチーのあの手この手』『ジャック・リッチーのびっくりパレード』がここ数年のあいだに早川書房より刊行されています。著者が「ひとこと」で言及している「妻を殺さば」は『10ドルだって大金だ』に収録されているので、今回この一冊を読み返してみましたが、〝盗んでいる〟ところよりも、あえて真似せずにいるところがかえって目についたりもしました。

「宇宙の中心《センター・オブ・ザ・ユニバース》」

出だしを見て、あれ、ちょっと読みづらいな？　と思った読者もいらっしゃるかもしれませんが、この読みづらさには意味がありますので、おつきあいください。

フリーモントはおもしろい町で、著者も「ひとこと」に書いているとおり、作中に登場する奇妙なパブリックアートはすべて実在します。なかでもおかしいのがタイトルになっている〈センター・オブ・ザ・ユニバース〉で、これはフリーモントの町なかの交差点に立っているガイドポストの名称なのですが、フリーモント商工会議所のウェブページによれば、〝ちがうと証明することはできない〟という理由から、ここが宇宙の中心であると公式に主張しているのだとか。おおらかで楽しいですね。

「赤い封筒」

明らかに短編とは語りのギアがちがう（そしてここまでの短編とおなじようなつもりでいた

いってらなかなか訳し終わらなかった）、饒舌《じょうぜつ》な中編でした。本編はおそらく著者の代表作といっていい一編で、だいたいの謎は解けているのに答えを明かさないホームズ役と、それに振りまわされるワトスン役を配したミステリらしいミステリです。終盤の詩は、まあご愛嬌といいますか……アシモフの〈黒後家蜘蛛の会〉に出てくるリメリックのようなものでしょうか。デルガルド・シリーズの第二作も楽しみです。

二〇一九年六月

収録作品初出一覧

ローズヴィルのピザショップ　The Roseville Way (*The Anthology of Cozy-Noir*, 2014)

残　酷　Brutal (*Alfred Hitchcock's Mystery Magazine*, September 2012)

列車の通り道　Train Tracks (*Alfred Hitchcock's Mystery Magazine*, January/February 2018)

共　犯　The Accessory (*Ellery Queen's Mystery Magazine*, June 2014)

クロウの教訓　Crow's Lesson (*Malfeasance Occasional: Girl Trouble*, 2013)

消防士を撃つ　Shooting at Firemen (*Alfred Hitchcock's Mystery Magazine*, July/August 2015)

二人の男、一挺《ちょう》の銃　Two Men, One Gun (*Alfred Hitchcock's Mystery Magazine*, October 2013)

宇宙の中心《センター・オブ・ザ・ユニバース》　The Center of the Universe (*Seattle Noir*, 2009)

赤い封筒　The Red Envelope (*Alfred Hitchcock's Mystery Magazine*, July/August 2013)

検印
廃止

編訳者紹介 青山学院大学文学部卒業、日本大学大学院文学研究科修士課程修了、英米文学翻訳家。マーソンズ「サイレント・スクリーム」、ロック「ブルーバード、ブルーバード」、ロプレスティ「日曜の午後はミステリ作家とお茶を」など訳書多数。

休日はコーヒーショップで
謎解きを

2019年8月9日　初版

著　者　ロバート・
　　　　ロプレスティ

編訳者　高《たか》山《やま》真《ま》由《ゆ》美《み》

発行所　(株)東京創元社
代表者　長谷川晋一

162-0814/東京都新宿区新小川町1-5
電　話　03・3268・8231-営業部
　　　　03・3268・8204-編集部
URL　http://www.tsogen.co.jp
工友会印刷・本間製本

ISBN978-4-488-28705-4　C0197

貴族探偵の優美な活躍

THE CASEBOOK OF LORD PETER◆Dorothy L. Sayers

ピーター卿の事件簿

ドロシー・L・セイヤーズ
宇野利泰 訳　創元推理文庫

◆

クリスティと並び称されるミステリの女王セイヤーズ。
彼女が創造したピーター・ウィムジイ卿は、
従僕を連れた優雅な青年貴族として世に出たのち、
作家ハリエット・ヴェインとの大恋愛を経て
人間的に大きく成長、
古今の名探偵の中でも屈指の魅力的な人物となった。
本書はその貴族探偵の活躍する中短編から、
代表的な秀作7編を選んだ短編集である。

収録作品＝鏡の映像，
ピーター・ウィムジイ卿の奇怪な失踪，
盗まれた胃袋，完全アリバイ，銅の指を持つ男の悲惨な話，
幽霊に憑かれた巡査，不和の種、小さな村のメロドラマ